L'Odyssée de la Baleine-Miroir

Clara Albert

Clara Albert écrit depuis son enfance. En 2016, elle fait partie des lauréates du Prix Clara, concours international de nouvelles francophones. Son texte « On n'entend que ce qu'on écoute » est alors publié aux Éditions Héloïse d'Ormesson.

En 2024, elle saute le pas et auto-édite deux de ses romans non publiés : *Le Gardien*, en avril, et *L'Odyssée de la Baleine-Miroir* en octobre.

En parallèle, elle partage son parcours et ses textes sur les réseaux sociaux.

L'Odyssée de la Baleine-Miroir

Tome 1

L'appel

Clara Albert

© 2024 Clara Albert

Illustration de couverture : Myriam Thomas

Le Code de la propriété intellectuelle et artistique n'autorisant, aux termes des alinéas 2 et 3 de l'article L.122-5, d'une part, que les " copies ou reproductions strictement réservées à l'usage privé du copiste et non destinées à une utilisation collective " et, d'autre part, que les analyses et les courtes citations dans un but d'exemple et d'illustration, " toute représentation ou reproduction intégrale, ou partielle, faite sans le consentement de l'auteur ou de ses ayants droit ou ayants cause, est illicite " (alinéa 1er de l'article L. 122-4). Cette représentation ou reproduction, par quelque procédé que ce soit, constituerait donc une contrefaçon sanctionnée par les articles 425 et suivants du Code pénal.

Édition : BoD · Books on Demand, 31 avenue Saint-Rémy, 57600 Forbach, bod@bod.fr

Impression : Libri Plureos GmbH, Friedensallee 273, 22763 Hamburg (Allemagne)

Dépôt légal : octobre 2024

ISBN : 978-2-3225-4380-9

*À Zoé, aussi audacieuse que Yud,
et loyale comme Coda.*

Tar-Mara

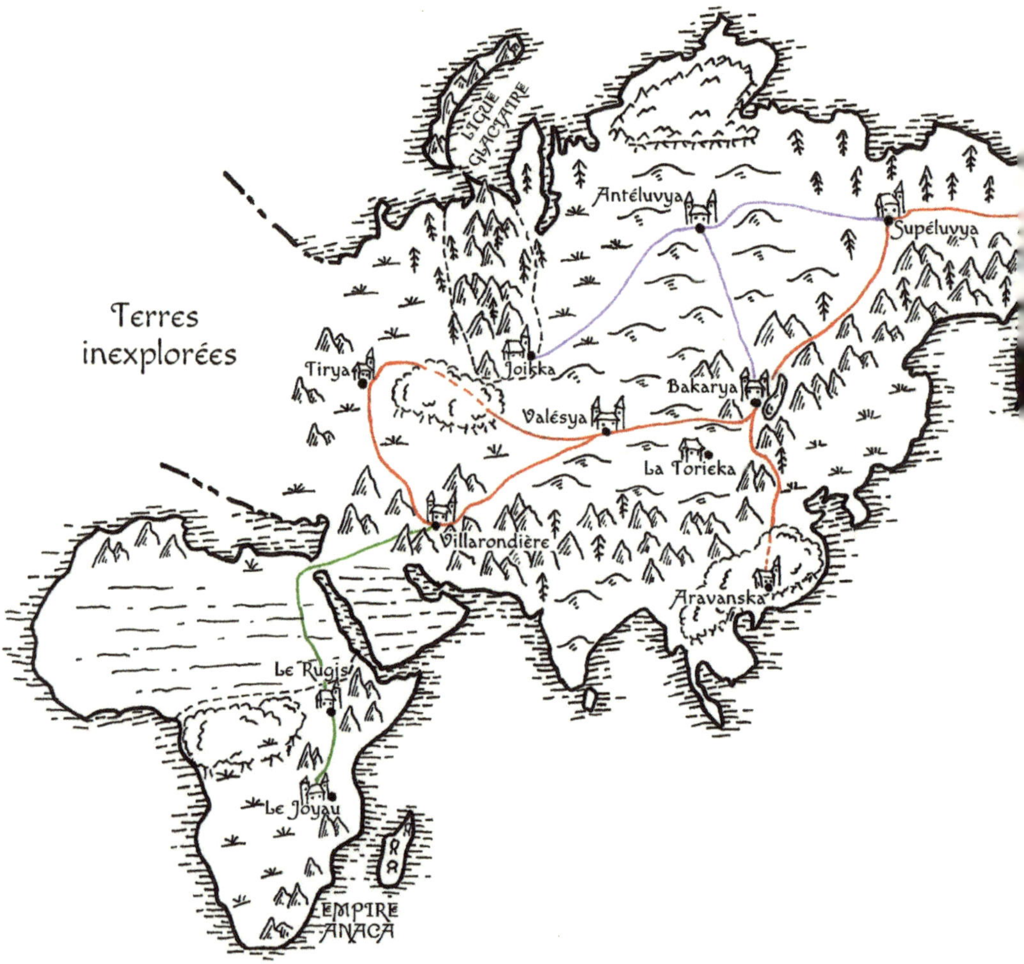

Retrouvez cette carte en ligne sur mon blog

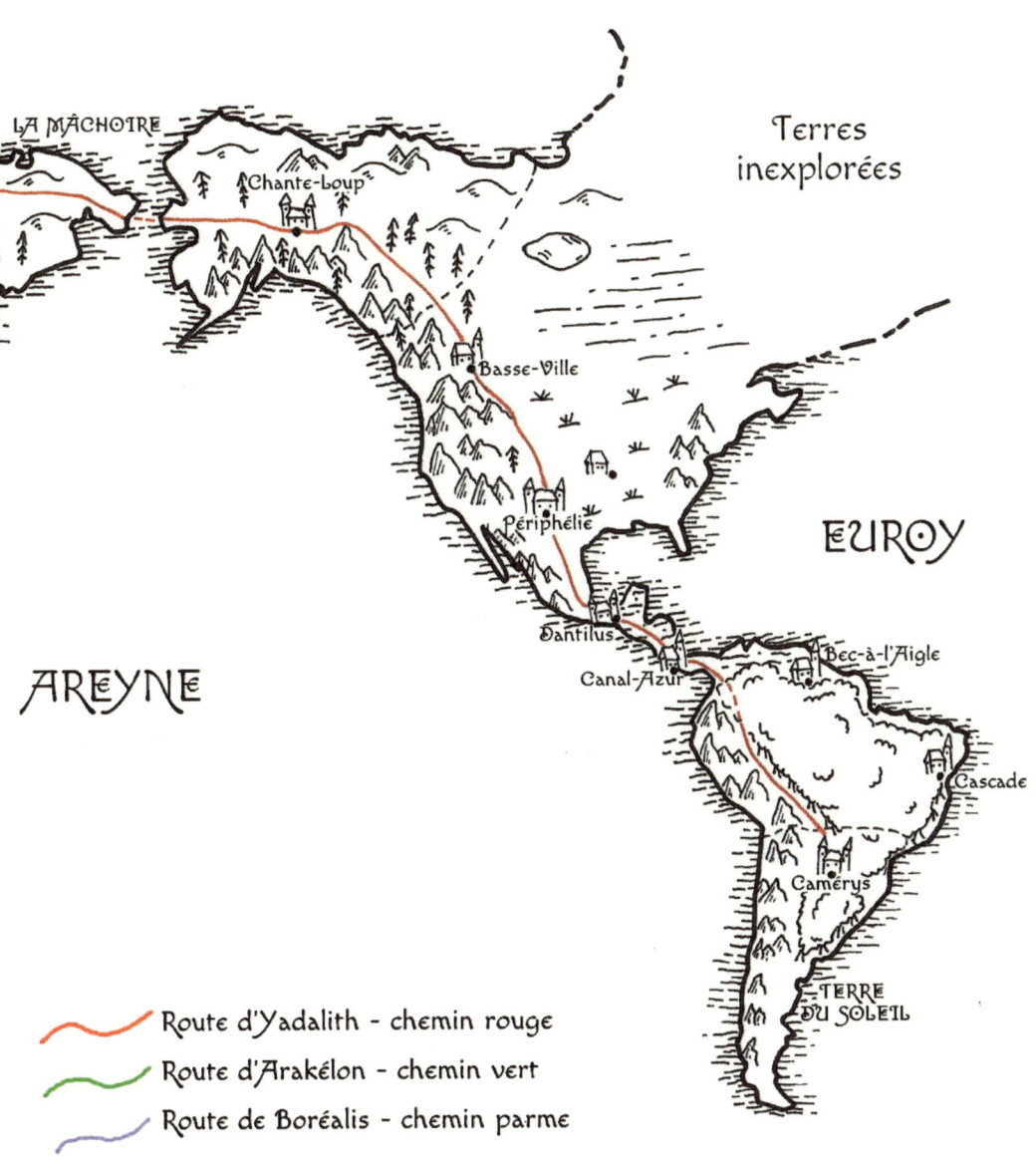

Deezer :

Spotify :

Youtube :

« Tout enfant est chassé du paradis, condamné à la solitude, à de nouvelles rencontres, emporté par le vaste, l'éternel changement. »
Octavia E. Butler, *La parabole des talents*

Bribes de la Résurgence

On raconte que la Baleine-Miroir, fatiguée des abus de l'humain, éventra la terre. De l'intérieur du monde, là où les esprits naissent, jaillirent les Mastodontes de l'Entremonde. On dit que la Baleine était la plus imposante.

Ces créatures aux plumes dorées, aux écailles de cristal et aux épines d'argent s'élevèrent dans les cieux de notre monde. Elles parcoururent nos terres et nagèrent à travers nos océans pendant un millénaire. La Baleine-Miroir souffla sur les villes humaines et ses nageoires secouèrent leurs édifices. La société s'écroula comme un château de cartes et le peuple des cités s'éteignit au crépuscule.

Puis, les créatures de l'Entremonde, lasses du vide qu'elles avaient creusé et éblouies par la lumière du soleil, retournèrent au fond de leur abysse, sous la terre et les océans où elles vivaient éternellement depuis la conception du monde. Certains prétendent pourtant que la Baleine-Miroir ne les rejoignit pas. Un œil chanceux pourrait même la voir fendre les flots ou entendre son chant mélodieux. Le chant de l'Entremonde rendrait folle n'importe quelle oreille humaine. D'autres pensent qu'après le Souffle qui ébranla la planète, la Baleine opéra un dernier tour : elle transforma la faune terrestre. Les animaux d'antan, ceux qui avaient survécu à l'hécatombe, se métamorphosèrent. Leurs regards perdirent leur éclat bestial, ils devinrent presque humains, capables de transpercer une conscience. Leurs instincts n'étaient plus guidés par la survie mais par la mission que leur avait confiée la Baleine : ils étaient ses Messagers. Pour l'éternité, ils surveilleraient l'être humain. C'est pourquoi on peut parfois apercevoir un cerf abriteur aux longs bois végétaux nous fixer à travers la lisière de la forêt, ou un banc de bélugas escorter les navires pirates loin des territoires trop délicats pour leurs coques tranchantes. C'est pourquoi les chevaux sont indomptables et les chiens distants.

Quand les vautours nous survolent en cercle, c'est peut-être parce qu'ils sentent la pestilence de nos ancêtres, mais aussi pour connaître les moindres de nos faits et gestes.

Enfin, tout ça, c'est seulement ce qu'on raconte...

1
Coda et la Cité Rocheuse

Là-haut, sur les hauteurs de la Cité Rocheuse, vivait une petite fille prénommée Coda. Elle habitait une bâtisse de pierre avec sa mère, Veda. Chaque matin, celle-ci se réveillait à l'aurore et préparait à manger. Coda émergeait avec l'odeur de pommes de terre rôties. Elle s'en léchait les babines, bondissait hors du lit et dévorait le contenu de son assiette avant de la lécher goulûment. Puis elle se précipitait dehors où d'autres enfants l'attendaient déjà pour jouer. Ensemble, ils slalomaient entre les maisonnettes de pierre circulaires mitoyennes, dévalaient les pentes caillouteuses et grimpaient les escarpements qui les séparaient de leur ultime point de rendez-vous. Ils l'appelaient le belvédère, mais ce n'était vraiment qu'un bout de rocher au sommet de la Cité Rocheuse, une corniche qui surplombait l'océan aux éclats de saphir.

C'était de là que jaillissait le soleil, mais ce n'était pas ce spectacle que les enfants venaient chercher. Ils admiraient la danse flottante des navires qui arrivaient ou quittaient Cascade. De si haut – car la Cité Rocheuse était le quartier le plus élevé de Cascade – ces vaisseaux ressemblaient à des jouets qu'on laissait flotter dans une mare. Coda se demandait à quoi pouvaient bien penser les marins à leurs bords. Avaient-ils peur de l'inconnu vers lequel ils se dirigeaient ? Ou au contraire vivaient-ils pour l'adrénaline que cela leur procurait ? Veda disait toujours qu'il fallait être plus qu'humain pour avoir le courage de partir voguer. Et à son grand dam, sa fillette espérait un jour être aussi valeureuse.

Chaque matin, Adius rejoignait les enfants au belvédère. Ce n'était qu'un adolescent mais il était leur professeur. Il les guidait à travers la Cité Rocheuse – jamais au-delà – et les emmenait à la rencontre des artisans, des commerçants, et de toute chose qui intéresserait les enfants. Bientôt, Adius s'en irait. À l'âge de vingt ans, chaque habitant de la Cité Rocheuse faisait face à un dilemme : rester à jamais ou partir sans revenir. Cette stricte loi existait depuis des siècles dans la ville de Cascade, mais ne concernait que les habitants marginalisés du piton rocheux. Il y avait ceux dont la vie entière était tracée ici même, et les autres qui trépignaient à l'idée de découvrir le monde, dans l'impossibilité de voir un avenir sur la corniche qui les avait vus naître. Coda n'avait que dix ans, il lui en faudrait le double avant d'avoir une chance de s'en aller. Mais, elle le savait, partir signifiait quitter sa mère qui, elle, avait juré son allégeance éternelle à la Cité Rocheuse. Coda lui avait un jour demandé pourquoi elle avait fait ce choix. Veda avait balayé sa question d'un revers de main.

— Maman, dis-moi ! C'est important.

— Rien n'est important pour une fillette comme toi. Va donc chercher le linge qui sèche dehors.

La petite avait fait la sourde oreille.

— Papa est parti, lui. Tu aurais pu partir avec lui. Et elle.

Veda s'était retournée et l'avait dardée d'un regard outré.

Elle ne supportait pas d'entendre ce mot : « papa ». Selon elle, seul un homme qui avait élevé son enfant avait le droit de porter un tel nom. Tout ce que Coda connaissait de son père, c'était son indéfectible lâcheté que sa mère ne cessait de lui seriner dès que quelqu'un mentionnait cet homme. Elle était tombée éperdument amoureuse de lui alors qu'elle n'était qu'adolescente. Elle était de deux années son aînée. À l'âge de dix-neuf ans, elle avait mis au monde sa première fille. Un nourrisson magnifique. Calix, un nom déniché par Tavik, la mère de Veda, en souvenir d'une vieille tisserande qu'elle avait connue dans son enfance. La plupart des habitants de la

Cité Rocheuse attendaient d'avoir fait leur choix avant de faire des enfants, mais Veda et son amoureux avaient fait preuve d'impatience. Émerveillés par la petite Calix, aucun n'eut de regret. Pendant trois ans. À vingt ans, Veda n'hésita pas longtemps. Elle n'avait jamais eu l'âme d'une aventurière. Elle était chez elle à la Cité Rocheuse, sa famille y vivait depuis l'origine, il n'était pas question de partir. Le père de Calix qui avait seulement dix-huit ans n'avait nulle part où aller. Déjà à l'époque, sa lâcheté ne lui faisait pas défaut, il n'osait même pas descendre à Cascade. Quitter la Cité était défendu aux enfants, mais ceux qui avaient atteint leur apparence adulte pouvaient se faufiler dans la ville sans grand mal. Pourtant, deux ans plus tard, il disparut. Veda se réveilla un matin dans la chaumière complètement silencieuse. Le soleil brillait déjà haut dans le ciel. Généralement, Calix venait se faufiler dans la couche de ses parents aux premières lueurs du jour. Mais le lit conjugal était aussi froid que celui de l'enfant. Veda les chercha partout pendant une journée entière. Personne ne les avait vus. Quand elle vint voir les parents du jeune homme, ils lui annoncèrent seulement :

— Il est parti. Il en a le droit, maintenant.

Aucune émotion, comme s'il reviendrait le soir même.

— Et ma fille ! Et ma petite Calix ! Où est-elle ?

Ils haussèrent les épaules. Ces pauvres bougres connaissaient à peine la petite. Ils l'avaient toujours considérée comme une étrangère.

Veda pleura des jours durant. La règle était claire : partir avec son enfant le jour de ses vingt ans était permis. L'homme avait emmené sa fille et personne n'aurait pu l'arrêter. Veda, elle, serait coincée sur la Cité Rocheuse jusqu'à sa mort. Si elle essayait de s'enfuir, elle serait rattrapée et sévèrement punie. Où irait-elle, après tout ? Le monde était vaste, son enfant pouvait être n'importe où.

Un certain réconfort vint à elle six mois plus tard. Une autre fille. Coda. Aussi rose et vive.

— Voilà Calix à nouveau, fit remarquer Tavik.

Ce fut encore elle qui la nomma, en l'honneur d'une maroquinière qui lui avait vendu sa première besace, à l'âge de onze ans. Coda, Veda la garderait auprès d'elle jusqu'à la fin de ses jours, elle se l'était promis. La fillette poussa comme un bambou. Très vite, on la vit gambader entre les chaumières de la Cité Rocheuse avec les autres enfants. On lui parla tant de Calix que ce fut presque comme si sa sœur vivait avec elle. Mais passé l'âge de trois ans, Coda s'avéra plus âgée que la petite Calix que tous avaient connue et on commença à la laisser tranquille.

— Suivez-moi ! s'écria Adius. Une ribambelle d'enfants

accourra derrière lui, sautillant d'un bloc à l'autre, entre les petites maisons grises semblables à des bulbes de pierre s'élevant de la roche. Les poulets paniquèrent à leur approche, le maître confiseur se plaça devant son étal de sucrerie pour éviter que les garnements ne les lui chipent. En les entendant arriver, on leur faisait place pour éviter de se faire bousculer. Ils étaient une cinquantaine à vivre sur la Cité Rocheuse, mais tous ne suivaient pas Adius pour leurs leçons journalières. Plusieurs adolescents s'adonnaient à cette tâche.

Loin en contrebas, on voyait la ville, Cascade, qui s'étendait à perte de vue. Il y avait des petites maisons dans des lotissements paisibles, loin de la côte, avec leurs toits orange et leurs rues pavées. En s'avançant vers la mer, le centre-ville s'étalait. Depuis les hauteurs de la Cité Rocheuse, on discernait sans trop de mal la Fontaine aux Papillons. Coda aurait voulu la voir de plus près : la légende racontait qu'à une époque, l'eau de cette fontaine — qui venait tout droit des entrailles de la terre — était si pure que des papillons surgissaient par millions de la forêt tropicale environnante pour venir se prélasser dans les fumées évanescentes de la fontaine aux largeurs démesurées. Chaque année, un festival haut en couleur était tenu sur cette place. Pendant des jours et des nuits, on entendait les échos des festivités aller bon train, sans aucune interruption. Des feux de joie brûlaient au plus noir de la nuit et les citoyens dansaient autour des flammes au rythme de leurs crépitements. Veda y allait parfois avec quelques-unes de ses amies, laissant Coda à sa grand-mère. Quand elle revenait, épuisée après des jours de festivités, Coda la questionnait avec frénésie :

— Les sultans étaient-ils là ? Ont-ils dansé ? Chanté ? Raconte-moi la parade ! Et les papillons ? Y avait-il des papillons ?

— Non, Coda, cela fait bien longtemps qu'il n'y a plus un seul papillon à la Fontaine aux Papillons.

— Pourquoi ?

— Parce qu'il n'y a plus que de l'eau ordinaire dans cette fontaine. À vrai dire, je ne suis même pas certaine qu'elle soit potable, à présent.

Pourquoi donc l'eau était-elle devenue ordinaire ? Voilà une question que Coda n'osait pas poser. Adius et tous les enseignants qui l'avaient formée depuis son enfance avaient été bien clairs : il y a des questions dont on ne peut espérer de réponses. Pourquoi était-il interdit de naviguer sur la mer ? Qui étaient donc ces marins qui s'y risquaient tout de même ? Qu'y avait-il, dans la forêt tropicale, aux portes de Cascade ? Pourquoi les habitants de la Cité Rocheuse étaient-ils confinés à la ville s'ils renonçaient à la liberté du voyage ? Pourquoi étaient-ils bannis s'ils cédaient ? Pourquoi les regardaiton avec un mélange de crainte et de dégoût quand ils descendaient à Cascade les jours de marché, de fête, ou pour toute autre raison ? Et bien sûr, la question qui brûlait les lèvres de tous, mais que personne n'aurait jamais, jamais, osé poser : la légendaire Baleine-Miroir existait-elle bel et bien ? Rien ne pouvait empêcher ces mots de se former dans l'esprit de la jeune Coda. Un soir de festivités alors que Veda était partie en ville, Tavik et Coda regardaient les lumières vaciller dans les rues de Cascade, du haut d'une corniche. La vieille femme avait allumé un feu sur lequel elle faisait griller des petites cailles qu'elle avait échangées contre une cape neuve confectionnée par ses soins. Elle serrait sa petite-fille contre elle et observait la ville comme si elle n'y avait jamais mis les pieds. Tavik semblait vivre sans tabou. Il arrivait qu'elle dise des choses qui choquaient son entourage. Elle prononçait des mots qui auraient dû lui valoir châtiment, et elle invoquait des esprits qui auraient dû venir la maudire dans son sommeil. Pourtant, vieille femme qu'elle était, on n'osait pas lui en vouloir. Coda pensait qu'elle devait savoir des choses importantes, des choses que les autres ignoraient. Ce n'est pas pour autant qu'elle se serait risquée à poser une des questions interdites à sa grand-mère. Celle-ci n'aurait pas hésité à lui laver la bouche avec du savon. Mais ce soir-là, elle posa une question qui n'était pas défendue :

— Je me demande bien ce qu'ils célèbrent chaque année, depuis si longtemps. Qu'y a-t-il de si beau qui vaille cela ?

— La plupart l'ignorent.

— Maman le sait-elle ?

— Elle l'a su, bien sûr. Mais quand on fait la fête pendant si longtemps sans dormir, on doit l'oublier.

— Dis-le-moi, s'il te plaît, grand-mère.

— Moi, je peux le dire, mais tu ne dois jamais le répéter, tu entends ?

Elle prit le menton de sa petite-fille entre son pouce et son index et la regarda d'un air sévère. Coda acquiesça et la vieille femme relâcha son emprise.

— Ils essaient d'invoquer ce qui est trop incroyable pour leurs esprits rationnels. Ces choses que la nature crée sans l'expliquer.

— Quels genres de choses incroyables ?

Elle reçut une tape sur l'arrière de la tête.

— Qu'ai-je dit ? Tu ne dois pas le répéter !

— Pardon, grand-mère.

— Regarde là-bas.

Elle pointa l'horizon, à l'est, que les flots faisaient vaciller. Coda plissa les yeux mais ne discerna rien.

— Je ne vois pas, grand-mère.

— C'est qu'il te manque encore de la sagesse.

— Je peux savoir ce que tu vois ?

— La Baleine-Miroir. Elle nous regarde avec amusement.

Coda tressaillit à la mention de la créature légendaire.

— Qu'est-ce qui peut bien l'amuser ? balbutia-t-elle.

— La crédulité des humains.

À ce sujet, Tavik n'ajouta rien. Coda pensa très souvent à ces mots. Elle ne les répéta pas, comme elle l'avait promis. Pendant un certain temps, elle fixa la ligne d'horizon, chaque soir après le coucher du soleil. Elle pouvait rester là une quinzaine de minutes avant de renoncer. La Baleine-Miroir ne se révélait pas à son regard. Peut-être fallait-il être aussi vieille que Tavik pour la voir.

2

Yud et la Torieka

Je venais d'un territoire fait de rien. Quand des visiteurs le traversaient, voilà ce qu'ils en disaient. Il y avait bien de la terre, des bêtes et des humains, mais rien de plus. Pas de villes, pas de forêt, une poignée de lacs qui pouvaient tout aussi bien disparaître au milieu de l'été. Où qu'on aille au nord, au sud, à l'est ou à l'ouest de ces steppes, on trouvait quelque chose de meilleur. Les femmes et les hommes qui y naissaient vivaient avec une langueur propre au vide. Certains, las, s'en allaient dans l'une de ces directions chercher un peu de divertissement. Ils étaient rares. Ceux qui restaient se condamnaient à une existence qui ne vaudrait même pas le moindre conte. En outre, mon peuple ne possédait quasiment pas de récits, à part ceux qui venaient d'ailleurs et quelques-uns qui avaient transcendé les générations. Quand les miens les écoutaient, ils en pleuraient. Ils étaient si accablés par l'ennui et le néant qu'ils n'avaient même plus la force d'en sortir. Ils naissaient, grandissaient, élevaient quelques bêtes, faisaient pousser quelques légumes au goût insipide, et mouraient, bien souvent sans avoir réussi à fonder une famille. Ceux-là ne portaient jamais vraiment leur nom. Dès leur premier jour, celui-ci leur était retiré. Il était inscrit dans la mémoire de quelqu'un, mais personne n'était autorisé à le prononcer. On les affublait d'un diminutif qui se réduisait à une poignée de lettres sans signification. Si, par miracle, ils faisaient front à l'épidémie d'infertilité qui s'était abattue sur leurs steppes, et parvenaient à mettre au monde et élever un enfant, et si par un plus grand miracle cet enfant parvenait lui aussi à donner naissance et à élever un autre rejeton, alors leur nom leur était rendu. Seuls les grands-pères et les grands-mères existaient un peu plus que les autres. La plupart des habitants des steppes mourraient avant d'avoir eu l'honneur de porter leur véritable prénom.

Mon histoire, cependant, vaut la peine de s'attarder un instant sur cette peuplade. On m'appelait Yud, mais bien entendu, ce n'était qu'un diminutif. J'avais vingt ans au moment où commence ce récit. Je vivais encore avec mes parents, fille unique, dans une petite cabane au milieu de la Torieka, où nous élevions quelques aurochs. Ma mère se nommait Lid, et mon père Kruk. Au-dessus de ma couche, dans la cabane familiale, il y avait sept petits grelots en noix. Le matin, quand je me levais trop vite, je les faisais tinter avec ma tête. Chacun de ses grelots représentait un des bébés perdus par ma famille, selon la tradition. Il y en avait eu quatre avant ma naissance, et trois après. Tous morts avant leur terme ou dans les trois mois qui l'avaient suivi. Je n'en connus réellement qu'un seul : le dernier, qu'on appelait Plum. Il était minuscule et sa tête avait une drôle de forme mais il était fort. J'avais alors sept ans. Jamais je n'avais tant aimé un être. Tous me disaient de ne pas trop m'attacher au petit : avant trois mois, un bébé n'existait pas vraiment. D'ailleurs, il était déconseillé de l'appeler par son surnom, Plum, avant cet âge fatidique. La veille de ce fameux jour, le bébé s'endormit et ne se réveilla pas. Ma mère pleura des jours et des jours. On l'entendait gémir à l'intérieur de la cabane familiale. Un ancien du village, Patrieko, qui portait son nom véritable, rouspéta qu'elle n'avait pas le droit de pleurer autant, puisqu'elle avait déjà une fille en pleine santé, une fille qui avait une énorme tache foncée sur le côté gauche du visage, mais en bonne santé tout de même. Il mit d'ailleurs la faute sur moi : si je ne lui avais pas tant parlé comme à un être humain, le garçon ne nous aurait peut-être pas été arraché. Kruk, mon père, m'envoya chercher une noix pour confectionner le nouveau grelot. Comme ce n'était pas la bonne saison, je dus chercher pendant plusieurs semaines avant que mon amie, Baris, qui m'avait secrètement aidée, en trouve une énorme.

Chaque matin, je levais la tête vers le grelot de Plum, le plus gros des sept, et pensait à l'âge qu'il aurait s'il avait vécu et quel garçon formidable il aurait pu être. Treize ans, voilà treize ans qu'il était mort. Et j'étais désormais une femme.

J'enfilai mon manteau. Dans ma poche tintait un huitième grelot. Celui-là n'avait pas été confectionné par Lid. Je le pris dans ma paume sans le regarder puis le laissai retomber contre le tissu et sortis de la cabane déjà vide. Baris, vêtue d'un long manteau pourpre, s'apprêtait à mener deux aurochs vers une pâture plus éloignée de la Torieka, ce fameux village bercé d'ennui. En me voyant surgir finalement de la maison de bois, elle me fit un grand sourire. Je me dirigeai vers elle, ébahie, comme chaque matin, par le charisme de cette femme. Nous marchâmes ensemble, accompagnées des deux aurochs, jusqu'en haut de la colline, puis jusqu'à la suivante, parlant de choses et d'autres. Baris se plaignait de ses quatre frères qui la faisaient tourner en bourrique, et généralement, je l'écoutais sans ajouter grand-chose. Je songeais à la colère de mon père quand il se rendrait compte que j'étais encore partie bavarder avec mon amie au lieu de le rejoindre pour s'occuper de nos propres bêtes. Travailler avec Kruk était bien moins agréable qu'avec Baris. Celle-ci parvenait à s'émerveiller de n'importe quoi. Elle était le rayon de soleil de la Torieka, à mes yeux.

— Alors, Yud, qu'est-ce que tu en penses ?

Je surgis de mes propres pensées.

— De ?

— Je vois que tu m'écoutais avec grand intérêt ! plaisanta-t-elle.

J'eus un rire gêné.

— Désolée... Répète, je t'écoute, cette fois-ci, promis.

— Je te disais que je songeais à partir à Bakarya.

— Bakarya ?

C'était la ville la plus proche des steppes. Elle était à plusieurs jours de marche et je n'en avais entendu que des histoires de la part des rares habitants de la Torieka qui s'y étaient rendus pour y faire un peu de troc et rapporter des matières qu'ils ne pouvaient produire dans la steppe.

— Qu'est-ce que tu vas faire, là-bas ? demandai-je, intriguée.

— Apprendre un métier, faire de nouvelles rencontres... peu importe ! Vivre loin de mes frères et de leur pression idiote.

— Mais... mais... c'est dangereux, tu ne connais personne, là-bas !

— Ne t'emballe pas !

Elle me prit les mains, pleine d'assurance.

— Je t'en parle parce que je n'ai pas vraiment l'intention d'y aller seule.

— Tu veux que je vienne avec toi ?

— Précisément.

Son regard pétillait d'une détermination que j'aurais aimé pouvoir effleurer des doigts.

— Je ne sais pas... Baris, je ne peux pas laisser mes parents. Je suis leur unique enfant.

— Oui, enfin ce n'est pas comme si tu les aidais beaucoup. Tu passes le plus clair de ton temps avec moi.

— Ce que je veux dire, c'est qu'ils ne s'en remettraient pas, si je m'en allais.

— Bakarya n'est pas le bout du monde. Ils pourraient venir te rendre visite et on pourrait rentrer de temps en temps. Nos familles seraient si heureuses de nous voir qu'elles cesseraient de nous embêter avec toutes ces histoires de... enfin tu sais.

Je sentis le petit grelot s'agiter dans ma poche. Je vis aux yeux de Baris qu'elle sentait ma fébrilité.

— Bakarya, c'est un nouveau monde, pour nous. On pourrait y faire absolument tout ce qu'on veut. On ne serait pas limitées à une existence fermière toute notre vie, obsédées par l'idée d'avoir des enfants et vivre avec le chagrin de ces grelots.

— Je ne sais pas, j'aimerais bien porter mon nom de grand-mère, un jour.

— Tu pourrais le porter, à Bakarya. Cette stupide tradition n'existe pas, là-bas.

— Ce ne serait pas correct.

Baris soupira.

— Désolée, je ne devrais pas te mettre de pression. Évidemment, si tu es bien ici, pas la peine de songer à partir.

Elle savait bien, en prononçant ces mots, qu'ils feraient mouche. Je n'étais pas bien, pas mieux qu'elle. D'ailleurs, il aurait été plus pertinent de préciser que pas une seule âme humaine n'était *bien* à la Torieka.

— Je veux juste m'assurer, précisa Baris, qu'on ait une chance de fuir cet endroit avant que l'accablement nous dévore. Je ne veux pas ressembler à mes parents qui se plaignent incessamment sans avoir la moindre force de sortir de ce trou.

— Avec des parents comme les tiens, je me demande bien comment tu as pu devenir aussi rayonnante.

À ces mots, le sourire de Baris, si large et contagieux, s'intensifia. À la Torieka, on aimait prétendre que Baris avait été une étoile filante dans une autre vie, car elle irradiait tous les jours d'un éclat propre au firmament. Ses yeux verts brûlaient de vie, ses longs cheveux bouclés ondoyaient sur sa peau sombre comme le ciel une fois la nuit tombée.

— S'il te plaît, Yud, promets-moi que tu vas y réfléchir.

— D'accord, d'accord...

Un écho porta mon nom à mes oreilles. C'était la voix de mon père qui me cherchait partout.

— Je dois y aller, à plus tard.

Je déposai un baiser sur la joue de Baris et redescendis la colline en direction du village.

Kruk avait le visage dur et de fins cheveux noirs. Quand je rejoignis le bourg de la Torieka, je le trouvai qui m'attendait en compagnie de nos huit aurochs ruminant patiemment. Il tenait fermement son bâton de berger et me regardait d'un air sévère. Je l'ignorai, comme à mon habitude et, tous les deux, nous menâmes le troupeau vers les collines verdoyantes environnantes. Chaque jour ou presque, je devais accomplir cette tâche et surveiller nos bêtes pendant plusieurs heures pendant que mon père s'occupait de notre potager tandis que ma mère allait d'une maison à l'autre pour troquer nos maigres possessions avec celles dont nous avions besoin. Le village ne pouvait prospérer sans cette solidarité. Ma tâche était de loin la moins éreintante, surtout sous la chaleur de l'été ou le vent glaçant de l'hiver. Je passais mes matinées à rêvasser, assise ou allongée au milieu de l'herbe, tandis que les aurochs m'ignoraient. C'était nettement moins agréable lorsqu'il ventait ou pleuvait. Eux ne semblaient pas remarquer de différence. Lorsque j'avais trop froid, je m'intégrais au troupeau pour profiter de leur chaleur corporelle. Lid détestait cette habitude. Elle avait trop peur que les bêtes s'agitent et m'écrasent ou m'embrochent. Nos aurochs me connaissaient, ils me voyaient et prenaient toujours garde à ne pas me bousculer tant que je ne les embêtais pas.

3
Coda, Veda et Tavik

Coda avait deux amis : Pinaille et Pandore. Pinaille vivait en bas de la Cité Rocheuse, très près de la ville, avec ses parents et ses deux petits frères. Elle était minuscule mais pouvait courir à toute allure. Pandore, lui, était un garçon silencieux qui vivait dans l'ombre d'un grand frère sévère et lugubre. Dès les premières lueurs du jour et jusqu'à leur extinction, Coda, Pinaille et Pandore vadrouillaient d'un bout à l'autre de la Cité Rocheuse, inséparables. Ils passaient leurs matinées avec Adius et une quinzaine d'autres enfants, allant à la rencontre des marchands, des artisans et des anciens dont ils écoutaient attentivement les récits. L'après-midi, les trois amis jouaient avec l'innocence des enfants qu'ils étaient. Il y avait mille et une cachettes où se réfugier après avoir importuné les habitants qui vaquaient tranquillement à leurs occupations et de multiples rochers sur lesquels bondir comme de petits marsupiaux. Parfois, ils grimpaient jusqu'au belvédère, ce piton rocheux d'où une chute serait fatale mais d'où la vue sur l'océan d'un côté et la ville de l'autre était imprenable. Coda, Pinaille et Pandore s'asseyaient là, les pieds dans le vide, et observaient les allées et venues des navires. Il y avait ceux qui arrivaient tout juste au port de Cascade et ceux qui s'éloignaient, déjà minuscules, vers l'horizon. Ils comparaient leur taille et leur étendard. Pinaille considérait que les plus gros et les plus resplendissants devaient appartenir à de riches familles marchandes tandis que les plus décharnés devaient vivre de la piraterie. Coda pensait l'inverse : les pirates devaient être les plus riches, car il était bien connu que la plupart des navigateurs étaient des pirates et les seuls marchands qui se risquaient en mer devaient être les plus désespérés. Pandore s'amusait de leurs chamailleries, il frissonnait à la moindre évocation de ces flibustiers. On racontait d'affreuses histoires à leur sujet. Leur cruauté était sans limites, et lorsque la famine s'abattait sur leurs embarcations, ils dévoraient les enfants qu'ils gardaient enfermés dans leur cale. Son frère lui avait raconté ces histoires d'enlèvement. Plusieurs fois au cours du siècle dernier, des pirates avaient fait irruption dans la Cité Rocheuse, des fourches à la place des mains et des dents taillées comme des crocs. Ils avaient arraché des dizaines d'enfants à leur foyer et les avaient enfermés dans les cales de leurs galions. La légende racontait que ces enfants n'étaient jamais revenus. Quiconque osait seulement évoquer cette histoire se faisait sévèrement réprimander. Selon lui, il fallait avoir peur de ces navires.

Déjà le soleil se couchait sur Cascade. Il nappa la ville de ses bras enflammés et très vite, laissa place aux étoiles. Les trois amis se dirent bonne nuit et retrouvèrent la lumière de leurs foyers. Il était rare que Veda voie sa fille à la lumière du jour. Elle connaissait son ombre mieux que son visage.
— Tant que tu souris, je serai toujours capable de te reconnaître, jour comme nuit, disait-elle après l'avoir serrée dans ses bras pour s'assurer qu'elle ne s'était pas accidentellement changée en esprit au cours de la journée.

Quiconque pouvait reconnaître Coda quand elle souriait. Il lui manquait deux petites incisives sur sa mâchoire supérieure. Elles étaient tombées quand elle était petite et n'avaient jamais repoussé. Ses autres dents, profitant de l'espace, lui peignaient un sourire aussi attendrissant qu'unique.
Parfois, Tavik se joignait à elles pour dîner. Elle en profitait pour se plaindre de la vitesse avec laquelle filait la vie et de l'impolitesse de certains garnements.
— Et la ville ! La ville s'est réveillée, ces jours-ci, tu ne

trouves pas, Veda ? Passe-moi donc les pommes de terre.

— Des marchands sont arrivés par la mer. Livia est allée au port, ce matin, il y avait de magnifiques tissus et des bijoux de toutes sortes qui venaient d'on ne sait où, probablement de la Terre du Soleil, au sud.

— Livia ? interrogea Tavik.

— Oui, Livia, maman. Mon amie d'enfance. Tu sais bien.

Tavik acquiesça et balaya le sujet d'un revers de la main. Coda l'avait toujours connue avec ces problèmes de mémoire.

— Oh, tu sais, Veda, que ces choses viennent de la Terre du Soleil ou d'ailleurs, elles apportent forcément de mauvais augures. Mieux vaut se contenter de ce qu'on a sous les yeux.

— Maman ! gloussa Veda. Comme tu es sénile ! S'il était plus simple d'accéder à Cascade par la terre, nous n'aurions pas besoin que des navires nous apportent toutes ces belles choses.

— Pourquoi ne peut-on pas venir par la terre ? demanda Coda.

— On peut, mais pas avec de telles cargaisons. La forêt tropicale nous entoure. Et quiconque s'aventure là-dedans doit faire preuve de courage et de ténacité. Il y a mille façons de mourir lorsqu'on ne connaît pas la forêt.

— Et en mer alors, ne crois-tu pas qu'on puisse mourir ? bougonna Tavik en mâchant.

Veda haussa les épaules. Elle enfonça sa main dans sa poche et en sortit une petite bague incrustée d'une grosse pierre ovale bleue qui semblait refléter le ciel nocturne et la Voie lactée. Elle la posa devant Coda, à côté de son assiette.

— C'est du lapis-lazuli.

— Du quoi ?

— Du lapis-lazuli. C'est le marchand qui me l'a dit. Quand je l'ai vue, j'ai pensé à toi.

— Tu gâtes trop cette enfant, Veda.

Le visage de Coda s'habilla du sourire si particulier qui était le sien, elle sautilla d'excitation et essaya la bague sur chacun de ses doigts. Elle était si grande qu'elle ne tenait que sur son pouce.

— Elle est magnifique, je l'adore, merci maman !

Elle la serra dans ses tout petits bras et s'approcha de Tavik pour lui montrer le joyau à la lumière de la lampe.

— Elle n'est pas mal, mais tu vas la perdre, marmonna-t-elle.

— Non, je ferai attention ! Est-ce que tu crois qu'elle vient vraiment de la Terre du Soleil ?

— Très certainement ! fit Veda, qui partageait son excitation. C'est le marchand qui me l'a dit.

— Moi, je pense que cette bague va finir avec toutes les autres, dans cette petite boîte que tu gardes sous ton lit. Veda, je t'ai déjà dit qu'une petite fille n'a pas besoin d'autant de bijoux ! Elle ne sait pas ce que ça vaut.

— Tu es jalouse, grand-mère Tavik !

Elle lui arracha un rire qui ressemblait davantage à un ricanement. Coda se demandait parfois pourquoi sa grand-mère ne trépignait jamais. Qu'est-ce que la vie avait bien pu lui apporter pour la priver de cette joie spontanée qui habitait pourtant sa fille et sa petite-fille ? Elle râlait presque tous les jours, et lorsqu'elle ne râlait pas, elle affichait ce petit air, comme si rien de ce qui arrivait ne pouvait la surprendre.

Les jours suivants se ressemblèrent, à l'exception près que Tavik changea sensiblement de comportement. Dès qu'elle voyait Coda passer devant chez elle en galopant, elle l'arrêtait et l'invitait à prendre un goûter sur sa terrasse. Souvent, Pinaille et Pandore répondaient également présents à l'invitation. Tavik les gâtait avec des pâtisseries crémeuses et des pains aérés.

— Tu vois, grand-mère ? J'ai toujours ma bague autour du doigt. Tu racontais n'importe quoi, évidemment que je la porte !

— Très bien, ma petite.

Coda n'aimait pas qu'on l'appelle ainsi. Elle grandissait de jour en jour et n'avait qu'une hâte : prendre la place d'Adius et transmettre son savoir aux plus jeunes. Il lui faudrait encore quelques années avant d'en être capable.

Vue de la Cité Rocheuse, Cascade avait l'air d'une ville de bord de mer agréable. Parfois, on entendait l'écho des musiques de rue remonter jusqu'aux bulbes de pierre. On voyait les passants tels des fourmis déambuler dans les rues, les allées et venues ne semblaient jamais se tarir. En bas, les maisons étaient faites de briques et de tuiles. Chaque membre d'une famille disposait de sa chambre et un système de tuyauterie amenait de l'eau courante dans chaque logis. On était loin du confort rudimentaire de la Cité Rocheuse où il fallait aller remplir des seaux d'eau au pied de la falaise et les remonter sous le soleil de plomb. Chaque habitation n'était constituée que d'une ou deux pièces, trois pour les plus spacieuses. La jeune Coda qui n'avait jamais rien connu d'autre et qui n'avait pu visiter Cascade qu'à distance ne voyait aucun désagrément à ce mode de vie.

Elle connaissait toutefois les regards de Veda tournés vers la ville et la forêt tropicale. Peut-être scrutait-elle l'horizon à la recherche de la silhouette de l'homme qui avait enlevé son enfant. Ou peut-être songeait-elle seulement à l'occasion manquée de s'échapper. Coda imaginait souvent à quoi sa vie aurait pu ressembler si sa mère l'avait mise au monde loin de

Cascade, dans un petit village forestier ou dans une grande ville bordant la Route d'Yadalith. En comparaison, Cascade ressemblait au bout du monde. C'était le bout d'une terre au-delà de laquelle seul l'océan s'étendait. Dans ces moments-là, la petite fille venait combattre la mélancolie de Veda en la prenant dans ses bras menus. Puis elle s'éclipsait, dévalait la Cité Rocheuse jusqu'à sa bordure et lançait quelques pièces par-dessus la barrière. De l'autre côté, un enfant cascadien réceptionnait son paiement et lui lançait deux grosses noix de coco bien juteuses. D'autres comme lui patientaient là pour faire tourner leurs minuscules affaires auprès de ceux qui ne pouvaient quitter la Cité.

Coda remontait jusque chez elle les bras chargés. Sa mère était toujours assise sur le toit de la petite bâtisse de pierre, de manière à pouvoir observer la forêt par-dessus toutes les autres. Coda se saisit de la machette qu'elle avait appris à utiliser auprès d'Adius et fit deux encoches dans chacune des noix. Elle les coinça dans un sac en toile de manière à ne pas les laisser se renverser, enfila la hanse en travers de son torse et grimpa jusqu'à Veda en s'aidant des interstices formés par le vent et le sel marin entre les pierres. Elle s'assit à côté d'elle et lui tendit un fruit. Elles en sirotèrent le jus délicatement sucré.

Dans ces moments-là, Coda le savait, il ne fallait pas parler.

Sa mère regrettait un passé dont elle ne pouvait avoir de souvenir. Ces personnes qui hantaient les souvenirs de Veda n'étaient que des représentations abstraites pour la jeune Coda. De simples noms et des visages dessinés par son esprit. Elle ne pouvait rien apporter à sa mère de plus que ces noix de coco, mais elle savait que Veda lui en était déjà amplement reconnaissante. Les nuits suivant ces moments-là, Coda dormait profondément et quand elle se réveillait au petit matin, Veda vivait à nouveau pour l'avenir.

La nuit était mélodieuse. Le vent chantait en effleurant la falaise de calcaire et les vagues noires harmonisaient. On entendait le crépitement des feux qu'allumaient ceux qui ne trouvaient pas le sommeil et les pleurs sporadiques d'un nourrisson réveillé par de mauvais rêves.

Dans la quiétude de la Cité Rocheuse endormie, des intrus se faufilèrent outre la surveillance des gardiens cascadiens. Ils firent irruption au plus noir de la nuit, gravirent la Cité Rocheuse en assommant ses défenseurs, égorgeant les plus obstinés. Puis ils déchirèrent les simples tentures colorées qui calfeutraient les habitations. Ils n'avaient pas de fourches en lieu et place de leurs mains, ni les dents acérées comme des crocs, mais ils n'en étaient pas moins effrayants. Ils ressemblaient aux marchands et aux artisans amenés par les navires reluisants de richesses. Pinaille fut la première à être emmenée. Elle vivait à l'orée de la Cité, là d'où on pouvait entendre les palabres de Cascade. Deux hommes l'empoignèrent alors qu'elle voguait tendrement entre songes et rêveries enfantines, blottie au creux de ses draps. On entendit sa mère hurler en premier, des échos lui répondirent, mais il était déjà trop tard. Les jeunes frères de la petite se tapirent au fond d'un placard et parvinrent à échapper aux agresseurs.

— Coda ! Coda, réveille-toi !

Elle ouvrit paisiblement les yeux, ceux de sa mère étaient rivés sur elle, déjà humides. Puis elle entendit les cris et les pas précipités, de l'autre côté de la paroi rocheuse. Elle se redressa, le regard encore embué de sommeil.

— Coda, vite, enfile tes chaussures.

Elle s'exécuta sans rien demander et l'inquiétude l'envahit enfin.

— Maman ?

— On doit se cacher.

— Se cacher ?

Il n'y avait nulle part où se cacher, à la Cité Rocheuse, à part les minuscules planques où un ou deux enfants pouvaient se camoufler le temps de quelques minutes. En vue de la panique qui habitait les rues, il y avait fort à parier que ces refuges étaient déjà assaillis.

— Les enfants ! Ils emmènent les enfants ! hurla une voix au-dehors.

Quelques secondes plus tard, une corne de brume retentit. Sa plainte venait de Cascade, une deuxième lui répondit non loin de là. Les cris se rapprochaient désormais. Veda tira sa fille hors du lit avant même qu'elle eût enfilé ses chaussures. Elle jeta un œil dehors. Les pas s'étaient tus. Plus rien ne semblait bouger.

— Maman, qu'est-ce qu'on fait ?

Veda s'agenouilla et prit le visage de sa fille entre ses mains.

— N'aie pas peur, ma chérie, tout ira bien. Regarde-moi dans les yeux. Tu vois, je n'ai pas peur, ça veut dire que tout ira bien.

— Tu as l'air d'avoir peur, maman, fit Coda en se mettant à sangloter.

Veda secoua la tête et fit mine de sourire.

— On va aller chez grand-mère, d'accord ? Tu cours vite, tu vas y aller sans regarder derrière toi, d'accord ?

Tavik vivait plus en hauteur, au bout d'une petite ruelle si étroite qu'elle paraissait invisible. Coda acquiesça timidement. Le silence pesait terriblement, désormais. Peut-être étaient-ils partis. Peut-être avaient-ils déniché suffisamment d'enfants à dévorer en cas de disette au milieu de l'océan.

Veda tendit l'oreille, un nouveau cri retentit, suivi du rugissement d'un homme et d'une voix de femme tranchante comme du diamant.

— Ils sont encore suffisamment loin, indiqua Veda. Tout ira bien, allez, cours !

Elle poussa Coda dehors et se mit à courir derrière elle. La petite fille hésita de prime abord, le sol était rocheux et hérissé de cailloux, ses pieds nus trébuchèrent. Puis elle se ressaisit et allongea ses enjambées, imaginant que la rapide Pinaille courait à sa poursuite. La rue grimpait, elle devait redoubler d'effort. Elle vit des visages apeurés apparaître dans l'embrasure des portes, elle aurait voulu que l'un d'eux surgisse et lui dise :

— Viens, je sais où tu peux te cacher, on ne te trouvera jamais.

Elle slaloma entre les petits dômes de pierres qui servaient d'habitations aux résidents de la Cité Rocheuse. Elle aperçut l'embranchement qui menait à la minuscule bâtisse de Tavik. Au même moment, Veda cria derrière elle. Elle semblait loin, si loin. Elle lui avait dit de ne pas se retourner, mais Coda pensait avoir tant d'avance qu'elle s'y risqua. Sa mère était étendue au sol, un bras levé tandis qu'une hache la menaçait. Coda, encore dissimulée par l'obscurité, se retourna et avec une discrétion féline, s'éloigna jusqu'à disparaître au détour de l'allée. Son cœur semblait s'être arrêté, elle ne pensait qu'à une chose : cette bougie qui brûlait à l'entrée de la maisonnette, tout en haut de la ruelle. Elle gravit la pente, souffla sur la petite flamme et pendant un court instant, admira les fines volutes de fumée s'élever au-dessus de la mèche noircie.

4
Yud et les aurochs

Quand je veillais sur le troupeau de mes parents que je laissais paître, je m'asseyais en hauteur. En tailleur, j'avais d'un côté les bêtes poilues aux longues et lourdes cornes d'ivoire, et de l'autre, l'infinité de ma steppe natale. Si le soleil irradiait, les collines étaient semblables à des vagues qui ondulaient sous le ciel dégagé. Il pleuvait le plus souvent, mais ce jour-là était un des plus beaux. Je savais que si je marchais en ligne droite pendant quelques semaines dans une certaine direction, je rencontrerais une ville. Moi qui n'avais vécu toute ma vie que dans un village, j'ignorais tout de la grandeur d'une ville. Bakarya n'était pour moi que l'objet d'un conte.

— Je sais à quoi tu penses, fit une voix derrière moi.

C'était Baris. Elle était vêtue d'une longue et épaisse robe grise, similaire à toutes celles que portaient les habitants de la

Torieka. Elle vint s'asseoir à mes côtés et posa sa tête sur mon épaule. Elle regardait dans la même direction.

— Qui s'occupera des aurochs, si je m'en vais ? Je n'ai aucun frère à qui les confier.

— Tu es la fille de tes parents, pas leur domestique. Ils ont choisi de vivre à la Torieka, ils ne peuvent pas t'infliger ce choix.

— Personne ne choisit de vivre à la Torieka.

— C'est vrai, soupira Baris. N'empêche qu'il faudra bien que quelqu'un rompe cette tradition. Il n'y a rien ici qui vaille la peine de vivre.

— C'est bien facile de croire qu'à Bakarya, le monde sera à nos pieds. Rien ne nous attend non plus, là-bas.

— Les marchands itinérants en disent plus de bien que de la Torieka. Ça doit vouloir dire quelque chose, tu ne penses pas ?

Je sortis le petit grelot que je gardais toujours dans ma poche. Baris posa la main sur celle qui le tenait.

— Ce n'est pas de tes parents dont il est vraiment question, n'est-ce pas ? C'est Luni ?

J'acquiesçai imperceptiblement.

— Il comprendra, prétendit Baris.

— Tu le penses vraiment ?

— Luni n'est pas n'importe qui. Je ne connais pas une

personne plus compréhensive que lui à la Torieka.

— Galug était son fils, notre fils. Ce n'est pas rien.

— Ça fait trois ans. Trois ans que vous n'avez même pas réessayé, que vous n'avez même plus vécu sous le même toit. Il comprendra, j'en suis certaine.

— Il a quand même le droit de savoir. Avant tout le monde.

Luni était mon ami depuis ma plus tendre enfance. Nous étions voisins et passions nos journées à jouer ensemble. À l'âge de dix-sept ans, nos familles commencèrent à nous conseiller d'avoir un enfant, ou du moins d'essayer. Il était rare qu'un couple réussisse du premier coup à concevoir la vie. Luni et moi, en revanche, y parvînmes. Très vite, le petit Galug naquit. Nous l'avions nommé Galiegu, mais ce nom n'avait été prononcé qu'une seule fois, le jour de sa naissance, comme le voulait la coutume. Galug, son surnom, devait apparaître sur les lèvres de chacun à la fin de son troisième mois de vie. Le garçon était si dodu et vigoureux que je doutais à peine de sa survie. Je voyais dans son œil quelque chose de vivant. Plum n'avait jamais eu cela. Nous avions bâti une cabane pour notre petite famille. Elle sentait le bois fraîchement coupé. Beaucoup nous enviaient le confort de notre maisonnée. Seulement voilà, alors que Galug avait à peine un mois, une épidémie de grillole envahit la Torieka. C'était un virus qui brûlait les artères et les poumons. Il donnait l'impression aux malades que leur corps prenait feu pendant des jours. Bien souvent, les adultes en bonne santé s'en remettaient sans trop de mal. Baris avait été touchée et il lui avait fallu deux bonnes semaines pour guérir. Beaucoup avaient bien cru la perdre, cette fois-là. Cependant, le virus était sans pitié pour les vieillards et les nouveau-nés. Il emporta Galug en seulement deux nuits. L'enfant si solide s'éteignit dans son sommeil, terrassé par la douleur et les pleurs. Depuis cet instant, Luni et moi ne partageâmes plus jamais ni la couche ni le toit.

À vrai dire, je ne m'étais jamais sentie amoureuse du jeune homme. Nous avions tenté notre chance comme nos aînés avant nous. Mais depuis la mort de Galug, aucun de nous ne se laissa à nouveau tenter par l'expérience. Je me demandais souvent comment Lid, ma mère, avait pu encaisser ce chagrin sept fois. Huit, en comptant Galug, car elle avait cru pouvoir enfin porter son nom de grand-mère, un honneur amplement mérité après tant de peines.

Luni ne m'aurait pas encouragée à partir pour Bakarya. Il m'aurait dit que c'était imprudent, que c'était l'idée de Baris, pas la mienne. Il m'aurait peut-être proposé d'avoir un autre enfant. Je savais qu'il avait partagé mon chagrin, et je savais que nous ne nous aimerions plus jamais. Si c'était Luni qui m'avait proposé de partir, je n'aurais même pas considéré la question : j'aurais refusé sans hésitation.

Quand le soleil déclina enfin et trouva refuge parmi les nuages, je me mis debout et rassemblai les bêtes. Le ciel se chargea en quelques minutes. Des amas noirs se rassemblèrent au-dessus de la steppe et les aurochs s'agitèrent au premier coup de tonnerre.

— Allons bon, voilà qu'on va se prendre la flotte.

Je tentai de faire avancer les animaux, ils ne m'écoutaient pas, trop énervés par la tempête qui approchait.

— Allez, avancez !

Je savais, pourtant, qu'il ne fallait pas trop titiller les aurochs des steppes. Ces bovidés au pelage laineux et aux longues cornes pouvaient embrocher quiconque se mettait en travers de leur chemin. Je sentis dans leurs yeux que j'atteignais leurs limites. Je reculai, prudente, et imaginai la colère de mes parents si je revenais seule, laissant notre maigre troupeau au milieu de l'averse et des éclairs.

— S'il vous plaît ! implorai-je comme si les aurochs avaient une oreille humaine.

La pluie se mit à tomber dru. Les collines autour de moi disparurent derrière le rideau liquide. Les bêtes, trempées, trépignaient les unes contre les autres. Elles beuglèrent en me voyant m'éloigner. Désorientée, je grimpai en haut de la colline la plus proche à la recherche du village. Il n'y avait plus rien à l'horizon. À vrai dire, il n'y avait même plus d'horizon.

— Ohé ! criai-je alors que la pluie étouffait ma voix.

Comment une journée aussi radieuse avait-elle pu prendre une telle tournure ? Je me retournai pour revenir auprès des aurochs. Ils n'étaient plus là. Je ne vis que mon reflet au centre d'une énorme roche mouvante. Je reculai de quelques pas, inspectai ma droite et ma gauche. Il y avait une créature devant moi. Un mastodonte qui s'étendait d'un bout à l'autre de mon champ de vision et qui ondulait avec grâce.

On aurait dit un poisson mais celui-là nageait à travers la pluie. Sa queue n'était pas verticale mais horizontale et battait en cadence de haut en bas. L'intégralité de son corps était recouverte d'une roche miroitante. Sa tête colossale était fendue d'un interminable sourire paisible et percée d'un petit œil noir et espiègle qui semblait me suivre du regard. La créature aux dimensions titanesques vogua autour de moi pendant ce qui me parut des heures. Elle montait en l'air avant de redescendre : une danse d'une rare finesse. Ses nageoires brassaient la pluie avec délicatesse. Malgré sa stature, elle était vraisemblablement inoffensive. Nous semblions toutes les deux enveloppées dans une bulle et protégées par une aura immuable. Elle chantait. Je pouvais l'entendre sans être capable de décrire véritablement en quoi cela consistait. Il n'y avait ni notes, ni mots, ni mélodie. Le peuple de la Torieka n'était pas un peuple chanteur, mais je savais que ce n'était pas un chant ordinaire. C'était comme si le vent, la pluie, la terre et les nuages s'accordaient ensemble. Toutes ces choses provenaient du ventre de la Baleine-Miroir et irradiaient dans la bulle qui nous enveloppait. D'une manière ou d'une autre, cet écho forma des mots dans mon esprit, des mots qui ne me quitteraient jamais.

L'odyssée doit commencer
Sans quoi, pas d'histoire

La Baleine passa une dernière fois son œil charbonneux devant mon visage. Je tendis la main pour l'effleurer mais la distance était illusoire et je la manquai. La Baleine ouvrit légèrement la gueule et dévoila des fanons de cristaux avant de regarder les nuages. Elle agita ses nageoires rocheuses et rejoignit le ciel sans effort. Elle s'enfonça entre les nuages noirs, disparut, et la pluie cessa. En quelques secondes, le soleil revint et je me retrouvai en haut de la colline. Dans la cuvette, les aurochs paissaient paisiblement.

5

Coda et les pirates

— Grand-mère ! Grand-mère, tu dois m'aider !

Coda avait surgi dans la pièce unique de la maison de pierres. Tavik était assise sur son lit, calme, comme si elle l'avait attendue. Elle lui offrit un sourire et lui prit les mains sans rien dire.

— Ils se rapprochent ! Grand-mère, dis-moi quoi faire ! Par pitié...

La petite fille pleurait. Sa course effrénée l'en avait empêchée jusque-là. L'image de sa mère soumise à la lame de la hache lui revint.

— Grand-mère !

— Du calme, mon enfant.

Coda l'ignora et souffla la bougie qui brûlait sur la table. L'obscurité envahit la pièce. Elle tendit l'oreille. Des voix déambulaient le long de la rue, elles semblaient ignorer la ruelle dans laquelle s'était réfugiée Coda. Étaient-ils à sa recherche ? Elle regarda aux alentours, ses yeux s'habituant à peine à la pénombre. Il n'y avait nulle part où se cacher. Tavik la saisit par les épaules et attira son regard.

— Coda, écoute-moi. Il y a des choses qu'on ne peut empêcher. Des choses qui sont écrites depuis longtemps et qui seront écrites pour l'éternité. Quoi qu'on veuille, il faut apprendre à faire face à ces choses.

— Grand-mère, ils vont me tuer s'ils me trouvent ! Aide-moi.

Tavik était connue pour divaguer occasionnellement. Il y avait ces fois amusantes où elle parlait pour faire scandale, et ces fois où personne ne comprenait vraiment ce qui lui passait par la tête. Mais elle n'avait jamais ignoré sa petite Coda quand celle-ci avait besoin d'elle.

— Grand-mère, tu vas bien ?

— Tu comprendras, un jour.

— Par ici ! J'ai entendu quelque chose ! héla une voix, non loin de là.

Coda se débattit pour échapper à l'étreinte de Tavik, en vain.

— Écoute-moi, Coda !

Elle avait le visage dur, Coda ne l'avait jamais vue ainsi.

— Tu dois m'écouter attentivement et ne rien oublier. Tu

comprends ?

Elle acquiesça, tremblante. Ses larmes coulaient désormais abondamment. Elle retint un hoquet de peur d'attirer les pirates.

— Ils vont venir, ils vont te prendre. Il n'y a rien que je puisse faire pour empêcher cela. Tu dois le comprendre. Mais sache qu'ils ne te tueront pas. Je ne peux pas t'en dire davantage.

— Là ! Dans la dernière maison ! fit la voix qui semblait déjà si proche.

— Tu dois retrouver Calix. Retrouve ta sœur, elle saura quoi faire.

— Qu... quoi ? Mais comment ?

— Elle te cherchera, tout ira bien. N'aie crainte, mon enfant. Ton histoire ne fait que commencer.

— Grand-mère ! Je ne comprends pas. Pitié, je veux rester ici, avec toi ! Pitié, aide-moi !

Mais déjà une main la saisissait par-derrière. Tavik regarda les assaillants, une larme perlait au coin de son œil. La vieille Tavik n'avait jamais pleuré jusqu'à ce jour.

— Grand-mère !

Ses pieds décollèrent du sol. Un homme la prit par la taille et l'emmena dehors. Il trébucha et Coda en profita pour se libérer. Elle courut jusqu'à la rue principale où les cris de terreur n'avaient pas cessé. Elle glissa sur une pierre enduite de sang, se releva dans la panique et se mit à courir vers le belvédère au moment où une main saisit son poignet. C'était une femme pirate, celle dont la voix aurait écorché un diamant. Elle inspecta la bague que Coda portait au pouce, celle que sa mère venait de lui offrir, et un sourire se dessina sur son visage de brigand.

D'autres mains soulevèrent à nouveau Coda et l'emmenèrent loin de l'océan. Elle vit les mêmes visages tétanisés qui ne l'avaient pas aidée, elle les implora une nouvelle fois. Puis elle passa devant sa maison et le corps inerte de sa mère. Il n'était pas ensanglanté comme le craignait Coda, mais elle n'aurait su dire si Veda était morte ou inconsciente. Elle voulut l'appeler une dernière fois, les mots restèrent coincés dans sa gorge. Elle n'avait plus la force de se débattre, la poigne du pirate l'étouffait, les larmes l'aveuglaient.

Ils atteignirent les portes de la Cité Rocheuse : des arcades qu'elle n'avait jamais pu franchir. Les gardiens étaient étalés au sol, éventrés, assommés, désarmés. C'était la première fois que l'enfant voyait la ville de Cascade d'aussi près. Les maisons étaient tellement plus imposantes qu'elles n'en avaient l'air du haut de la Cité. Les pierres qui assemblaient leurs murs étaient singulièrement lisses et régulières. Les bâtisses s'élevaient sur un ou deux étages et leurs toitures étaient faites de tuiles ou d'ardoises. Au sol, les pavés à moitié déchaussés s'entrechoquaient au passage des pirates. Là aussi, des visages apparurent aux fenêtres, puis disparurent dès qu'ils croisèrent le regard de Coda.

— À l'aide ! trouva-t-elle la force de crier.

Le pirate ne daigna même pas la faire taire, personne ne répondrait à son appel. Il n'y avait pas une âme assez altruiste à Cascade pour venir en aide à une enfant de la Cité Rocheuse. Elle ne manquerait à personne, ici-bas. Pour certains riverains de Cascade, les pirates les débarrassaient d'une vermine qu'ils n'osaient pas annihiler eux-mêmes. Mais pour une enfant comme Coda, il était impossible de comprendre une telle logique.

Au terme de la traversée de la ville, elle pénétra dans le port à pied. Le pirate l'avait posée à terre, fatigué, mais lui tenait fermement le poignet. De grands hangars aux toits de tôle s'alignaient, leurs lourdes portes métalliques verrouillées par d'imposants cadenas. Le sol pavé était d'une régularité inconnue à la Cité Rocheuse. L'eau noire claquait contre le quai avec rage. Elle clapotait entre les coques des navires et le granit gris. Les pirates marchaient en procession le long du port, silencieux. Les enfants, traînés ou portés, sanglotaient pour la plupart. Coda n'osait pas émettre un son, tétanisée. Elle traînait le pas, le regard effaré rivé sur les vaisseaux qui s'alignaient et tanguaient comme d'immenses créatures enchaînées au quai. Des rats slalomaient entre les pieds des pirates impassibles. Certains scrutaient le spectacle avec leurs yeux rouges avant de détaler derrière des bottes de foin.

Au bout de l'allée, la procession bifurquait le long d'une étroite et fragile passerelle qui montait sur le pont d'un sinistre galion au bois sombre. Son étendard en loque claquait au vent et se confondait avec les nuages obscurs qui obstruaient la lune. Les enfants crièrent de plus belle quand on les poussa sur la passerelle qui grinçait à chacun de leurs pas. Quand ce fut au tour de Coda, on lui lâcha enfin le poignet, mais où pouvait-elle bien aller ? Debout sur la plate-forme, seulement retenue par une corde d'un côté, elle avança à tâtons jusqu'à se hisser à bord du navire pirate. Elle n'eut pas le temps d'observer les alentours qu'on la jeta dans un trou béant en plein milieu du pont.

Elle atterrit dans une cale humide. Les lattes étaient imprégnées d'un liquide à l'odeur pestilentielle. Coda chuta à quatre pattes et constata que ses mains étaient désormais recouvertes d'une matière sombre et gluante. Une vingtaine d'enfants étaient déjà là, pelotonnés les uns contre les autres dans un coin du cachot.

— Coda !

— Pinaille !

Elle se rua vers elle et reconnut Pandore, juste à côté. Ils s'enlacèrent pendant de longues minutes.

— Levez l'ancre ! cria un homme au-dessus de leurs têtes.

L'obscurité avait envahi l'habitacle scellé par une lourde porte en chêne. On n'entendait plus que des pas précipités sur le pont, les voiles qui claquaient en s'élevant le long du mât, les chaînes de l'ancre qu'on hissait contre la coque, et le roulis térébrant des vagues qui raclaient le bois dans l'intarissable tentative d'empoigner les chevilles faméliques des enfants avalés par l'énorme carcasse flottante.

Du haut de la Cité Rocheuse, perchée sur le belvédère, Tavik observait la manœuvre qui lui arrachait sa petite-fille. Elle fixa le pavillon pirate qui flottait au vent tandis que l'océan emportait la petite Coda loin, là où aucun être humain ne devait s'aventurer. Puis son regard s'étira vers la ligne d'horizon. Un infime sourire se dessina sur son visage. Elle voyait quelque chose qui la rassurait, une créature qui, elle le savait, veillerait sur sa petite-fille.

6

Yud, Baris et les lucioles

Baris s'affairait dans la cabane de sa famille tandis que je montais la garde devant la porte d'entrée. Il fallait à tout prix empêcher ses quatre frères de rentrer à ce moment-là. Les familles aussi nombreuses étaient rares à la Torieka. À vrai dire, la sienne était la seule. La plupart des couples qui réussissaient à enfanter devaient se contenter d'un seul enfant. Ses parents avaient réussi à maintenir en vie cinq des sept qu'ils avaient eus. Le premier n'avait pas eu le temps de naître tandis que le dernier avait succombé à un accident à l'âge d'un an. C'était en raison de cette fertilité inédite que Baris et ses frères subissaient tant de pression. Personne n'imaginait leurs parents mourir sans avoir porté leurs noms véritables après avoir élevé cinq enfants. Pourtant, jusque-là, aucun de ces cinq petits devenus adultes n'avait réussi à satisfaire cette injonction.

— Dépêche-toi, j'ai l'air louche à rester plantée là !

— Une petite minute ! On n'emballe pas vingt ans en cinq minutes.

— Ne prends que le nécessaire !

La tête de Baris émergea de derrière la porte.

— Je ne risque pas d'accélérer si tu continues de me parler !

— Tu as fini ?

— Presque.

Je la repoussai en gloussant.

— Dis à mes frères que je me change s'ils essaient de rentrer.

— On ne pourrait pas simplement expliquer à nos familles ce que nous nous apprêtons à faire ?

— Ils n'accepteront jamais.

— Et alors ? Ils ne vont pas nous enfermer pour autant.

— Ça, tu n'en sais rien.

Des villageois allaient et venaient sur le chemin en me fusillant du regard.

— Ce sont nos familles, tout de même.

— Justement. Ils sont les plus susceptibles d'avoir des réactions disproportionnées.

Cédant à mon impatience, j'abandonnai mon poste et me réfugiai dans l'habitacle dépourvu de fenêtres et seulement illuminé par les faibles rayons de soleil qui s'infiltraient au travers du toit végétal.

— Yud ! Ressors !

— Non, ça suffit, je te l'ai dit, j'ai l'air beaucoup trop suspecte. Et puis il faudrait peut-être discuter de notre plan.

— On en a déjà discuté ! protesta Baris en levant les yeux au ciel. On disparaît dans la nuit juste après avoir tout expliqué à Luni qui se chargera de rassurer tout le monde au petit matin.

— Et on marche jusqu'à Bakarya ?

— Tout à fait.

— En pleine nuit, seules, à pied. Si tu veux mettre un terme à tes jours, il y a plein d'autres solutions bien plus rapides.

— Ah ! grogna Baris avec sarcasme.

— Écoute, Baris, tu as toujours des idées brillantes, mais tu manques un peu de réalisme parfois. Et si on prenait un peu plus de temps pour réfléchir à tout ça ?

Je posai ma main sur celle de Baris qui s'affairait à faire entrer une corne d'aurochs dans son sac minuscule. Elle balaya la remarque d'un mouvement de tête et renonça à la corne, visiblement déçue.

— Baris...

— Ça suffit ! Tu peux le comprendre ?

— J'ai bien compris, et on ira, bien sûr, mais c'est dangereux. On ne peut pas partir à l'aveuglette sans rien dire à personne. On pourrait se perdre, mourir, ou, qui sait, pire !

Baris voulut rétorquer quelque chose, sans savoir quoi. Elle laissa le silence s'installer un instant.

— Mais ici aussi, tout ça pourrait nous arriver, souffla-t-elle. Ça fait des années que mes frères me harcèlent pour que j'essaie enfin d'avoir un enfant.

— Ils n'en ont même pas, eux.

— Justement. S'ils sont stériles, l'honneur de mes parents repose sur moi. Et je ne sais pas combien de temps je vais encore pouvoir les faire attendre.

— Tu n'as jamais songé à essayer ? Je ne te le conseille pas, mais moi j'ai cédé. Je me suis toujours demandé comment tu n'as jamais pu.

Baris secoua la tête.

— Je préférerais me laisser mourir de faim que de... de faire ça. Enfin, tu vois. Si je disparais, au moins, je ne les aurai plus sur le dos.

— Écoute, partir à Bakarya, c'est ton idée. Maintenant, il faut me laisser y mettre mon propre grain de sel. Je ne peux pas partir sans dire au revoir à mes parents ou à Luni, au minimum. Même s'ils désapprouvent. Nous sommes ici chez nous. Si nous partons comme des brigands, nous ne serons plus les bienvenues. Je pense qu'il faut toujours avoir un endroit dans le monde qui nous ouvrira ses portes quoi qu'il arrive.

Baris acquiesça imperceptiblement.

Kruk et Lid, mes parents, ne m'adressèrent pas la parole pendant trois jours, après mon annonce. Luni haussa les épaules et fit mine que cela ne changeait rien. Jusque-là, aucune surprise. Et malheureusement, il n'y en eut pas plus du côté de Baris. Ses frères la répudièrent et ses parents l'insultèrent publiquement. Elle se réfugia chez moi tandis que les miens m'ignoraient.

Les jours passèrent en se ressemblant. On ne nous offrit rien. Après tout, nous renoncions à notre devoir de génitrice. La nourriture nous était arrachée, on nous dépouillait de notre honneur. Après le chagrin, Baris revêtit un habit qui lui seyait davantage : l'obstination. Elle empaqueta ses affaires sans aucune honte, rassembla les denrées dont nous aurions besoin, et calcula le parfait itinéraire à partir des indications des rares voyageurs qui passaient par la Torieka.

Un matin, j'emmenai les aurochs pâturer dans la cuvette de la Baleine, nom officieux que je lui avais donné. Je m'assis là, au même endroit que la dernière fois, et attendis. Quand le ciel se chargea de nuages, je me levai avec précipitation et le fixai en attendant un frémissement, un battement, quoi que ce soit qui révélerait la présence d'une créature surnaturelle. Les nuages demeurèrent inertes. Le ciel était aussi calme qu'il avait toujours été, à la hauteur de sa réputation toriékaine. Je n'avais parlé à personne de ma vision – car une vision, voilà tout ce que cela pouvait être. Les villageois n'étaient pas très friands des histoires de mastodontes volants. Parfois, j'interrogeais les aurochs du regard et j'essayais de déceler quelque chose en eux qui révélerait qu'ils avaient vu l'innommable, eux aussi. Pourtant, leur existence semblait fondamentalement inchangée. Ils dormaient, paissaient, ruminaient, dans un cycle d'une monotonie accablante. Leurs yeux taciturnes auraient difficilement pu être moins pénétrables.

La Baleine-Miroir ne revint pas. Je ne mentionnai jamais son nom à voix haute bien que je ne puisse douter de son identité. Il ne devait pas y avoir une seule âme sur cette face du monde qui ignorait la notoriété de la Baleine-Miroir. De tous les contes et les fables qui traversaient les régions par la voix ou les chants, celui-ci était si courant que plus personne n'avait besoin de le chanter. Les enfants épiaient les flaques d'eau à la recherche de ses reflets, certains adultes en réfutaient l'existence tandis que d'autres assuraient avoir déjà vu la créature. Je ne pouvais pas en douter : quiconque ayant aperçu ce que j'avais vu ne pourrait jamais nier l'existence de pareilles histoires. Il y avait certaines choses qu'on ne pouvait pas inventer, voilà tout.

Parmi les récits annexes qui s'étaient greffés à la Baleine-

Miroir depuis des décennies, il y avait celle des pirates, terrifiante en tout point. Pour les habitants de la Torieka, quiconque s'aventurait en pleine mer sur une drôle de construction flottante devait relever de la piraterie. Il fallait être fou pour oser braver le territoire de la Baleine. Que faisaient-ils, là-bas ? Personne n'était capable de l'énoncer avec certitude. Les pirates vivaient de morts et de ravages, au nom du cétacé ou pour sa destruction. Une chose était sûre, à la Torieka, le point le plus éloigné de tous les océans du monde, on était à l'abri.

À Bakarya, en revanche, rien n'était moins sûr. La cité avait été fondée au bord d'un lac si grand qu'il était impossible de voir ses deux bords en même temps, et même depuis le point le plus culminant de la ville, il avait tout l'air d'une mer inerte. Que pouvait-il bien y avoir dans les tréfonds de ces eaux bleues et glacées ? Baleine ou pas, je savais que ce n'était plus important : le territoire de la Baleine-Miroir ne se limitait pas au milieu aquatique.

Baris et moi prîmes ensemble la décision de partir par une lune étoilée. Ce n'était pas une nuit ordinaire. Quelques nuits par an, la steppe se nappait d'une nuée de lucioles. On les voyait arriver quelques jours en amont. Elles bourdonnaient aux oreilles des aurochs et s'accrochaient aux cheveux des villageois. Elles venaient par vagues et chaque nuit, pendant une semaine, couvraient le village et ses alentours d'une lueur verte. On disait que les enfants qui naissaient ces nuits-là survivraient sans aucun doute, car les lucioles apportaient quelque chose de simplement spécial, une magie de survie qui embaumait les nourrissons d'une lotion de chance. Les naissances étaient si rares que je ne connaissais personne né en de pareilles nuits.

Baris et moi pensions que s'il fallait choisir un moment précis pour partir, c'était celui-là. Dans les jours qui suivirent la fâcheuse annonce, les lucioles commencèrent à se ressembler autour de nos maisons. Quand Kruk et Lid s'en rendirent compte, ils m'adressèrent à nouveau la parole. Kruk m'offrit un talisman toriékain : une lune taillée dans de la corne d'auroch. Lid me récita les quelques chants des steppes qui avaient baigné mon enfance : ils m'avaient aidée à grandir forte et à garder la santé, selon la croyance locale. La famille de Baris ne lui pardonna jamais vraiment son abandon, mais ils la regardèrent partir et ses parents la serrèrent dans leurs bras une dernière fois.

Vêtues de nos simples tuniques et capes toriékaines, nous portions sur nos dos d'imposants sacs de toiles remplies de toutes les choses dont nous aurions besoin pour un voyage d'une semaine, mais en réalité, nulle ne savait vraiment combien de temps nous marcherions. D'ordinaire, il n'était pas aisé de marcher la nuit au milieu des steppes qui se ressemblaient toutes : de petites collines verdoyantes, un paysage parsemé d'étangs et foulé par les troupeaux d'aurochs sauvages et de chameaux des Hauts-Plateaux, de somptueuses créatures que je n'avais jamais pu voir de près. Ces animaux restaient toujours à bonne distance des habitations humaines. Ils semblaient river un regard sévère sur ces drôles de villages éparpillés dans la région. On disait souvent que les chameaux des Hauts-Plateaux avaient un regard humain. Je ne comprenais pas vraiment pourquoi puisque je n'avais jamais réussi à en approcher un d'assez près pour observer ses pupilles.

Les lucioles éclairaient le chemin sans nous éblouir. Leur lumière apaisante adoucissait l'aigreur du départ. Je menais la marche, Baris sanglotait silencieusement, quelques foulées derrière moi.

Je la connaissais mieux que ses propres parents. Sous ses airs d'étoile filante, elle était d'une sensibilité déconcertante. Elle avait feint la joie par le sourire en annonçant notre départ imminent pour l'inconnu. Elle avait énuméré toutes ces raisons qui devaient nous pousser à partir : l'enchantement de la ville, la profusion d'opportunités, l'exaltante liberté. Mais en réalité, une seule chose l'écartait de la Torieka : c'était un monde façonné par des êtres dénués d'espoir, destiné à drainer chaque once d'optimisme qui exsudait de sa population. La Torieka aurait pressé Baris comme un citron, l'étoile filante qui avait trouvé résidence parmi les mortels se serait éteinte, vide et desséchée, si elle n'avait pu fuir.

Je me retournai et vis Baris auréolée du halo vert des lucioles. Elle épongeait ses joues, feignant un sourire à mon approche. Je passai mon bras autour de ses épaules et nous nous remîmes en marche dans la lumière des vers luisants. Peut-être ne retournerions-nous jamais chez nous. Quiconque quittait la Torieka en serait bien content. Il faudrait être fou pour penser avec nostalgie à un lieu comme celui-ci. Mais Baris et moi étions toriékaines. Nous avions grandi dans les petites maisons de bois toriékaines, nous avions fait nos premiers pas entre les sabots des aurochs toriékains, et nous avions gravi les collines des steppes toriékaines avant d'apprendre à parler. Nous avions été bercées par des chants toriékains qui, bien qu'ils soient austères, restaient gravés dans l'esprit de ceux qui les entendaient. Nous laissions la mort derrière nous, la mort des centaines de nourrissons et de fœtus à qui la terre avait refusé la vie, n'autorisant leurs parents qu'à faire sonner des grelots en lieu et place des rires d'enfant. Mais un enfant ne riait pas à la Torieka. Il souriait, tout au plus. Et ceux qui ne vivaient pas suffisamment longtemps pour porter un nom n'étaient qu'épargnés de cette existence de labeur. Les anciens racontaient souvent que les petits morts se réincarnaient en lucioles et que cette brume verte qui nimbait la Torieka revenait insuffler la vie aux parents éplorés.

Il y avait beaucoup d'histoires à la Torieka, toutes plus affligeantes les unes que les autres. Elles s'imbriquaient pour bâtir le monde que nous connaissions. En quittant la Torieka avec la quasi-certitude que nous ne reviendrions pas – du moins, pas avant bien longtemps – nous laissions des ruines derrière nous et vivions désormais sans toit ni foyer.

7

Coda et les lumieuses

— Coda ! hurlait Veda à gorge déployée. Coda ! Coda !

Debout en équilibre sur le bord du belvédère, elle offrait ce nom au vent dans l'infime espoir de le voir transporté jusqu'à la fillette. Mais à chaque syllabe, les rafales s'intensifiaient et balayaient le frêle corps de Veda. D'un moment à l'autre, il pouvait basculer par-dessus la falaise. En contrebas, des vagues enragées attendaient leur offrande charnelle.

Coda ouvrit les yeux et très vite, ses sens la rattrapèrent. L'odeur d'excréments lui prit les narines et le froid maritime saisit son corps minuscule. Elle était appuyée contre Pandore qui ne semblait pas avoir fermé l'œil de la nuit. Il regardait dans tous les sens, en panique constante, ses cheveux noirs humides encadrant son visage délabré. Coda se redressa et fit mine de se frotter les yeux avant d'arrêter son geste, dégoûtée par ses mains couvertes de la matière répugnante qui tapissait le cachot flottant. Autour d'elle, une vingtaine d'enfants restaient prostrés, accroupis ou assis, serrés les uns contre les autres. Le visage de Pinaille était dépourvu de son aura lumineuse habituelle, elle ressemblait presque à une étrangère. En voyant Coda se réveiller, elle osa un rictus qui fit mouche. Le plus jeune des enfants qui avaient été capturés ne devait pas avoir plus de six ans, Coda devait faire partie des plus âgés. Elle se leva pour se dégourdir les jambes et s'approcha des marches à moitié dévorées par les termites qui menaient à la trappe. Elle grimpa et tenta vainement de soulever la lourde porte. Elle se doutait bien du résultat, mais une force l'avait poussée à essayer pour sentir les ridules du bois sous ses doigts et la pression des chaînes juste au-dessus. Elle redescendit et s'assit auprès de Pandore et Pinaille sans émettre un son. Son regard dériva sur le coin opposé au leur où reposait un monticule nauséabond. Rien que l'idée de s'y diriger pour faire ses affaires lui donna un haut-le-cœur.

Il lui fallut plusieurs minutes pour remarquer le bringuebalement qui l'emmenait successivement contre Pinaille puis Pandore. Très vite hantée par ce mouvement à la fois régulier et imprévisible, elle eut un second haut-le-cœur. Elle ferma les yeux et respira profondément pour laisser le malaise passer. Elle plaqua ses mains contre ses paupières jusqu'à ce que des paillettes colorées se mettent à danser et tourbillonner devant ses yeux. Elle leur donna la forme de sa maison ronde en pierre, celle qu'elle partageait avec Veda depuis sa naissance. Elle y vit cette dernière dans l'embrasure de la porte. Elle lui souriait avec nonchalance, comme chaque jour au moment où Coda rentrait enfin à la maison, éreintée par une journée de jeux et de vadrouilles. Ses cheveux sombres virevoltaient dans la brise. Ses lèvres remuaient, mais Coda ne pouvait entendre que le roulis des flots contre la coque et les talons des marins sur le pont. Incapable de croire à son illusion, elle rouvrit les yeux. Pandore avait appuyé sa tête contre son épaule, ses yeux perdus dans le vide. Pinaille lui avait pris la main.

Au bout d'interminables heures passées à fixer les minces rayons de soleil qui passaient entre les lattes du pont, la trappe s'ouvrit enfin. Les enfants retinrent leur souffle à l'unisson, s'éloignant au maximum de la nouvelle source lumineuse. D'énormes bottes de cuir noir descendirent les marches une à une, insensibles aux grincements qui en émanaient. Son corps se révéla à mesure qu'il descendait. Il était vêtu exactement comme Pandore l'avait imaginé quand son frère lui avait raconté des histoires cauchemardesques de pirates. Ses haillons semblaient avoir trempé dans du goudron. Son visage grignoté par une barbe hirsute et longue comme un bras recelait de cicatrices et de croûtes. Ses yeux étaient injectés de sang, ses cheveux épars s'effilochaient sur ses épaules. À la vue du monstre, les enfants crièrent.

— Ça y est ! Ils vont nous dévorer ! exhala Pandore.

Le pirate l'entendit et éclata d'un rire rauque et guttural. Au lieu de s'approcher davantage des garnements qui, en vérité, le dégoûtaient tout autant que l'inverse, il tendit un bras vers la trappe et en tira un seau. Il le jeta sur le plancher sans le renverser, et réitéra l'opération avec un autre. Le premier contenait une bouillie brunâtre qui, vraisemblablement, était la chose la plus comestible qui soit à bord. L'autre était rempli d'eau. Le pirate remonta et referma la trappe sans ménagement. Dès que le cliquetis du cadenas retentit, les enfants se ruèrent sur chacun des seaux. Ils se délectèrent de longues lapées d'eau et engloutirent la bouillie sans aucune protestation. C'était étonnamment goûteux, mais trop peu pour la vingtaine d'estomacs affamés qu'ils étaient. En deux minutes, il ne restait plus rien et les plus timides avaient à peine pu s'en approcher.

Les heures passèrent à nouveau, interminables et assommantes. Le soleil se coucha, le navire s'apaisa. Une aura fantomatique empoigna l'embarcation. Les voix se turent, le vent cingla les voiles avec furie, un filet glacial s'immisça entre chaque planche qui constituait le navire et enveloppa les enfants pris au piège.

— Des lumieuses ! s'exclama une petite voix.

— Des quoi ? fit Coda.

On lui fit signe d'observer plus attentivement autour d'elle. D'étranges volutes brumeuses tournoyaient d'un enfant à l'autre en prenant la silhouette de petites créatures humanoïdes. C'était Nélius qui avait parlé, un petit garçon un peu plus jeune que Coda. Ses parents étaient pêcheurs, Veda avait grandi avec eux.

— Des lumieuses. Mon père m'a parlé d'elles. Elles vivent au-dessus de l'océan et apparaissent sous la forme de ce qui nous manque le plus.

Coda admira les créatures vaporeuses qui voletaient d'un enfant à l'autre. Autour de la fillette, elles prenaient l'apparence d'une femme à la chevelure volante, en tout point semblable à sa mère qui avait habité ses rêves la nuit dernière. Pour Pandore, c'était un homme, sûrement son frère ou son père. Pour Pinaille, c'était une rangée de petits bulbes en pierre balayée par les vents. Chaque mirage s'estompait à la moindre perturbation – un geste, un soupir – pour se reformer ailleurs auprès d'un autre enfant.

— Elles sont inoffensives ? murmura Pandore.

— Je crois bien, reprit Nélius. À moins qu'on craigne la

mélancolie. On ne sait pas d'où elles viennent, ni même si elles sont vivantes. Certains marins racontent que ce sont les esprits de l'océan. Il paraît qu'elles peuvent transmettre des messages d'un bateau à l'autre, rien qu'à la force du vent.

Tous les enfants se regardèrent avec stupéfaction. Pinaille prit les devants, s'avança et laissa la brume l'encercler.

— Aidez-nous ! S'il vous plaît ! Ces pirates nous ont enlevés. Nous venons de Cascade, nous devons rentrer chez nous. S'il vous plaît, lumieuses, allez chercher de l'aide.

Rien ne se produisit.

— Ça a marché ? demanda-t-elle à Nélius qui haussa les épaules.

Les lumieuses poursuivirent leur valse. Rien ne bougea. Là-haut, le silence demeurait glaçant.

— Pourquoi n'y a-t-il aucun bruit ? interrogea une fillette.

Personne ne répondit.

— Peut-être bien que ce sont les esprits des enfants que les pirates ont déjà engloutis, murmura Pandore dans sa barbe, si bien que personne hormis Coda ne l'entendit.

Elle frissonna à cette idée. Sa bague de lapis-lazuli lui enserrait le pouce, elle le massa machinalement. Sentir la pierre sous ses doigts fit redoubler son inquiétude. Elle revoyait le corps de Veda étendu inerte sur la roche. Elle supplia silencieusement les lumieuses d'aller s'enquérir de sa mère et revenir la rassurer sur son état. Elle ne put s'empêcher de repenser à Tavik et ses sibyllines dernières paroles. Elle s'assit sur une des marches et regarda le clair de lune se déverser en minces filets lactés sur le plancher boueux, offrant relief et reflets aux ombres lumieuses. Petit à petit, les enfants se désintéressèrent des silhouettes mélancoliques et sombrèrent un à un dans un sommeil haché. Les paupières de Coda se firent lourdes, elle refusa de s'endormir sous peine de succomber aux visions déchirantes de sa mère et de son foyer. Le navire embaumé de lumieuses vogua plusieurs heures dans un silence sépulcral. Au petit matin, le brouillard se dissipa, chassé par le soleil.

Les prisonniers furent réveillés en sursaut par des vociférations galopant d'un bout à l'autre du pont. Depuis le fond de la cale, il était difficile de percevoir les paroles. Les enfants tendirent l'oreille avec prudence. Vraisemblablement, l'équipage avait été attaqué. On se battait juste au-dessus de leurs têtes. Les insultes fusaient, les chutes s'enchaînaient. Quelques éclaboussures retentirent en contrebas. Les enfants tressaillirent aux cliquetis des épées qui se rencontraient et aux gémissements agonisants. Pandore s'agrippa à Coda, tremblotant. Fallait-il hurler au secours ou se tapir dans l'ombre ? Comment reconnaître le bon du mauvais pirate, au milieu de l'Euroy, l'océan sur lequel ils voguaient ?

Au bout d'un certain temps, le silence revint. Des voix jaillirent une à une, puis des pas grossiers. Il était impossible de distinguer les assaillants des ravisseurs. Une hache s'abattit sur le cadenas qui maintenait la trappe fermée et on souleva le lourd panneau de bois. La lumière se déversa à nouveau dans l'habitacle. Les enfants se blottirent tous à l'opposé, comme allergiques aux rayons. Cette fois-ci, ce n'était pas de grosses bottes d'hommes qui descendirent les marches, mais celles d'une femme. Il fallut quelques instants aux prisonniers pour que leurs yeux s'habituent à la lumière soudaine et soient capables de distinguer les traits de la femme. Elle semblait plus jeune que Veda. Ses cheveux d'un blond cendré chatouillaient ses épaules. Elle était vêtue d'un veston vert par-dessus une chemise blanche et d'un pantalon de marin rentré dans des bottes de cuir. Elle les dévisagea un à un et leur adressa un sourire conciliant qui n'avait rien de semblable aux babines retroussées du pirate de la veille. Elle fit un pas dans l'ombre.

— Bonjour, les enfants. Je m'appelle Diana. Nous sommes là pour vous aider. Nous venons d'aborder ce bateau et vos ravisseurs sont désormais hors d'état de vous nuire.

Elle tendit une main, personne ne cilla. Elle agita les doigts, sans succès. Elle soupira, recula et s'assit sur une marche.

Elle contempla le sol boueux et remua une flaque du bout de sa botte. Puis elle se mit à fredonner, les lèvres serrées. Coda n'avait jamais entendu cette chanson, mais elle pouvait deviner qu'il s'agissait d'une berceuse. Là-haut, sur le pont, ses collègues s'affairaient à dévaliser le navire. Coda savait que les enfants n'auraient pas le choix. Diana et son équipage finiraient par s'en aller et les jeunes Cascadiens étaient bien incapables de naviguer seuls sur une embarcation de cette envergure. Elle interrogea Pinaille du regard, elle aussi confuse. Nélius fut le premier à s'adresser à Diana. Il était très petit, presque deux fois plus que Coda alors qu'il était à peine plus jeune. Il avait toujours eu du mal à suivre ses camarades dans leurs jeux et à bondir d'une pierre à l'autre, sur la Cité Rocheuse, pour atteindre les points les plus vertigineux. Alors Nélius avait appris à s'imposer par sa voix, sa malice et son discernement. Il fit un pas prudent vers Diana et se pencha en avant pour discerner ce qui se passait sur le pont.

— Oh, tu veux monter ?

Diana se décala pour le laisser passer. Nélius se tourna vers ses camarades qui l'encouragèrent tous du regard à y aller. Il s'approcha davantage et se hissa sur la première marche, puis la seconde. Il mit une tête à l'extérieur, les enfants retinrent leur souffle. Puis il disparut, happé vers le haut. Chacun poussa un petit cri. Quelques instants plus tard, il réapparut, un sourire aux lèvres.

— Venez vite ! Leur bateau est magnifique !

Pinaille le suivit sans chicaner et un à un, les enfants se hissèrent hors de la cale, ignorant Diana qui les regardait avec amusement. Coda fut la dernière, juste après Pandore. Elle accorda un regard presque amical à Diana.

— D'où venez-vous ? demanda-t-elle.

— Tu poses cette question à moi, ou à l'équipage ? Nous venons de partout.

— Viens vite voir, Coda ! lança Pandore, le visage auréolé de rayons de soleil.

Elle gravit les quelques marches et respira enfin l'air marin dans lequel elle avait baigné toute son enfance. La brise qui effleurait l'Euroy balaya ses cheveux. Le piteux galion pirate flottait contre celui de leurs sauveteurs. Celui-là était presque identique à celui des pirates, à l'exception près que son bois n'était pas sombre mais resplendissant, comme s'il sortait à peine de la forêt. Sa couleur était celle des yeux de Veda : un brun doré. Ses voiles n'étaient pas trouées mais indemnes et d'une couleur verte proche de l'émeraude. Le pavillon qui flottait en haut du mat était d'un rouge amoureux dardé d'un symbole trop lointain pour pouvoir le discerner. L'équipage était composé d'hommes et de femmes habillés aussi proprement que Diana. Leurs visages étaient impeccables et leurs vêtements immaculés. Ils allaient et venaient d'un bout à l'autre du pont pirate ou du leur avec des mines radieuses, comme s'ils ne pouvaient pas être plus comblés d'être marins.

Déjà les enfants passaient un par un sur le navire neuf à l'aide d'une passerelle qui n'en effrayait plus aucun. Coda passa après Pandore, encouragée par Diana qui n'avait pas lâché son sourire de grande sœur. Elle ignora les flots qui s'agitaient entre les deux coques et bondit sur le pont reluisant. Face à elle, une trappe menait vers une cale semblable à celle qu'elle venait de quitter, mais les enfants s'y précipitaient avec enthousiasme. Les marches étaient sèches et solides, le plancher brillant. Il sentait le savon comme s'il venait d'être astiqué. Entre les piliers et les poutres étaient accrochés une multitude de hamacs multicolores sur lesquels les enfants se balançaient déjà, oubliant presque le violent rapt qui les avait retirés à leurs foyers et les deux derniers jours. Coda se prit au jeu.

Au bout d'une heure ou deux — difficile d'estimer le temps lorsque l'on s'amuse — le bateau ouvrit ses voiles et se remit à voguer, laissant les pirates à leur sort sur leur épave. Dans chaque coin de la cale, des coursives s'étiraient jusqu'aux autres appartements du navire : la cuisine, le garde-manger, la cale des marins, celle des marchandises, et des latrines nauséabondes. La cabine du capitaine était accessible par la surface, de l'autre côté d'une porte rose qui demeurait fermée.

La nuit apaisa les enfants, et un succulent repas chaud ravit leur gosier. Chacun s'endormit paisiblement sur son hamac, se laissant bercer par la balançoire de la mer. Si les lumieuses apparurent, pas un seul petit n'eut les yeux ouverts pour s'en apercevoir. Ils dormirent d'un sommeil si profond que personne ne rêva. Au petit matin, leurs paupières s'ouvrirent en espérant voir le plafond gris de leurs maisonnettes rocheuses, la fin d'un cauchemar nauséabond. Il n'y eut pourtant que la même vision que la veille. Des planches de bois alignées les unes contre les autres, des pas qui s'affairaient incessamment. Et les quelques sanglots des plus jeunes enfants qui n'en pouvaient plus de s'éveiller loin des bras familiers de leurs parents.

8

Yud et la Butte du Mort-Né

Il nous fallut cinq jours pour atteindre la Butte du Mort-Né. C'était un site sacré pour les communautés qui habitaient les steppes. Nous en avions entendu parler sans jamais le visiter. À la Torieka, plus personne ne s'embêtait à faire vivre les rituels de nos ancêtres. Une poignée de contes mentionnaient la Butte du Mort-Né, une histoire tout aussi funeste que les autres.

Nous nous y installâmes pour notre sixième nuit. Une grotte dominait la colline ténébreuse. On alluma un feu au bord de la cavité, laissant la fumée lécher la paroi grisâtre avant de s'échapper par l'ouverture. L'espace ne pouvait abriter plus de monde, nous ne pouvions tendre nos jambes sans nous rôtir les orteils ou les laisser dépasser dehors, en proie aux vents et prédateurs. En somme, il s'agissait davantage d'un rocher creux que d'une grotte. Alors que la pénombre s'installait, je fis réchauffer le contenu d'une petite boîte métallique. Il ne restait plus grand-chose à manger : quelques céréales, des fruits séchés enrobés d'une mixture sucrée et des pommes de terre. Baris revint du ruisseau avec une outre pleine à ras bord. Je me désaltérai et nous mangeâmes goulûment notre seul repas de la journée. Nous parlions peu, économisant notre énergie pour la marche. Toutefois, nous ne pouvions ignorer les inscriptions qui ornaient les parois de la grotte. L'écriture était étrangère au peuple de la Torieka. Aucune de nous deux n'était capable de déchiffrer ces symboles, nous ne pouvions que supposer qu'ils racontaient l'histoire du Mort-Né. Ils oscillaient à la lumière de la flamme, donnant vie au conte.

— Que font les gens quand ils viennent ici se recueillir ? demanda Baris.

— Je ne sais pas, je ne connais personne qui serait déjà venu.

— Tu ne voudrais pas me raconter l'histoire ?

— Tu ne la connais pas ?

— Si, un peu, mais tu racontes toujours bien les histoires.

Je pris une grande inspiration et me concentrai. Cela faisait longtemps que je n'avais pas exploré celle-ci. Avant de commencer, je devais me rappeler chaque détail.

— On raconte qu'il y a plus de mille ans, le monde a défié notre espèce. Les steppes, les plaines et les forêts se sont recouvertes de sable, les lacs et les rivières se sont asséchés. L'océan a rongé les côtes et retiré aux hommes, femmes et enfants leurs foyers. Ceux qui ont survécu se sont réfugiés dans les montagnes épargnées. D'autres, plus solides et téméraires, ont vécu dans le désert, se maintenant en vie grâce aux oasis éparses et à leurs métabolismes extraordinairement résilients. Cette ère, qu'on appelle le Souffle, a duré mille ans. Puis le sable s'est retiré. Les humains sont descendus des montagnes et le peuple des sables s'est mélangé à eux. C'est la Résurgence. La légende raconte que les steppes primordiales, où nous vivons, sont le berceau de l'humanité. Les premiers êtres sont apparus ici, ils ont survécu ici sans jamais quitter leur terre malgré les vents acérés et le sable calcinant. Quand le Souffle s'est retiré, leur ténacité a été récompensée par une terre fertile, vaste et irriguée en abondance. Ils vécurent de longs siècles entre plaines et forêts, chaque famille comportant des dizaines d'enfants, tous en bonne santé.

» Les générations se succédèrent et les divinités qui régissent notre monde s'interrogèrent sur l'avidité des humains qui obtenaient toujours tout ce qu'ils souhaitaient sans avoir à le gagner. Elles décidèrent donc de les tester en usant de la tentation. Elles envoyèrent une prophétie par le biais d'une chamane. La règle était simple : ce qui tombe du ciel appartient à la terre. Les humains auraient défense d'effleurer tel trésor. Ils pourraient l'admirer, le vénérer, ou même l'ignorer, tant qu'ils n'y touchaient pas. Ils acceptèrent, trop effrayés de se voir un jour privé de l'abondance dont ils ne pouvaient plus se passer.

» Pendant quelques années, rien n'advint. La prophétie devint matière à folklore. Puis, une nuit d'été, une étoile s'embrasa dans le ciel. Elle se fit de plus en plus éclatante avant de se mettre en mouvement. Elle fila à travers le ciel et se rapprocha de la terre des humains. Elle s'écrasa sur une colline. L'étoile brûla pendant trois semaines avant de s'éteindre, et fuma jusqu'à l'hiver avant de révéler une cavité béante à sa base. Personne ne l'approcha, par prudence. Puis les enfants commencèrent à s'amuser autour, sans jamais la toucher. On érigea alors des barrières autour de l'étoile morte pour empêcher quiconque de braver la prophétie. Le peuple finit par s'en désintéresser. Toutefois, pour éviter toute nouvelle tentation, un chef de village décida qu'il fallait s'en aller. Les humains abandonnèrent leurs maisons et leur forêt pour aller s'installer plus loin.

» Avant que le village déménage, une famille était partie vers une contrée voisine pour rendre visite à des parents éloignés. On oublia leur départ et personne ne resta pour les attendre. Quand ils revinrent chez eux, ils trouvèrent les habitations froides et investies par des animaux sauvages. La mère attendait un enfant, le septième. Son ventre était rond comme s'il enveloppait la lune. Le soir de leur retour au village abandonné, l'enfant se fit impatient. La mère le sentit arriver alors qu'il se mettait à pleuvoir et venter. Il n'y avait aucun abri où se réfugier pour mettre l'enfant au monde. Le père chercha en vain la moindre ramure sous laquelle se protéger de l'humidité. Son regard dériva vers la colline qui surplombait le village et la grosse étoile creuse qui y gisait depuis de nombreuses années. Il connaissait la règle primordiale, mais sa compagne hurlait de plus en plus fort, il ne pouvait le supporter. Il la prit par la main et la tira en haut de la butte, suivi de leurs six jeunes enfants. Au pied de l'étoile semblait chatoyer une petite étincelle. Il la nourrit avec du bois humide, sans grand espoir et sursauta en voyant le feu prendre d'un coup. Il le mit à l'abri dans la cavité et y installa sa compagne. Il n'y avait pas de place pour les enfants qui durent attendre dehors sous la pluie, mais ils étaient solides, cette terre les avait rendus ainsi. L'homme et la femme prirent soin de ne pas toucher les parois, mais ils durent l'effleurer par mégarde, car la pluie et le vent redoublèrent. Jamais pareille tempête n'avait ébranlé ce havre de paix. L'enfant qui vint au monde, si agité et vivace quelques heures plus tôt, ne respirait pas. Il naquit blanc et demeura ainsi malgré les tentatives de ses parents pour le ranimer. Jamais ce peuple n'avait connu la naissance d'un bébé mort-né. Seuls les vieillards qui en avaient assez vu de la vie trouvaient la mort. Ils comprirent très vite ce qui avait causé ce trépas. La prophétie avait été claire, et ils l'avaient enfreinte. Tel était leur châtiment.

» Quand la tempête cessa et qu'ils purent ressortir, ils découvrirent la steppe telle que nous la connaissons. Les arbres étaient couchés, on ne voyait plus que des collines vertes à perte de vue, un horizon ondulé. Ils découvrirent par la suite leur incapacité à enfanter, et l'infertilité des terres qui ne leur offrirent plus que l'essentiel. Finis, les mets savoureux aux mille épices, les fruits multicolores, les gibiers tendres et foisonnants. L'humanité avait oublié la puissance des éléments, elle s'en trouva sévèrement punie.

Baris scrutait les alentours d'un air narquois.

— Et nous voilà, en train de commettre exactement la même erreur que nos ancêtres, plaisanta-t-elle.

— L'erreur est commise, ce n'est plus qu'un rocher parmi d'autres.

— C'est un rocher assez singulier, tout de même.

— Crois-tu que ce soit vrai, cette histoire d'étoile tombée du ciel et de châtiment des éléments ? Crois-tu que les steppes étaient couvertes d'une forêt luxuriante ?

— Et pourquoi pas ? rétorqua Baris.

— Des histoires déprimantes comme celle-ci, les steppes en ont des centaines. Des histoires de bébés mort-nés, de punitions divines, de désolation... Je trouve que c'est un peu redondant. Et surtout égocentrique.

— Égocentrique ? interrogea Baris, déconcertée.

— On ne voit les choses que par le prisme de notre propre culture. Ces histoires sont racontées par nos anciens depuis des générations, des individus qui n'ont, pour la plupart, jamais mis un pied en dehors de notre communauté. Alors ces théories comme quoi l'humanité est apparue dans nos steppes, je trouve ça un peu exagéré. Il ne faut pas trop s'y fier. À Bakarya, on nous racontera sûrement des histoires un peu différentes.

— Mouais... enfin tu admettras quand même que c'est bizarre, un gros rocher comme celui-ci en haut d'une colline.

Je haussai les épaules, amusée. Malgré la monotonie de la Torieka, j'avais récemment réalisé qu'il y avait plus de choses étranges dans cet univers que je ne m'y étais attendue.

Je sortis de la grotte à quatre pattes et pus enfin m'étirer sous le ciel étoilé. La lune brillait si fort qu'elle éclairait la steppe d'une angélique lumière argentée qui rebondissait sur les pierres, les ruisseaux et la rosée se déposant déjà un peu partout. Le paysage vallonné trouvait son reflet au sein des nuages épars qui s'entrelaçaient sous le faisceau lunaire. Au loin, un loup solitaire hurlait, son écho s'envola dans les airs et demeura sans réponse. Je frissonnai en pensant aux bêtes sauvages qui rôdaient aux alentours. La plupart étaient inoffensives, d'autres un peu moins. À mesure que nous nous éloignions de la Torieka, nous devions faire face à davantage de surprises. La steppe semblait interminable mais ses habitants variaient selon les territoires. En six jours, pas un seul chameau des Hauts-Plateaux ne s'était montré. Quelques chétifs coyotes, des lièvres, et un troupeau d'aurochs sauvages avaient déferlé dans la distance.

La Butte du Mort-Né dominait les environs, j'avais une vue imprenable sur les vallons voisins. À deux vallées de là, une minuscule lumière blanche s'agitait. Cela aurait pu être le reflet de la lune contre un objet métallique ou un miroir, mais je doutais que celle-ci puisse être assez puissante. Je scrutai la vallée avec plus d'attention jusqu'à ce que Baris me rejoigne.

— Qu'est-ce que tu fais ?

— Regarde, là-bas. Tu ne vois pas une lumière clignoter ?

— Non, il fait complètement noir.

Je crus à une nouvelle apparition surnaturelle dont moi seule serais sensible.

— Ah si ! Oui, je la vois. Qu'est-ce que c'est ?

— Je ne sais pas, mais ce n'est pas du feu. La couleur serait plus chaude.

— On devrait partir dans cette direction, demain matin. On verra bien. Allons dormir, je suis sûre que ce n'est rien d'important, suggéra finalement Baris.

Elle était accoutumée à la constance des steppes, il était rare de buter sur quelque chose d'anormal. Je la rejoignis à l'intérieur, les braises rougeoyantes diffusaient une lueur tamisée. Elles ne tarderaient pas à s'éteindre complètement. Il fallait s'endormir avant que le froid saisisse la cavité.

9

Coda et la vie maritime

L'air marin qui régnait sur le navire n'était pas celui qui animait la Cité Rocheuse. Il était plus humide et cinglant. Celui de la cité était affectueux, presque joueur. Tous deux étaient frais et salés. Coda pouvait fermer les yeux et s'imaginer sur le belvédère, le vent agitant ses cheveux coupés court.

Elle passa ses dix petits doigts dans sa tignasse couleur de châtaigne et imagina celle de sa mère, beaucoup plus sombre et fournie. *Je vais laisser mes cheveux pousser jusqu'au jour où je rentrerai à la maison,* pensa-t-elle en espérant que cela ne soit pas long au point que Veda en remarque la différence. Des pas précipités tirèrent Coda hors de sa rêverie. Depuis deux jours, une vingtaine d'enfants délurés arpentaient le navire d'un bout à l'autre en courant. Ils grimpaient sur le mât, le long des gréements, fouillaient chaque compartiment, volaient de la nourriture et échappaient aux remontrances par mille stratagèmes. Coda les avait imités pendant un temps avant d'être rattrapée par la mélancolie. Peu à peu, d'autres la rejoignirent et la vie sur le navire se fit plus calme, moins critique. Certains s'enfonçaient dans le creux de leurs hamacs pendant des heures chaque jour, simplement éveillé par la faim et les besoins primaires. D'autres continuaient les chamailleries par souci de ne pas trop réfléchir. Coda et Pandore, eux, vaquaient à chaque occupation en ruminant.

Le capitaine ne s'était pas encore montré. Il restait cloîtré dans ses appartements quand les enfants étaient actifs. Il logeait dans une large cabine située sous le poste de pilotage, à l'arrière du bateau. C'était la seule pièce inaccessible depuis la cale, car celle-ci était en surface. Sa porte en bois rose à la poignée dorée demeurait mystérieusement close. Diana ramenait les paroles du capitaine : « Les vents sont trop faibles pour retourner à Cascade, attendons quelques jours », « Le capitaine est ravi de vous avoir à bord, il dit que ça rajeunit l'équipage et ce n'est pas du luxe ! ». Mais les enfants ignoraient jusqu'à son nom. Quand les enfants interrogeaient Diana ou un autre des seize membres d'équipage, il leur était simplement répondu que « le capitaine a beaucoup à faire, il vous recevra quand ce sera nécessaire. »

Les jours passèrent à nouveau. Le vent bombait la voile sans permettre au bateau d'aller vers l'ouest. Les enfants trop impatients se voyaient rappeler qu'au moins, ici, ils mangeaient à leur faim et ne baignaient pas dans leurs propres excréments. Il faudrait de toute façon un jour ou l'autre accoster pour se réapprovisionner, et Cascade serait idéal. Coda se demandait bien dans quelle direction l'embarcation voguait si elle ne voulait pas trop s'éloigner des terres. Elle essayait de braver les interdictions de Diana et de mettre un nez dehors une fois la nuit tombée pour observer les étoiles. Adius lui avait un jour appris qu'on pouvait se repérer grâce aux étoiles, où qu'on soit dans le monde. Il avait bien été gardé de préciser comment. Diana et le reste de l'équipage rechignaient à lui enseigner quoi que ce soit en matière de navigation. Les petits n'avaient le droit de mettre la main à la pâte que pour le ménage. On leur faisait astiquer le pont chaque jour pour les canaliser. À toute heure de la journée, au moins cinq enfants étaient agenouillés et frottaient les lattes avec énergie.

Coda, Pinaille et Pandore se mirent à faire la connaissance du reste de l'équipage. Il y avait le vieux Réor. Il n'était pour ainsi dire pas tellement vieux, mais il était sans équivoque le plus âgé des marins à bord – sans compter le capitaine dont on manquait toujours de la moindre information. Réor était cuisinier. Chaque jour, il était occupé aux fourneaux à préparer les mêmes mets pour le reste de l'équipage. Le soir, il aimait bien s'asseoir sur les marches de la cale et raconter ses histoires de marins aux petits dont les paupières s'abaissaient déjà. Parfois, d'autres membres de l'équipage se joignaient à la réunion pour écouter ces récits ou ajouter leur grain de sel.

Un soir, Réor parlait des pieuvres monstrueuses qui avaient saisi le petit navire marchand sur lequel il était matelot dans sa jeunesse.

— Vous voyez, ces pieuvres sont constamment affamées. Vous pouvez les nourrir autant que possible, elles en demanderont toujours plus. Et ce n'est pas leur taille qui effraie, mais leur nombre. Elles assaillent un navire par dizaines. Elles grimpent la coque grâce à leurs ventouses et peuvent se faufiler dans n'importe quel interstice. Ce qu'elles préfèrent, ce sont les enfants, ils sont bien tendres.

Une exclamation d'effroi parcourut l'assemblée.

— Oh, mais n'ayez crainte. Elles ne chassent que la nuit. Tant que vous restez dans vos hamacs du coucher au lever du soleil, elles ne pourront jamais vous attraper. Cette cale a été conçue pour les maintenir éloignées. On n'en faisait pas des pareilles quand j'étais jeune, alors ça faisait peur. Mais maintenant, avec Réor sur le bateau, il n'y a strictement rien à craindre.

Le cuistot amusait Coda par son esprit de contradiction. Chaque soir, il appréciait terrifier les enfants avant de regretter et tout faire pour les rassurer. Les plus jeunes buvaient chacune de ses paroles tandis que les plus âgés, comme Coda et ses amis, se doutaient qu'une bonne moitié de ses palabres n'étaient que fiction.

— Alors le pirate, il fait presque deux fois ma taille et me coince à la proue. Derrière moi, il y a l'eau qui rugit, devant moi ce pauvre fou qui porte la peste. Qu'est-ce que je fais, hein, qu'est-ce que je fais ? raconte-t-il un autre soir.

— Tu sautes ! s'écrie un bambin.

— Bien sûr que non ! J'arrache l'épée fixée à la figure de proue et je la brandis devant moi. Il s'y attendait pas, le bougre ! Il recule d'un pas, je profite de son moment d'inattention et je l'attaque.

Des histoires contre les pirates, il en avait des dizaines. Il sortait victorieux de chacune d'entre elles. Ludel aimait bien jouer ses exploits, non sans le parodier. C'était un matelot maigrichon qui avait le visage constellé d'acné. Il marchait maladroitement, comme si ses jambes étaient trop longues, et ses bras trop embarrassants. Quand il mimait les aventures de Réor, il avait tout l'air d'un pantin agité par une main invisible. Après avoir obtenu les rires qu'il était venu chercher, Ludel se retirait vers la cale des marins, plus exiguë.

Coda s'endormait paisiblement contre Pinaille. Elles partageaient le même hamac et dormaient chaque nuit tête-bêche. Pinaille était souvent la première à ouvrir les yeux. Elle bondissait en bas du hamac et réveillait Coda par son soubresaut. Elle entendait alors la voix autoritaire d'Atamine aboyer des ordres aux matelots déjà au travail sur le pont.

Atamine était une femme taciturne au teint aussi pâle que du marbre. Ses cheveux d'un noir profond étaient toujours tirés en arrière et enserraient son crâne ovale comme un étau. Les regards qu'elle abaissait en faveur des enfants étaient froids et distants, elle n'adressait la parole à aucun. Toutefois, elle prenait garde à suggérer certaines choses quand un petit était à proximité pour lui donner des conseils.

— Si quelqu'un venait à chuter dans l'eau, il se ferait sûrement écraser par la coque du navire et personne ne remarquerait sa disparition avant que son corps se mette à flotter sans vie à la surface, dit-elle alors que Nélius se penchait par-dessus le bastingage pour observer les dauphins.

— J'ai entendu dire que Réor avait besoin d'aide en cuisine. Ses commis pourraient être récompensés par un peu de rab, indiqua-t-elle à Diana tandis que Pinaille flânait non loin de là.

Coda remarqua Atamine car c'était une des rares à pénétrer

dans les appartements du capitaine. Deux autres bonshommes à l'air tout aussi hautain en avaient l'honneur et ils en ressortaient toujours avec des consignes et des indications. Hormis eux et Diana, l'équipage n'avait pas vu un cheveu du capitaine depuis que les enfants étaient arrivés.

— C'est courant, disait-elle. Le capitaine est un homme discret.

— Quand le vent se remettra à souffler dans le bon sens, tu penses qu'il nous faudra combien de temps avant de rejoindre Cascade ?

Coda, Pinaille et Diana étaient occupées à démêler les cordages sur le pont. Coda avait soufflé la question presque comme si elle espérait que Diana ne l'entendrait pas. Celle-ci commençait à fatiguer d'entendre constamment les mêmes interrogations à ce sujet. Elle n'avait guère plus de réponses que les enfants. Elle soupira d'agacement et Pinaille leva la tête en se mordillant la lèvre inférieure, soucieuse. Diana laissa tomber les cordes et regarda successivement l'une et l'autre.

— Bon, écoutez. Je vais vous dire quelque chose, mais il faudra me promettre de ne pas le répéter aux autres.

— Comment ça ? fit Pinaille, désormais méfiante.

— Ce n'est rien de bien grave. C'est juste que ça ne sert à rien d'affoler tout le monde pour rien.

— C'est affolant de ne pas savoir, indiqua Coda d'un air supérieur.

— C'est promis, on ne dira rien ! concéda très vite Pinaille.

Diana lui lança un regard dubitatif. Pinaille n'était guère connue pour son silence. Celle-ci lui renvoya son sourire le plus rassurant.

— Alors voilà. Le vent ne change pas de direction tous les quatre matins. Ce n'est pas comme si aujourd'hui il soufflait vers l'est et demain il soufflerait vers l'ouest subitement. Ces choses-là prennent toujours un peu plus de temps, et c'est imprévisible. C'est terrible à admettre, mais personne sur ce bateau ne peut vous promettre que vous allez rentrer chez vous avant quelques mois. Le mieux qu'on puisse faire c'est de voguer vers le nord ou le sud et d'accoster dès que possible. On vous aidera alors à regagner Cascade par la terre.

Ni Pinaille, ni Coda ne parlèrent pendant un instant. Elles ne s'avéraient pas vraiment surprises. Mais c'était vrai, l'admettre était difficile.

— Tu es déjà allée à Cascade, toi ? demanda Pinaille d'une petite voix.

Diana parut hésiter.

— J'ai dû y passer. C'est une grande ville. Mais je suis encore une jeune recrue sur le navire. Le capitaine ne me laisse pas explorer la ville. Quand nous nous arrêtons, je peux descendre sur le port et explorer les alentours, mais ça ne suffit jamais pour connaître la ville, admit-elle avec peine.

Une vie de mer semblait enivrante de solitude.

— J'étais comme vous, vous savez. Peut-être un peu plus âgée. Des pirates m'ont enlevée à mes parents. Nous vivions sur une petite falaise balayée par les vents. Le soleil était presque toujours caché par les nuages, il pleuvait beaucoup et la mer était constamment déchaînée. Mes parents avaient bâti notre maison avec des rondins qu'ils avaient dénichés dans un bois à l'intérieur des terres. Ils avaient tout quitté pour m'élever, moi et mes trois jeunes frères, quelque part où personne ne viendrait nous embêter, pensaient-ils. Et puis un jour, un ténébreux galion a jeté l'ancre juste devant notre minuscule maison. Ils sont venus en barque jusqu'à la petite plage où on avait l'habitude de jouer. C'était aussi de là que ma mère partait à la pêche, elle nous emmenait parfois. Ils ont grimpé la falaise, mes parents sont venus à leur rencontre sans se douter de quoi que ce soit. Ça n'a pas duré longtemps, les pirates les ont assommés et nous ont emmenés, tous les quatre.

— Tous les quatre ?

— Oui, mes frères et moi. Aujourd'hui, il ne me reste que Ludel.

— Ludel est ton frère ? s'exclamèrent Coda et Pinaille à l'unisson.

— Oui, confirma Diana avec amusement. Vous ne trouvez pas qu'on se ressemble ?

Les fillettes secouèrent la tête en signe de négation.

— C'était le plus jeune. Il ne se rappelle même pas nos parents. Il ne me reste plus que lui, et il ne lui reste plus que moi. Les deux autres sont... enfin, vous voyez.

— Morts ? compléta Pinaille sans grand tact.

— Oui. Notre navire a été pris dans la tempête. Ludel s'est cramponné à moi, on se serait noyés sans Totem. Il nous a sauvés, mais les deux autres n'ont pas eu cette chance. C'était trop tard pour eux.

— Totem ? C'est le capitaine ? demanda Coda à mi-voix.

— C'est ça. Mais ne dites à personne que j'ai dit son nom. Il préfère se présenter lui-même.

— Mais alors, vous n'avez jamais retrouvé vos parents ? interrogea Pinaille.

— Non. On ne savait pas comment revenir. La falaise d'où nous venions ne portait pas de nom. Nous n'étions que Diana et Ludel, de nulle part. Ce caillou n'avait rien à voir avec votre cité. Cascade est sur toutes les cartes, il suffit de demander son chemin pour la rejoindre. Mais une falaise perdue loin de tout, c'est très courant. Heureusement, Totem a été là pour nous. Il nous a recueillis, nourris, élevés et aimés comme sa propre famille. Il nous a tout appris.

— Mais pourquoi ne te laisse-t-il pas explorer les villes ? demanda Coda. De quoi a-t-il peur ?

Diana haussa les épaules.

— Il dit que c'est pour nous protéger de la sauvagerie des citadins et de la terre. Il y a tout un tas de fous, là-bas, qui essaieraient de vous convaincre de tout et n'importe quoi. C'est un monde dangereux plein de tentations et de mensonges. Quand on est jeune, on est facilement influençable.

— Tu n'es pas si jeune, plaisanta Pinaille avant d'étouffer un rire.

Coda lui enfonça le coude dans les côtes en réprimant un sourire.

— C'est vrai. Bientôt, je serai libre. Mais je n'ai pas tellement envie d'aller voir ce qu'il se passe sur terre pour autant. J'ai très bien vécu toutes ces années sans parler à un seul terrien. Et si je repasse un jour à Cascade après vous y avoir déposées, je m'assurerais de vous rendre visite à la Cité Rocheuse, car vous êtes des terriennes plutôt chouettes.

Coda et Pinaille ne purent s'empêcher de glousser.

— Sûrement pas, rectifia Coda. Seuls les habitants de la Cité Rocheuse ont le droit d'y monter. Ce sera à nous de venir te voir en ville.

— Et seulement à partir de nos vingt ans. On n'a pas le droit de descendre avant, ajouta Pinaille.

— Et pourquoi donc ?

— On ne sait pas trop, poursuivit-elle. Ce sont les habitants de Cascade, ils ne nous aiment pas tellement. Ils doivent avoir peur que leurs enfants jouent avec nous.

— On dirait que je ne suis pas la seule à suivre des règles un peu stupides, plaisanta Diana.

10

Yud et les chameaux

L'aube de la steppe avait une saveur mielleuse. Elle nappait tout doucement le paysage avec ses filaments dorés. Quand on se mit en marche, le soleil embaumait nos visages. Il atteignit rapidement les nuages derrière lesquels il se réfugia.

La steppe était un paysage répétitif et monotone. Il convient toutefois de préciser qu'au fil des jours, nous observions diverses espèces que nous ne connaissions pas auparavant. Il y avait des lièvres aux petites oreilles, des renards à carapace et les oiseaux changeaient de couleur comme de chemise. Ces animaux ne craignaient pas l'humain parce qu'il était lent, d'apparence peu redoutable et bien souvent peu familier à son environnement. D'ailleurs, nous n'étions pas de bonnes chasseuses. Nous mangions peu, limitées par ce que nous avions emporté et espérions pouvoir nous réapprovisionner dans des villages en chemin. Seulement, nous n'en avions pas croisé un seul depuis notre départ. C'était comme si le néant séparait la Torieka et Bakarya.

La route était aisée car les steppes ne présentaient aucun obstacle majeur. Il fallait seulement gravir les collines les unes après les autres ou bien les contourner en zigzaguant. Nous avions de plus en plus faim et commencions à croire que nous nous étions peut-être trompées de direction. Suivre le soleil s'avérait un peu imprécis, mais dans le monde d'où nous venions, il n'y avait ni boussole ni chemin tracé au sol. Ce n'était pas sans raison que la Torieka s'était paresseusement isolée.

Alors quand on aperçut ce clignotement au loin, on ne put s'empêcher de penser que c'était là une trace humaine. On marcha dans cette direction sans tenir compte du soleil qui s'était de toute manière caché derrière un tapis gris. Il nous fallut à peine quelques heures pour nous approcher du campement étranger. Une fois arrivées à l'emplacement approximatif où nous avions vu le miroitement, nous ne trouvâmes que des cendres et des brindilles brûlées. Des ossements rongés jusqu'à la moelle gisaient çà et là, il n'y avait plus rien à en tirer. Hormis cela, les hommes et les femmes qui avaient bivouaqué ici avaient si bien effacé leurs traces qu'ils auraient tout aussi bien pu être des esprits.

— Accélérons, suggéra Baris. Nous pourrions peut-être les

rattraper.

Et puis quoi encore... Nous étions de piètres randonneuses. Nous traînions le pas depuis des jours. Mais ces ossements nous animèrent. Nous prîmes à nouveau la direction de Bakarya, comme s'il allait de soi que les voyageurs s'y dirigeaient aussi.

Nous marchâmes en pressant le pas, gravîmes les collines avec une force que nous croyions envolée. Au sommet de chacune, nous nous attendions à voir des silhouettes humaines en contrebas, sans jamais obtenir satisfaction. Du haut d'une colline plus imposante que les précédentes, j'aperçus au loin la Butte du Mort-Né, déjà minuscule. C'était comme si des jours de marche étaient passés alors que cela ne faisait que quelques heures. Je balayai l'horizon des yeux à la recherche de la moindre irrégularité, une aspérité qui trahirait des créatures bipèdes. En haut d'une colline voisine se tenait un animal imposant monté sur quatre échasses aux doigts griffus. Il était revêtu d'un lourd manteau de longs poils sombres qui oscillaient sous la brise. Deux éminences s'élevaient sur son dos, comme deux collines jumelles. Son cou en arceau supportait une tête flegmatique aux yeux symétriques. Ses cils étaient étonnamment longs. Son visage s'allongeait en un museau marron, ses lèvres remuaient avec indifférence. Sur le haut de sa tête, entre ses deux oreilles, une tignasse similaire à sa parure lui donnait l'air presque humain.

— Un chameau des Hauts-Plateaux, murmura Baris après avoir suivi mon regard. C'est la première fois que j'en vois un.

Comme moi, elle était prise d'émerveillement. Le chameau nous scrutait avec un œil paresseux. Il se détourna et reprit sa marche dans la même direction que nous, sur un chemin parallèle au nôtre. Quatre autres chameaux de tailles et de couleurs différentes surgirent sur le flanc de la colline et marchèrent en file indienne d'un pas doux et modéré. Ils suivaient une cadence régulière.

— Tu as vu ça, soufflai-je. Ils nous ignorent complètement.

— Ils sont magnifiques. Si grands, si majestueux. Tu as vu le petit blanc, derrière ? Comme il est mignon.

— Ils n'ont pas du tout un regard humain...

Baris gloussa.

— Tu pensais que c'était vrai ? Ce ne sont que des histoires, comme celle du Mort-Né.

Nous reprîmes la marche avec plus de prudence. Nous gardions un œil sur le maigre troupeau qui ne s'éloignait jamais de nous. Le petit blanc nous accordait de temps à autre un regard curieux. On pouvait sentir qu'il voulait s'approcher de ces drôles de bipèdes qui les dévisageaient constamment. Les quatre autres adultes continuaient de nous ignorer par leurs ports de tête arrogants.

La nuit tomba, nous ne fîmes une halte qu'au moment où les chameaux en firent autant. Ils se couchèrent un à un et fermèrent leurs paupières maquillées, tranquilles. Le petit sautilla un peu partout, s'amusant avec la moindre touffe d'herbe, avant de tomber contre sa mère, épuisé. Il s'endormit, étalé contre son flanc. Nous les regardâmes jusqu'à ce que l'obscurité soit trop épaisse et que leurs silhouettes ne ressemblent plus qu'à de vulgaires rochers. Alors, on s'endormit sans avoir mangé et sans penser aux mystérieux voyageurs dont nous avions perdu la trace.

Un souffle rauque me réveilla avant le lever du soleil. J'ouvris les yeux, pétrifiée. Je pris instinctivement la main de Baris dans la mienne et la serra pour la réveiller. Je sentis à la respiration soudainement irrégulière de ma bien-aimée qu'elle avait, elle aussi, ouvert les yeux. Un museau dégoulinait juste au-dessus de nos visages. Ses naseaux expulsaient des nuages de buée dans un ronflement bestial. L'animal recula légèrement, nous laissant nous relever en position assise. C'était le premier chameau que nous avions aperçu. De près, il était encore plus imposant. Ses drôles de pattes à trois doigts avaient la largeur d'un torse d'enfant. Ses griffes ressemblaient à des ongles jaunis et usés par la marche quotidienne. Sa peau épaisse était flétrie, comme couverte d'écailles. Puis elle sombrait derrière un rideau de poils au niveau de ses genoux. Sa parure était si épaisse : je ne pus m'empêcher de penser au nombre de manteaux que j'aurais pu confectionner avec la fourrure d'un seul animal. Mais bien évidemment, il n'en serait jamais question. Je rendis à l'animal son regard et m'aperçus que la légende n'était pas entièrement fausse. Ses yeux grands ouverts fixaient les miens. Sa pupille était ronde comme celle d'un humain et son iris coloré d'un bleu profond. Il nous regarda tour à tour avant de relever la tête et de s'éloigner silencieusement. J'interrogeai Baris du regard, elle haussa les épaules. Nous essayâmes de nous rendormir, sans succès. Nous ne pouvions plus faire abstraction des ronflements des chameaux, non loin de là. Celui qui nous avait inspectées les rejoignit et se recoucha, prenant à nouveau l'apparence d'un rocher duveteux.

Au petit matin, les bêtes avaient disparu. Nous pûmes reprendre notre périple sans distraction. Nous discutâmes un peu de l'événement de la nuit, du regard de l'animal. Même s'il n'était plus là, nous nous sentions toujours observées, surveillées. Peu à peu, notre attention se reporta sur la poursuite des voyageurs étrangers. On marcha une nouvelle journée sans apercevoir une seule trace humaine. On s'arrêta quelques minutes pour grignoter les dernières denrées qu'on avait emportées de la Torieka. Du reste, nous bûmes de l'eau pour satisfaire nos estomacs béants. Au coucher du soleil, nous avions abandonné l'idée de les rattraper.

Baris défit nos affaires pendant que j'allumais un feu avec des bouses séchées trouvées non loin de là. Quel que soit l'animal dont elles provenaient, elles brûlaient bien sans dégager d'odeur.

— On n'a plus rien, marmonna Baris, éreintée.

Je la rejoignis et constatai l'inventaire. Nous étions venues à bout de notre nourriture. Baris avait perdu son sourire et ses yeux leur éclat. Nous nous étions amaigries en seulement une semaine. Nos joues s'étaient creusées et nous semblions déjà nager dans nos longues robes sombres. Le feu brûlait mais il n'avait plus rien à cuire. Nous restâmes là quelques instants à observer les ombres générées par les flammes, les vîmes danser puis s'amenuiser jusqu'à devenir de simples caresses contre les braises.

— Si seulement on savait chasser, murmura l'une de nous.

Les faibles ombres qui subsistaient prirent une forme singulière. D'abord longues, elles se ratatinèrent au rythme d'un froissement qui se rapprochait. Je pensai d'abord au chameau de la veille, mais ses pas auraient été plus espacés et feutrés. Ceux-là ne cherchaient pas la discrétion. Nous nous retournâmes et découvrîmes un petit groupe de cinq individus, cinq humains. Une femme d'âge avancé qui se tenait droite comme un piquet, la main froissée posée sur une canne. Trois hommes aux barbes très longues et aux visages taillés par le vent. Un autre devait être l'homme le plus vieux que nous ayons jamais vu. Il était complètement chauve, dépourvu de barbe, ses joues, son front, son nez et son cou tous parsemés de ridules qui s'entrecroisaient, se chevauchaient et bataillaient. Ses paupières tombaient sur ses yeux comme un rideau qui annonçait la fin d'une représentation. Sa nuque formait un arc par-dessus son corps ratatiné. Malgré tout, ses jambes demeuraient solides, dépourvues de tremblement et supportant avec dignité chaque année passée sur le pauvre homme.

Celui qui menait la marche avait le visage dur mais des yeux rieurs. Il s'assit autour du feu sans demander la permission et y jeta quelques brindilles qui ravivèrent les braises presque éteintes. Un autre homme aida le vieillard à s'installer sur le sol et chacun prit place aux côtés de Baris et moi.

— Je suis Aglaé, fit la femme. Voici mon père, Tortue, mon fils, Fydjor.

Elle pointa d'abord le vieil homme puis celui aux yeux joyeux qui acquiesça avec un sourire forcé.

— Et voilà Quarante et Vingt-Huit.

Les deux autres hommes devaient être jumeaux, j'aurais été incapable de les différencier. Je n'osai demander d'où venaient leurs prénoms. Leurs barbes grignotaient une bonne moitié de leurs visages et le reste était couvert de crasse et de sueur séchée. Toutefois, ils nous saluèrent avec politesse. Suivit un moment de silence durant lequel chacun s'observa. Je finis par comprendre que c'était à notre tour de se présenter.

— Je suis Yud, affirmai-je avec une fausse assurance. Et voici ma compagne, Baris.

Aglaé leva un sourcil.

— Voilà des noms bien courts. Puis-je connaître votre identité complète ?

Cette femme connaissait-elle la tradition toriékaine ? Si tel avait été le cas, elle n'aurait pas osé nous demander nos noms de grand-mère. Cela valait l'injure. Baris voulut s'offusquer mais je la retins par une pression du bras.

— Dans notre culture, cette information relève de l'intimité la plus personnelle. Nous ne porterons nos noms complets que le jour où nous serons faites grands-mères.

Aglaé eut un petit rire supérieur.

— Je n'ignore pas les traditions de la Torieka. Le père de mon Fydjor y a vécu toute son enfance.

Nous tombâmes des nues. Nous n'avions jamais eu connaissance d'un homme ayant quitté la Torieka. Quand nous étions parties, on nous avait assuré que personne n'avait jamais commis pareille trahison depuis plusieurs générations. Peut-être cette femme essayait-elle de nous rassurer, nous montrer qu'elle nous connaissait, exercer un quelconque pouvoir sur nous. Je préférai me résoudre à la méfiance. Je ne répondis rien, mais aperçus un sourire apaisé aux coins des lèvres de Baris, soulagée du visage presque familier qui s'était révélé à nous.

Fydjor n'ajouta rien, ses yeux sourirent à Baris en retour. Cet homme semblait tout exprimer par son regard. J'ignorais si c'était un bon ou un mauvais signe ni quel côté de son visage exprimait la vérité. Visiblement, Baris en préférait la partie supérieure.

Quarante sortit des victuailles d'un gros sac en peau de bête. Deux gros lièvres fraîchement chassés et dépecés. Il les plaça au-dessus des flammes et en nous voyant saliver, ses yeux sourirent également.

— Ne vous inquiétez pas, c'est votre feu, vous aurez votre part.

S'ensuivit une conversation avec les autres. Seul Tortue, le vieil homme, semblait plutôt silencieux. Il somnola assis jusqu'à ce qu'Aglaé lui mette une patte de lapin entre les doigts puis il mangea goulûment sans faire attention aux autres. Des quatre hommes, il était le seul dont le visage semblait complètement honnête.

Après avoir ingurgité notre faste repas, Baris et moi nous sentîmes revigorées d'une énergie dont nous avions enterré l'existence.

— Alors, racontez-nous. Que font deux Toriékaines si loin de chez elles. Qu'est-ce qui vous amène à Bakarya ?

— Alors nous sommes bel et bien dans la bonne direction ? s'exclama Baris avec exultation.

— Bien sûr, vous êtes à deux jours de marche, tout au plus, de la cité. Trois, si les arbres-élans sont énervés.

— Alors, que venez-vous chercher ? demanda calmement Fydjor.

— Oh, seulement... hésita Baris. Nous ne savons pas encore, nous venons explorer nos opportunités.

— Nous retrouvons de la famille là-bas, mentis-je avec le mauvais pressentiment que tout révéler à de parfaits inconnus n'était peut-être pas recommandé.

Il n'y avait pas d'inconnus à la Torieka. Les rares marchands qui s'y aventuraient étaient des habitués et là-bas, chaque naissance était si chérie et célébrées qu'il n'y avait pas un seul nom qu'on ne connaissait pas.

Seulement voilà, toute la petite assemblée éclata de rire.

— De la famille ! répéta Quarante en se tenant les flancs. De la famille toriékaine à Bakarya !

Lui et son frère se mirent à rire à gorge déployée, nous laissant pantoises.

— Vous avez bien de la famille, vous, fis-je à l'intention d'Aglaé.

Elle rit avec plus de sobriété et un brin de respect.

— Ça n'en demeure pas moins rare, admettez-le. Calmez-vous donc un peu, messieurs. Le voyage vous a rendus malappris.

Ils s'exécutèrent. Vraisemblablement, ils lui obéissaient au doigt et à l'œil.

— Ces bougres ne valent pas la bravoure des habitants de la Torieka, maugréa Tortue en gardant les yeux rivés sur un objet ovale qu'il tenait entre les mains.

Baris et moi réprimâmes un rire. *Bravoure* était le dernier mot que nous aurions utilisé pour décrire notre peuple. L'homme nous ignora. Il faisait tournoyer l'espèce de miroir qu'il tenait entre les mains. Sa surface était aussi lisse et scintillante que celle d'un lac. L'objet était d'une épaisseur dérisoire, un coup de vent aurait pu le briser. Mais l'homme le manipulait comme s'il s'agissait d'une simple feuille de papier. Je ne pouvais détacher mon regard de sa surface miroitante. Tortue finit par remarquer mon intérêt et agita l'objet dans ma direction. Le rougeoiement des flammes rebondit dessus et cingla l'air jusqu'à mes yeux, m'arrachant une exclamation de surprise. Il ricana.

— Cela vous intéresse, n'est-ce pas, Yud ?

Je réalisai comme il était singulier d'entendre mon nom prononcé par un étranger. Ce groupe avait un léger accent. Ils prononçaient les mots avec plus de clarté, comme s'ils se délectaient de chaque syllabe. J'acquiesçai timidement et il détourna la lumière.

— C'est un signeur.

— Et c'est reparti... se lamenta Vingt-Huit. T'en n'as pas assez de raconter des histoires, Tortue ?

— C'est très important quand on s'aventure dans la steppe ou dans un désert. Dans les montagnes également. Mais dès qu'il y a un peu de forêt, il devient futile. Car son secret, c'est d'utiliser la lumière pour faire de la lumière.

Ça, je l'avais déjà deviné. Je me doutais également que cet objet était à l'origine du signal lumineux que nous avions aperçu l'avant-veille.

— Avec un signeur, on peut communiquer avec quiconque connaît son langage.

— C'est-à-dire personne, plaisanta Quarante pour divertir son frère.

— Dans ma jeunesse, il n'y avait pas un voyageur qui s'estimait assez expérimenté pour s'aventurer sans cela. Aujourd'hui, rares sont ceux qui voyagent seuls, alors ils estiment qu'à plusieurs, ils ne risquent rien. C'est une grave erreur de jugement. Si encore il existait des routes et des chemins le long desquels chacun pourrait pérégriner avec plus de sécurité... Mais personne n'a l'énergie pour un tel labeur.

— Allons bon, vieillard ! reprit Quarante. S'il y avait des routes, des abrutis s'estimeraient capables de voyager ! Il y aurait des cadavres tout le long du chemin.

— Tais-toi un peu ! s'offusqua Fydjor. Et parle à mon grand-père autrement. Tu n'as pas accompli le dixième de ses périples. Tu lui dois le respect, imbécile.

Quarante bomba le torse et fit mine de se mettre debout avant d'être retenu par son frère. À côté d'eux, Baris se fit toute petite. Elle se rapprocha discrètement de moi et mit son bras sous le mien. Aglaé leva la main pour apaiser la tension du côté de son fils. Tortue les ignorait toujours. Il me tendit la plaque ovale. Je la saisis et la manipulai. Pas une seule rayure ne barrait les faces de miroir. Au toucher, elles semblaient d'une solidité à toute épreuve. Je rendis l'objet à son possesseur qui reprit :

— Ce n'est pas du miroir ordinaire. Il se briserait au moindre impact, auquel cas. Ce signeur a été taillé dans une écaille de la Baleine-Mir...

— Père, l'interrompit Aglaé. Ça suffit, ne penses-tu pas ? Ces voyageuses ont l'air épuisées. Elles n'ont peut-être pas l'énergie pour écouter un de tes innombrables contes.

J'aurais voulu contester mais je compris qu'Aglaé parlait surtout pour ses hommes et elle. Chacun avait levé les yeux au ciel en entendant le vieillard radoter.

— Il a été taillé dans une écaille de la Baleine-Miroir ! termina Tortue en l'ignorant. On peut en trouver nichées entre deux rocs de montagne, ou déposées au fond d'un lac. La Baleine les y délaisse quand elle mue ou se blesse. Enfin, c'est ce que je crois !

— Nous aussi, nous nous rendons à Bakarya, affirma Aglaé sans faire attention au vieil homme. Vous vous joindrez à nous, n'est-ce pas ? Les derniers jours de marche sont les plus somptueux. J'espère de tout cœur que vous aurez la chance d'apercevoir les arbres-élans. Ils sont d'une élégance exceptionnelle. Le voyage en sera peut-être rallongé, mais cela en vaut la peine.

— Ah, les arbres-élans, j'ai une drôle d'histoire à vous raconter à leur sujet...

— Très bien, père, mais un autre soir. Peut-être quand nous nous retrouverons face à eux.

J'esquissai un sourire fatigué. La nuit était trop noire et Tortue trop attendrissant pour que je me méfie encore d'eux.

Je m'endormis auprès de Baris dans une quiétude rassérénante.

11
Coda et Diana

— On croyait que l'île était déserte ! Alors vous imaginez bien notre surprise quand des dizaines de soldats ont surgi des broussailles avec leurs uniformes déchirés et délavés, en brandissant de drôles de lances en bois.

Ludel imita ces derniers en maniant le manche d'un balai comme une lance. Il prit un air faussement menaçant et agita son arme improvisée devant les frimousses des enfants attentifs au récit de Réor. Derrière ce dernier, Diana le regardait faire en se moquant de sa comédie burlesque. Une bonne moitié de l'équipage s'était attroupée dans les recoins de la cale et sur les marches qui menaient au pont pour écouter ces histoires qu'ils avaient probablement déjà entendues. Réor était un conteur de talent.

— Moi et mon frère, on venait de faire naufrage, la mer avait tout emporté ! On n'avait plus rien pour nous défendre. Mais alors, tout diplomate que je suis, j'ai levé les mains en l'air et je leur ai dit « Nous venons en paix. Notre bateau a coulé, nous demandons juste un peu d'hospitalité jusqu'à ce que les secours arrivent ». Ils m'ont regardé comme si je venais de parler un dialecte de l'autre bout du monde. Je me suis dit qu'ils ne comprenaient sûrement pas notre langue. Quel idiot ! Mais si ! Ils m'ont parfaitement compris. Leur chef s'est approché, et tous ont baissé leurs armes. Vous ne devinerez jamais ce qu'ils ont fait à ce moment-là...

— Quoi ! s'écrièrent les enfants en chœur.

— Ils ont éclaté de rire ! Pendant au moins dix minutes. Alors là, je me suis dit qu'ils étaient fous. Complètement fous ! Mon frère m'a alors chuchoté à l'oreille : « Tu crois vraiment qu'ils seraient habillés comme ça si les secours étaient arrivés pour eux ? ». Il avait raison. Ces malheureux avaient fait naufrage vingt ans auparavant. Ils étaient vêtus des mêmes vêtements de soldats de je-ne-sais-quelle patrie qu'ils portaient quand ils se sont échoués sur l'île.

— Oh ! firent les enfants un à un, certains pétrifiés d'effroi, d'autres trépignant d'excitation.

— Mais ces hommes-là n'étaient pas Réor ! Moi, on ne m'oublie pas comme ça. Et quand ils ont vu un bateau surgir à l'horizon, prêt à nous rapatrier, mon frère et moi, ils en ont pleuré de joie. Les pauvres, ils ne se rappelaient même plus à quoi ça ressemblait.

— Vous avez secouru tout le monde ? demanda Pinaille.

— Un peu, qu'on les a secourus ! Ceux qu'on n'a pas pu embarquer le jour même, on est revenus les chercher. Je suis un marin qui tient ses promesses, moi.

— Ça suffit, Réor.

C'était Atamine, dont le visage avait surgi par la trappe.

— Il est tard, le capitaine a besoin de calme. Diana, assure-toi que tout le monde dorme à poings fermés dans dix minutes.

— Oui, Atamine.

— Attendez ! conjura Coda. Réor, vos histoires sont fascinantes, mais sont-elles vraies ?

— Vraies ! Et comment ! Un marin de ma trempe n'a pas besoin d'inventer !

— Alors... une de vos histoires impliquerait-elle la Baleine-Miroir ?

Un silence glacial se répandit dans la cale.

— J'ai dit que ça suffisait, Réor. Au lit, tout le monde.

C'était la première fois qu'Atamine s'adressait aux enfants directement. Elle disparut sur le pont sans ajouter un mot. Réor regarda Coda d'un air désolé.

— Tu sais, Coda, les histoires de la Baleine-Miroir ne sont pas aussi excitantes qu'elles y paraissent. Ce sont les plus barbantes, et de loin.

Les enfants échangèrent des regards intrigués.

— Mais alors, vous l'avez déjà vue ? demanda timidement Pandore.

— Je vis sur la mer depuis quarante ans. Bien sûr que je l'ai aperçue. Mais je le répète, elle n'a rien d'exaltant. Allez, tous dans vos hamacs, les petits. Je suis épuisé.

Il se leva et disparut au détour d'un couloir étroit qui s'enfonçait dans les entrailles du vaisseau. Les autres matelots se retirèrent à leur tour. Diana souleva les plus petits et les installa tendrement dans leurs hamacs. Elle fit un baiser à chacun et s'assura que les plus grands ne traînaient pas trop. Quand elle arriva au hamac de Coda et Pinaille, celles-ci étaient déjà installées et prêtes à s'endormir. Diana déposa un baiser sur le front de chacune et leur souhaita bonne nuit. Coda la retint par le bras.

— Diana.

— Oui ?

— Quand verrons-nous enfin Totem ?

— Coda, parle moins fort. Je t'ai déjà dit de ne pas révéler son nom !

— Quand le verrons-nous ? Quand rentrerons-nous à la maison ?

Elle sentit les larmes lui monter aux yeux et tenta de les

réfréner, sans grand succès. Diana prit un ton rassurant auquel un des plus jeunes enfants aurait peut-être été sensible, mais Coda lisait au travers.

— Bientôt, très bientôt. Il faut simplement être patiente. Et puis, on s'amuse bien sur ce bateau, non ? On pourrait faire comme si c'était des vacances.

— C'est pas des vacances si nos parents nous croient morts dévorés par des pirates, protesta Pandore qui écoutait la conversation depuis le hamac voisin.

— Et puis on s'amuse pas du tout comme à la Cité Rocheuse, poursuivit Pinaille.

— Là-bas, au moins on va où on veut quand on veut, ajouta une autre fille, plus loin.

— Et puis là-bas, il n'y a pas de règles idiotes !

— On n'a pas le mal de mer !

— On apprend des choses.

— Mais les histoires de Réor ne vous plaisent-elles pas ? contesta Diana sans grande conviction.

— Il nous prend pour des imbéciles ! riposta Nélius. Les petits, ils y croient, mais nous on sait que c'est juste pour nous distraire.

— C'est toi le petit, ricana une voix.

Des railleries surgirent dans un sens puis dans l'autre et très vite, un brouhaha d'agitation retentit à travers le navire.

— Ça suffit ! se fâcha Diana, éculée. Je ne veux plus entendre une seule protestation. Maintenant, fermez les yeux et dormez ! Si j'entends quoi que ce soit, vous pouvez être certains que demain, ce sera la diète pour tout le monde.

Elle lâcha la main de Coda, s'éloigna et monta les marches en bois avant de refermer la trappe sur les enfants désormais parfaitement silencieux et stupéfaits.

Dehors, le clair de lune brillait comme il le faisait souvent au milieu de l'Euroy, cet océan que Diana ne connaissait que trop bien, à ses dépens. Des lumieuses crémeuses descendirent paisiblement vers la surface de l'eau en flottant. D'un rebond, elles se hissèrent sur le pont du navire et entourèrent Diana, prenant la forme d'animaux aquatiques qui nageaient dans les airs avec grâce. Agacée, elle les dissipa en agitant la main et s'avança en direction de la trappe pour finalement aller se coucher elle aussi. Elle s'arrêta aussitôt en apercevant un homme au crâne dégarni contre lequel la lune se reflétait. Il était appuyé au bastingage et observait l'horizon défiler, comme s'il pouvait voir à travers la pénombre des choses normalement invisibles à l'œil humain. Diana espérait pouvoir retourner à l'intérieur de la cale sans qu'il l'aperçoive, mais c'était mal le connaître. Il tourna la tête dans sa direction et lui adressa un sourire qu'elle lui renvoya faussement. Il lui fit signe de le rejoindre.

— Regarde un peu cela, Diana.

Devant eux s'étendait une mer de lumieuses. Comme de petites fées brumeuses, elles dansaient et jouaient ensemble, virevoltant au-dessus des flots comme si c'était un manège. La lune les illuminait, et elles illuminaient l'océan. C'était une charmante association.

— Je ne connais pas de spectacle qui m'est plus plaisant que celui-ci, sur l'océan. Il faut en profiter. De l'autre côté du continent, il sera bien plus rare. L'Areyne a ses beautés, mais les lumieuses appartiennent à l'Euroy.

— Oui, Totem.

— Comment vont les enfants ? interrogea-t-il d'une voix posée.

— Ils s'impatientent de te rencontrer.

— Je sais. Ils sont simplement un peu... nombreux.

— Il suffirait que tu ne parles qu'à l'un d'eux pour qu'ils se sentent rassurés.

Une fente parabolique se dessina sur le visage de Totem, satisfait d'une telle proposition.

— Charmante idée, Diana. Un petit capitaine, cela me faciliterait les choses. Peux-tu organiser cela dans les jours qui viennent ? J'organiserai une rencontre dès que j'aurai une minute.

— Oui, Totem.

— Comment te portes-tu, ces jours-ci ?

— Ma foi, plutôt bien. Les enfants sont épuisants, c'est certain, mais on s'ennuie moins qu'avant. Et toi ?

Il décocha un petit rire, comme si cette question relevait de la plaisanterie, et s'abstint d'y répondre.

— Je suis fier de toi, tu sais. Je n'aurais pu compter sur personne d'autre pour aussi bien s'occuper de nos petits matelots.

— J'imagine que je comprends ce qu'ils peuvent ressentir...

— Et c'est pourquoi ils ont de la chance de t'avoir.

Il soupira longuement, se gratta le menton et laissa l'instant s'écouler, calculant ses prochains mots avec soin.

— Dis-moi, Diana, l'as-tu vue, dernièrement ?

Elle sut immédiatement de quoi il parlait. Ses mains devinrent moites contre le bastingage. Elle balaya l'horizon du regard, lequel disparaissait peu à peu, avalé par l'obscurité naissante, tandis que les lumineuses s'éteignaient une à une.

— Tu sais que je te le dirais, si je la voyais.

— C'est ce que tu prétends, Diana, mais je ne suis pas idiot. Je sais que tes convenances personnelles prennent parfois le dessus sur ton devoir. Ne me dis pas le contraire.

Elle sentit son regard perçant l'assaillir sans même le voir. Elle baissa le menton, admettant son embarras.

— Allez, va te reposer, tu l'as bien mérité. Mais n'oublie pas que je vois plus de choses que tu crois, sur ce navire.

Elle s'éloigna avec soulagement et s'enfonça dans le vaisseau en quête de son propre hamac accroché dans la cale réservée à l'équipage.

Coda serait rassurée en apprenant que le capitaine accepterait de recevoir l'un d'entre eux. Totem avait cet effet sur les enfants perdus.

Elle se déshabilla et s'enfonça dans son hamac en soupirant. Chaque journée avec ces enfants était exténuante. Et pourtant, depuis leur arrivée, il semblait que son existence avait pris une toute nouvelle direction. Quelque chose l'attendait, elle en était certaine. Peut-être Totem lui ferait-il enfin confiance après lui avoir prouvé qu'elle était capable de maîtriser une vingtaine de petits garnements. Lui-même ne pouvait tolérer la présence d'une poignée d'entre eux dans son champ de vision. Toutefois, il savait se montrer ferme et venait à nouveau de le manifester. Elle frissonna d'inconfort à la simple pensée qu'il puisse percer chacune de ses cachotteries à jour.

Au petit matin, la première chose que fit Diana fut d'annoncer la nouvelle à Coda. Elle lui chuchota à l'oreille de ne pas le répéter. Dans l'après-midi, elle l'annoncerait au reste des enfants et tous ensemble, ils pourraient choisir leur représentant.

— Tu devrais te présenter, lui conseilla Diana.

Coda hésita. Elle n'était qu'une petite fille, elle n'avait pas l'étoffe d'une politicienne.

— Mais tu fais partie des plus âgés. Tu es intrépide comme Pinaille, tu as la prudence de Pandore. C'est à quelqu'un comme toi que Totem aimerait parler.

Alors Coda se laissa convaincre. Après le déjeuner, elle laissa Diana annoncer l'élection à tout le monde. Nélius se présenta en premier, Coda n'attendit pas longtemps pour lever la main à son tour. À vrai dire, l'idée d'une rencontre avec le capitaine en intimidait plus d'un.

— Cela va-t-il changer le sens du vent ? interrogea un garçon.

D'autres haussèrent les épaules sans grand intérêt. Les rares qui prirent part au vote favorisèrent Coda – pour son âge, probablement. Diana la félicita en écho à une poignée d'applaudissements. Malgré cette avancée, les jours qui suivirent ressemblèrent aux précédents. Le nouveau statut de Coda ne lui offrit rien d'inédit. Totem n'apparut pas et personne ne s'enquit de la fillette. Chaque jour, elle demandait à Diana quand ils la recevrait, mais celle-ci n'avait aucune réponse à lui donner. Par son âge et sa taille, elle était une adulte, mais son statut ne semblait pas spécialement différent de celui des enfants. Elle passait le plus clair de son temps en leur compagnie, non pas seulement en respect de ses prérogatives, mais aussi parce qu'avec eux, son regard s'animait. Elle trouvait là un écho de l'enfant perdue qu'elle avait été. Elle comprenait chacune de leurs inquiétudes. Avec eux, elle s'était libérée d'une solitude.

Ludel, son frère, ne semblait pas partager cette mélancolie nostalgique. Il ne bénéficiait pas de plus de privilèges que Diana, mais il s'en contentait. Après tout, il était lui-même encore un enfant, de bien des points de vue. Sa voix enrouée trahissait une mue récente et son visage imberbe révélait sa peau d'adolescent. Il se contentait d'obéir aux ordres aveuglément et ne recherchait rien en particulier. Il était si jeune quand il avait été arraché à ses parents et à sa terre d'origine qu'il s'en rappelait à peine. Le navire de Totem avait toujours été son foyer et cet équipage sa famille. Que Diana soit sa sœur ne différait pas tellement de sa relation avec Réor ou n'importe quel autre membre d'équipage, mis à part peut-être Atamine et les autres lugubres généraux qui ne lui adressaient jamais la parole. D'ailleurs, il peinait à comprendre l'entêtement des enfants à vouloir retourner à terre. Une vie de voyage et de navigation lui semblait tellement plus exaltante ! Quiconque y renonçait commettait une regrettable erreur.

12

Yud et les voyageurs

Les collines de la steppe s'allongèrent peu à peu. La souplesse de sa couverture herbeuse laissa place à un revêtement rocailleux et les couleurs s'assombrirent. Les pentes se firent plus abruptes et éprouvantes. Nous déambulions désormais dans un paysage montagneux. De nos vies, ni moi ni Baris n'avions jamais foulé un autre relief que celui de nos steppes natales. Nos nouveaux compagnons de route s'amusèrent de notre ébahissement face à ce nouvel environnement. Nous ignorions encore tout des forêts luxuriantes et des déserts froids ou arides que le monde abritait.

La ville de Bakarya approchait, et les arbres-élans étaient en transhumance. Ils se déplaçaient par groupe de vingt à cinquante individus. De loin, ils ressemblaient à des montagnes mouvantes, car ils en approchaient la taille. Ils se déplaçaient avec une telle fluidité qu'ils semblaient glisser sur l'horizon.

En réalité, ils levaient une patte et attendaient de l'avoir posée pour en lever une autre. Chacune devait avoir la largeur du tronc d'un pin bicentenaire. Leurs corps gras et recouverts d'un cuir épais s'élevaient à plusieurs dizaines de mètres de hauteur. Leurs longs cous s'élançaient dans les airs en soutenant de grosses têtes triangulaires. Alors se révélait toute la subtilité de leur nom. Juste au-dessus de leurs oreilles, d'immenses bois prenaient racine. En une flopée d'embranchements, ils s'entrecroisaient et croissaient avec une envergure exceptionnelle.

Derrière leur procession de géants avait poussé une ville. Des toits et des façades noirs se distinguaient dans le léger brouillard qui séparait les deux mondes.

— Plus qu'une journée de marche, avait promis Fydjor.

Apercevoir la cité me faisait jubiler. Jamais un village n'avait pu être visible à une journée de marche de distance.

— C'est parce que Bakarya est nichée dans une cuvette et nous sommes en hauteur. La vue est imprenable, avait-il expliqué.

Il avait fallu grimper pour en arriver là mais je ressentais à peine la sensation d'altitude. J'avais toujours cru que j'aurais le vertige si je montais un jour en haut d'une montagne. Il n'en était rien. En regardant Bakarya, légèrement en contrebas, je ressentais seulement une pointe d'appréhension à l'idée de m'enfoncer dans pareille entité. De loin, elle était si énorme qu'elle semblait respirer, comme une drôle de créature faite de ferraille. De la fumée s'élevait de la plupart des toits qu'on distinguait déjà.

La migration des arbres-élans, habituelle à cette période de l'année, nous avait comme prévu ralentis. Il avait fallu compter une nuit de plus à la belle étoile. Fort heureusement, le temps était clément, et les nuits plutôt tièdes. Quarante et Vingt-Huit firent usage de leurs talents de chasseurs et attrapèrent un nouveau festin pour la petite troupe.

Une fois la traversée du troupeau d'arbres-élans débutée, il ne fallait pas s'arrêter. Le champ de vision de ces créatures pacifiques n'incluait pas ce qui se trouvait en contrebas. Elles ignoraient où elles posaient leurs pieds et n'auraient aucune difficulté à aplatir sept humains en un quart de seconde. Il fallait donc cheminer le nez en l'air et prendre garde à ne pas se retrouver sur le chemin d'un élan. Quand le soleil fut au plus haut dans le ciel, Aglaé prit la décision de faire une pause sur le flanc d'une petite montagne, là où les arbres-élans ne daignaient pas grimper. On alluma un petit feu pour faire cuire les renards à carapace tués un peu plus tôt dans la matinée. J'aidai Vingt-Huit à les dépecer. Il fallait arracher la carapace du dos de l'animal et Vingt-Huit m'expliqua comment utiliser ces petits plastrons pour fabriquer des armures, des outils ou des ustensiles de cuisine.

— On peut vraiment tout faire avec ça. Tu vois comme c'est souple et solide à la fois ? Il n'y a que sur les renards qu'on les retrouve. Les carapaces de tortues sont trop rigides, et celles des pangolins trop fragiles.

Des animaux dont je n'avais jamais entendu parler, mais je ne l'interrompis pas, trop occupée à boire ses paroles. Sous ses airs de badaud, Vingt-Huit fourmillait de bons conseils. Et contrairement à son frère, il aimait partager et transmettre son savoir et ses expériences. Je compris bien vite que peu importait qui étaient ces gens à qui nous nous étions greffées, nous devions en profiter au maximum. Une fois à Bakarya, nous serions livrées à nous-mêmes. Aglaé nous l'avait bien fait comprendre. La ville était un territoire partiellement moins désolé que la steppe, selon elle. Il y avait là des dangers que nous n'imaginions pas, bien plus insidieux, car ils avaient des visages humains.

— Certaines créatures, disait Aglaé, sont bipèdes et dotées de mains, avec des cheveux sur la tête, des dents carrées dans la bouche et des manières courtoises.

Baris pensait qu'elle essayait simplement de nous impressionner, mais je n'osais pas mettre en doute ces paroles.

Au moment où notre groupe reprit son chemin, j'aperçus un petit troupeau de chameaux, en haut d'une montagne plus modeste. Il était bien trop éloigné pour reconnaître ses individus, mais je me persuadai qu'ils devaient être ceux que nous avions suivis quelques jours plus tôt. Je ne pouvais pas oublier l'œil humain avec lequel l'un d'eux m'avait fixée, dans la nuit.

Très vite, je me doutai que je ne les reverrais plus, car la cité se révélait enfin complètement derrière d'épais nuages de brouillard. À notre droite, le lac Bakar étincelait, démesuré. Il ressemblait au signeur de Tortue, à la seule différence qu'il était terriblement vaste. Ses rives opposées n'étaient pas visibles, soit dissimulées par la brume, soit trop éloignées. Je n'avais jamais vu l'océan, mais en considérant les descriptions qu'on m'en avait faites, cela s'en rapprochait. Ce n'était pourtant qu'un lac, une minuscule version de l'immensité maritime.

— Bientôt, une fois l'hiver établi, il se recouvrira d'une glace si épaisse et solide qu'on pourra marcher d'une extrémité à l'autre, m'indiqua Fydjor.

La cité de Bakarya grimpait sur une pente douce comme un parasite qui se répand sur le tronc d'un arbre couché. Elle était constituée de milliers de maisons sombres qui s'agglutinaient les unes aux autres, on distinguait à peine les rues et les boulevards. D'innombrables filets de fumées s'élevaient des cheminées de fortune et drapaient la ville d'une aura grisâtre. Au nord, presque en périphérie, une étincelle colorée pulsait. Elle était presque indiscernable derrière les vapeurs, mais je reconnus des éclats bleus, blancs et roses. Je pensai au Temple des Jumeaux dont m'avait parlé Vingt-Huit la veille.

Il ne restait plus que quelques heures de marche pour rejoindre l'ensemble parasitaire. Déjà l'odeur emplissait nos narines telle une invitée malvenue. Le groupe descendit l'ultime colline jusqu'aux portes de Bakarya où un guichet semblait nous attendre. Un homme bâti comme un piquet posa un regard circonspect sur les nouveaux arrivants. Ses cheveux laqués étaient séparés par une raie rectiligne qui partageait son visage en deux parties parfaitement symétriques. Son nez s'allongeait devant ses lèvres comme un porte-manteau accroché à l'envers et son menton descendait si bas qu'il masquait son cou. Quant à son costume – noir et noir, avec une pointe de noir sur les épaules – s'il avait un jour été froissé, ce devait être il y a des siècles. Ses mains aux interminables doigts osseux pianotaient sur le comptoir avec impatience. Quand il se mit à parler, seule sa mâchoire se mit en mouvement, comme celle d'un pantin.

— Noms, castes.

Aglaé s'approcha en tirant son père et son fils par leurs manches.

— Aglaé Inférieur, Animaliste. Voilà mon père, Tortue Inférieur, Animaliste, tout naturellement. Et mon fils Fydjor Inférieur, Animaliste également. Nous résidons au 8, allée des Essences.

L'homme en noir pivota et se baissa en grinçant pour attraper un épais classeur qu'il ouvrit d'un geste lourd et fatigué sur le comptoir. Il tourna les pages une à une, ignorant le pénible crissement du papier contre les anneaux. Au bout d'un interminable laps de temps, il laissa son doigt à l'ongle crasseux glisser le long d'une page et tapota une ligne qu'il lut à voix haute.

— 8, allée des Essences, Bakarya. Demeure des Inférieur. Quatre générations. Tortue le Huitième, Aglaé la Première, Vadim le Second, Fydjor le Premier, Fyona la Troisième, Felyn la Première, Souris la Treizième.

— C'est bien cela.

Il examina le registre puis les visages des voyageurs intéressés et finit par acquiescer d'un mouvement tout aussi robotisé. Il découpa trois coupons du petit rouleau fixé au comptoir et les tendit à Aglaé.

— Bienvenue à Bakarya, chers Animalistes. Avant tout, nous vous invitons à lire bien attentivement le règlement intérieur. Toute infraction sera punie de...

— Oui, oui, cher Numéroteur, nous connaissons la rengaine. Toute infraction nous vaudra un allez simple vers le Comité des Infractions et leurs humeurs papillonnantes. Vous connaissez ma famille, nous sommes plutôt du genre à dîner avec les membres du comité plutôt qu'à leur faire face.

— Suivant...

Quarante et Vingt-Huit s'avancèrent avec une assurance inhabituelle.

— Noms, castes.

— Quarante, Vingtième du nom, fier Numéroteur. Je réside à la Verilla.

Aglaé gloussa d'un air supérieur à côté de lui, comme si vivre à la Verilla lui semblait bien moins honorifique qu'il n'essayait de le faire paraître.

— Vingt-Huit, Quarante-deuxième du nom, Numéroteur également. Je vis aussi à la Verilla.

L'intendant les lorgna du coin de l'œil sans prendre la peine de parcourir son registre qu'il referme d'un revers de main. Il le remit à sa place et arracha deux coupons qu'il leur adressa sous le regard médusé d'Aglaé.

— Et moi qui pensais qu'il était attendu de vous davantage

d'impartialité, Numéroteur, je suis stupéfaite de constater que vous accordez votre confiance à certains plus qu'à d'autres.

— Commence par lui adresser un peu plus de respect, Animaliste, cracha Quarante à son adresse. Merci, Monsieur l'Intendant, bonne journée à vous.

L'intendant ne prit pas la peine de leur présenter le règlement intérieur. Il ignora les chamailleries qui éclatèrent entre Quarante et Aglaé et attendit que Baris et moi prononcions quelque chose.

— Je suis Yud, fis-je d'une voix peu assurée. Je... nous sommes voyageuses. Nous venons de la Torieka, dans les steppes.

Il ne réagit pas.

— Et je suis Baris.

Le regard vide de l'homme en noir ne prit même pas la peine de nous dévisager. Il patientait tout simplement. Soudain, Fydjor jaillit de l'incartade et nous tira par le bras, nous écartant du comptoir.

— Je pensais que vous étiez déjà au courant.

— Au courant de quoi ? demanda Baris, incrédule.

— À Bakarya, il faut être Animaliste ou Numéroteur. Si vous n'êtes pas d'ici, que vous ne résidez nulle part et que vous ne choisissez aucune caste, vous serez autorisées à entrer mais vous aurez très vite de gros ennuis.

— Qu'est-ce que c'est que cette histoire de caste ? Et pourquoi les autres se disputent-ils tout à coup ?

— Je suis Animaliste, comme ma mère et mon grand-père. Nous descendons d'un des fondateurs de la cité, Ours le Premier. Quarante et Vingt-Huit descendent de l'autre fondateur qui se faisait appeler Un. Ils étaient frères jumeaux et sont morts le même jour d'une intoxication alimentaire sans nommer de successeur. Depuis, les castes se sont formées et n'ont jamais cessé de s'affronter sur tout. La couleur des façades, des monuments, le sens de circulation des routes, l'entretien et l'administration, les jours de marché. Tout ici est sujet à discorde entre Animalistes et Numéroteurs. Rassurez-vous, il est rare qu'ils en viennent aux mains, cela se limite généralement aux insultes et aux menaces de mort.

— C'est l'histoire la plus absurde que j'ai jamais entendue, plaisanta Baris.

Mais le visage de Fydjor était loin de rigoler. Ce conflit centenaire était ce qu'il y avait de plus sérieux à Bakarya.

— Qu'est-ce qu'on fait, alors ? demandai-je. On ne peut pas simplement prendre parti.

— Non seulement vous le pouvez, mais vous le devez. Et, quel que soit le choix que vous prendrez, vous ne pourrez jamais, je dis bien jamais, changer d'avis ou vous adresser à un membre de l'autre caste. Vous seriez immédiatement bannies de la ville.

— Mais comment reconnaître les Animalistes des Numéroteurs ?

— Oh, il suffit juste de s'habituer. Très vite, cela crèvera les yeux pour vous aussi.

— Pourquoi avez-vous voyagé avec Vingt-Huit et Quarante si vous ne les supportez pas ?

— En dehors de la ville, nous sommes libres de faire ce que nous voulons et de laisser toute animosité derrière nous. D'autant que les Numéroteurs sont d'excellents chasseurs et voyageurs. Je ne recommanderais à aucun Animaliste de partir dans la steppe sans Numéroteur.

J'échangeai un regard ahuri avec Baris. Nous qui nous attendions à découvrir une ville de progrès et d'opportunités, nous pénétrions dans une société scindée par des valeurs absurdes et hantée par une discorde immature.

— Écoutez, ajouta Fydjor. Indiquez à cet homme que vous êtes Animalistes et que vous résidez au 8, allée des Essences. Nous avons largement assez de place pour vous, le temps que vous retombiez sur vos pattes. Et ignorez toute proposition des garçons. La Verilla est le dernier endroit où vous souhaiteriez loger. Sauf si vous détestez l'intimité, la propreté et le calme, bien sûr. Cet endroit tient plus du zoo que de l'auberge, croyez-moi.

— Vous l'avez déjà visité ? interrogeai-je, dubitative.

— Bien sûr que non, mais c'est bien connu.

Baris m'interrogea du regard un court instant et nous retournâmes auprès de l'intendant.

— Je suis Yud de la Torieka, Animaliste, annonçai-je avec une assurance feinte. Je réside au 8, allée des Essences.

— Et moi Baris de la Torieka, Animaliste. Je réside au même endroit.

— 8, allée des Essences, Bakarya. Demeure des Inférieur. Quatre générations. Tortue le Huitième, Aglaé la Première, Vadim le Second, Fydjor le Premier, Fyona la Troisième, Felyn la Première, Souris la Treizième, récita l'intendant sans les quitter du regard après avoir rouvert son classeur sans la moindre hésitation.

— Ce sont nos invitées, ajoutez-les donc sur votre registre, mon brave homme, suggéra Fydjor.

L'intendant s'exécuta. Il attrapa une longue plume de paon, en trempa l'extrémité pointue dans de l'encre noire et inscrivit nos noms avec un mouvement ample et appuyé. Il décrocha la page et la présenta.

— L'orthographe est-elle correcte ?

Nous ne connaissions ni la lecture ni l'écriture. Il n'y avait sur le papier que de petits symboles liés les uns aux autres par des tiges noires. Nous hochâmes la tête de concert et déduisîmes que dorénavant, nos noms seraient orthographiés de cette manière. L'intendant découpa deux coupons de plus et nous les remit. Ce n'étaient que des petits bouts de papier jaunâtre estampillés du nom de la ville.

Nous rejoignîmes le reste du groupe qui s'était déjà séparé. Quarante et Vingt-Huit s'en étaient allés sans même un adieu pour nous. Aglaé frémit quand elle apprit l'invitation de Fydjor, et Tortue mena pour la première fois la route. Nous déambulâmes le long des boulevards déserts et grimpâmes des rues escarpées dont les pavés étaient noyés sous une épaisse couche de boue. Les odeurs se firent de plus en plus variées, aussi bonnes que mauvaises. Les habitations plus ou moins hautes, dangereusement bâties et assemblées, masquèrent rapidement la clarté de la lune, rendant le trajet traître pour des voyageuses peu familières du terrain. Après un quart d'heure de marche, la demeure des Inférieur se révéla enfin sous nos yeux. C'était une maison sensiblement plus haute que les autres, dotée de deux étages au-dessus du rez-de-chaussée. Sa façade était faite de briques marron, de jolis volets verts encadraient les fenêtres sales. Aglaé fit tourner trois fois son énorme clé dans la serrure et la porte s'ouvrit en grinçant sur ses gonds. À l'intérieur, un délicieux effluve de pain fraîchement sorti du four envahit nos narines.

L'entrée était chaleureusement illuminée. À droite, la cuisine immaculée regorgeait de mille odeurs de volailles rôtis, de thé infusé et de pain tranché, le tout embaumé du parfum d'un petit bouquet de lavande qui trempait sur le rebord d'une fenêtre. Plus loin, le salon chauffé par un large feu de cheminée semblait nous attendre, et nos cinq derrières s'avachirent sur les coussins molletonnés des canapés. La demeure était vivante, quelqu'un nous avait attendus.

— Papa ! s'exclama une fillette qui venait de dévaler les escaliers.

Elle sauta sur les genoux de Fydjor et s'accrocha à son cou.

— Ma petite Souris ! Tes tantes ont été gentilles ?

— Fyona, oui. Mais pas Felyn. Grand-père Vadim l'a encore renvoyée.

Le père fronça les sourcils.

— Qu'est-ce qu'elle a encore fait ? Non, ne me dit rien, je verrais ça avec ton grand-père.

Je remarquai le regard préoccupé d'Aglaé au moment où la jeune Souris avait prononcé ces mots. Celle-ci finit par remarquer notre présence.

— Souris, Voici Yud et Baris. Nous les avons rencontrées dans la steppe. Elles vont rester ici le temps de trouver leur propre maison.

La fillette à l'air d'abord méfiant se laissa vite emporter par l'enchantement. Elle nous fit visiter la maisonnée et nous présenta notre chambre : une petite pièce douillette dotée d'un lit, d'une commode et d'un miroir. Une large fenêtre accueillerait la lumière dès les premières lueurs du jour. Nous n'avions jamais vécu dans un endroit aussi chaleureux.

Les souvenirs de la lugubre Torieka, de ses cabanes de bois aux planches humides, et de ses habitants aux visages déconfits, se faisaient désormais loin dans nos esprits.

13

Coda et le capitaine

La porte rose s'ouvrit en grinçant sur ses gonds mal huilés. La vaste pièce, au plafond bas, renfermait une flopée d'outils de navigation en tout genre. Ils étaient posés sur une imposante table en chêne, accrochés au mur, ou éparpillés sur le sol entre cartes maritimes et terrestres. Des fenêtres sales et constellées de gouttelettes offraient une vue dégagée sur l'arrière du bateau et la ligne d'horizon mouvante. Des lampes à huile brillaient faiblement en formant de petits halos de lumière dans les recoins où elles étaient positionnées. La couchette du capitaine demeurait défaite et une odeur de renfermé se dégageait de l'espace de vie crasseux. En contraste, la silhouette impeccable du capitaine se tenait appuyée contre la table, son regard plongé dans des calculs, les sourcils froncés par la réflexion. Il portait des vêtements propres et rutilants aux couleurs éclatantes. Son crâne était intégralement rasé et sa barbe taillée en un petit bouc frisottant. Quand il aperçut Coda dans l'embrasure de la porte, il se redressa et un sourire se dessina au coin de ses lèvres, remonta le long de ses pommettes et vint froisser le coin de ses yeux. Il ouvrit les bras en geste de bienvenue et s'exclama :

— Bonjour, Coda. Approche donc !

La petite, impressionnée, fit quelques pas hésitants dont elle saisit l'écho derrière elle en ceux de Diana. Le soleil s'était déjà couché, bien que quelques rayons clandestins se hissent encore au-dessus de l'horizon et jettent une lumière tendre à travers les carreaux de la baie vitrée. Les flammes des lampes oscillaient avec le roulis du navire et les ombres tremblotaient. Quand Coda atteignit la table en chêne dont les pieds devaient faire l'épaisseur de son buste, Totem posa sa grosse main sur son épaule et se pencha à sa hauteur.

— Diana m'a beaucoup parlé de toi.

Dans un coin, Atamine et un autre marin dont Coda ignorait le nom veillaient. Elle voulut répondre quelque chose, en vain. Sur la table, une vieille carte représentait le continent et l'Euroy sur lequel ils naviguaient. Le continent était pratiquement scindé en deux, seul un bras de terre reliait le sud triangulaire du nord, monumental rectangle.

— Regarde, nous sommes là, tu vois ce point ? Nous sommes au nord de Cascade, nous nous rapprochons de Bec-à-l'Aigle où nous accosterons dans les prochains jours. Malheureusement, aucune route ne relit Bec-à-l'Aigle à Cascade, vous faire traverser la jungle serait trop dangereux. Mais je connais du monde là-bas, on vous trouvera un navire marchand qui vous ramènera chez vous dès que les vents le permettront. Pendant ce temps, mon équipage et moi, nous remonterons encore au nord, jusqu'au Cou-du-Canard, cette espèce de bras de terre très fin qui relie les deux parties du continent. Tu sais pourquoi on l'appelle comme ça ?

Coda secoua la tête. Totem mit ses mains sur ses épaules et la fit pivoter, si bien qu'elle avait l'est vers le haut et l'ouest vers le bas. Sous cet angle, le continent avait la forme d'un canard en plein vol, vu de profil : le bec au sud, l'aile au nord-est et les pattes au nord-ouest, qui s'approchaient fortement du continent voisin.

— Au Cou-du-Canard, il y a une ville, Canal-Azur, bâtie juste à côté d'un très large fleuve qui relie l'Euroy à l'Areyne. Nous le traverserons et après une rapide escale à Dantilus, plus au nord, nous serons partis pour la traversée la plus longue de notre monde : celle de l'Areyne, jusqu'à la Tar-Mara.

— Comment s'appelle notre continent ? Le Canard ?

Totem eut un rire amusé.

— Oh, il pourrait ! Je ne savais pas qu'on pouvait ignorer le nom de la terre qui nous a vus naître.

— Je ne savais pas que tout devait porter un nom, rétorqua Coda sur la défensive.

— Tu as raison, loin de moi l'idée de t'offenser. Ton continent s'appelle l'Aucellion. Tu vois, à l'est de l'Aucellion, il y a l'Euroy, sur lequel nous naviguons, et à l'ouest, l'Areyne, un océan plus vaste mais dont nous connaissons les limites.

— Personne n'est jamais allé au bout de l'Euroy ?

— Oh si, sûrement. Certains ont dû le faire. Mais je ne les ai pas rencontrés. Il y a bien des choses dans notre monde que les humains ignorent. Vois-tu, cette carte n'existe que grâce au minutieux travail de chercheurs de trésor.

— Des chercheurs de trésor ?

— Ce sont ceux qui cherchent les reliques d'un autre temps. L'un d'eux a un jour trouvé une carte du monde, il y a bien longtemps. Elle était si vieille et délabrée qu'il en manquait de gros bouts, comme l'ouest et le sud de la Tar-Mara. Mais avec le travail de nombres d'explorateurs au courage extraordinaire, la carte a pu être complétée, petit à petit.

— Il manque toujours l'ouest de la Tar-Mara, constata Coda en passant ses doigts sur une zone inachevée de la carte, une partie du continent qu'aucun trait ne refermait. Et le nord-est de l'Aucellion. D'ailleurs, comment peut-on savoir que ça aurait la forme d'une aile de canard si on n'y est jamais allé ?

— J'imagine que ce n'est qu'une supposition.

— Peut-être bien que le nord-est de l'Aucellion rejoint l'ouest de la Tar-Mara.

— Peut-être bien...

Elle explora chaque détail de la carte avec minutie. Elle essaya de mémoriser le nom des villes et des royaumes. Au nord-ouest, la Mâchoire semblait immense, à cheval entre les deux continents.

Une ligne rouge traversait la Tar-Mara de part en part. Elle s'étirait dans différentes directions, à l'ouest, vers les territoires inexplorés, au sud-ouest, vers un autre petit continent. Là, elle devenait verte et s'arrêtait au milieu de la Terre Anaca, selon l'inscription. Le trait rouge repartait du centre vers le sud, en s'arrêtant une fois de plus. Enfin, elle filait vers l'est, rejoignait un autre filon violet qui striait le nord, sautait par-dessus la Mâchoire puis galopait le long de l'Aucellion, du nord au sud, jusqu'à Camérys, la célèbre capitale de la Terre du Soleil. Une dizaine de noms de ville constellaient la carte le long de ces lignes.

— Je vois ce qui retient ton attention, s'amusa Totem. Le Chemin Rouge. La route d'Y...

— La route d'Yadalith. Oui, je connais.

Évidemment. Adius et d'autres lui en avaient parlé par le passé. Le Chemin Rouge avait, pour ainsi dire, façonné le monde. Il ne traversait pas Cascade, mais avait ouvert la voie à de multiples explorateurs, conteurs et marchands qui utilisaient désormais ces axes sûrs et pratiqués pour parcourir les continents.

— Yadalith est partie et a laissé tous les siens pour ouvrir la voie aux conteurs, récita Coda tel qu'on le lui avait appris. Elle ne pensait ni aux marchands ni aux explorateurs quand elle est montée sur son chameau et a mené sa chamellerie comptant mille individus d'un bout à l'autre du continent.

— Exactement. À l'ouest, après la ville de Valésya, elle a fondé Tirya aux portes d'un monde inconnu de l'être humain. Là, elle a dû faire marche arrière face à l'irrégularité du terrain. Plus au sud, c'est à la vieille Villarondière qu'elle a dû faire halte, par peur de froisser de mauvais esprits qu'elle a rencontrés dans les montagnes désertées.

— Mais un de ses seconds, Arakélon, poursuivit Coda, a souhaité continuer.

Elle suivait désormais la ligne verte du doigt.

— Il a fondé Le Rugis aux portes de l'Empire Anaca dans lequel il a pénétré sans savoir qu'il ne pourrait jamais en ressortir. Lui et sa Chamellerie Verte sont restés prisonniers au Joyau.

— Pendant ce temps-là, reprit Totem, Yadalith s'est séparée de son autre seconde. Boréalis est partie vers le nord, à Antéluvya, d'où sa famille était originaire. Elle a tracé la Route Boréale avec la maigre Chamellerie Parme. En bifurquant à l'ouest, elle a rencontré la Ligue Glaciaire où elle a fondé Joikka qui ne serait finalement jamais habitée. Puis à l'est, elle a rejoint Supéluvya qu'avait fondé Yadalith après un court et décevant passage dans le sud du continent.

Son doigt effleura Aravanska. Puis Totem et Coda suivirent le fil rouge par-dessus la Mâchoire.

— En hiver, la mer gèle entre les deux continents. Les passeurs mènent les voyageurs d'un bout à l'autre de ce bras de mer, raconta Totem. On dit que c'est un des périples les plus périlleux qui soient dans notre monde, tant il fait froid et tant le vent est violent. Mais Yadalith y est parvenue avec des centaines de chameaux à la robustesse inégalée.

Le reste du voyage semblait simple, en comparaison des aventures passées. Chante-Loup marquait la capitale de la Mâchoire, puis le chemin descendait vers Basse-Ville, Périphélie, Dantilus et Canal-Azur, dans le Cou de Canard. Enfin, tout au sud, Camérys. Cascade prospérait à la frontière de la Terre du Soleil, au bord de l'Euroy. Elle jouissait partiellement de son influence, mais demeurait autonome de ses croyances selon lesquelles chaque élément méritait le statut d'absolue divinité.

— Que s'est-il passé, à Camérys ? interrogea Coda. Après un tel périple, comment Yadalith a-t-elle pu simplement s'arrêter ?

— Où pouvait-elle aller ? Elle était toujours allée aussi loin qu'il lui avait été possible avec les moyens de l'époque. Elle a commencé ce voyage il y a tout juste un siècle, et il lui a fallu de longues années pour atteindre Camérys. La Terre du Soleil possède ses propres routes et chemins, elle n'avait rien à leur apporter.

— Et le territoire au nord-est de l'Aucellion ? Il demeure toujours inexploré !

Totem rit à nouveau.

— Peut-être voulait-elle tout simplement laisser à d'autres l'honneur de faire ces découvertes. Comme toi.

Coda secoua la tête et reporta son regard sur la carte. Bec-à-l'Aigle, voilà où elle toucherait terre à nouveau. Ce n'était pas si loin de Cascade, à l'échelle de cette carte.

— Comment est-ce, Bec-à-l'Aigle ? demanda-t-elle.

— C'est nettement plus modeste que Cascade. Mais au moins, eux n'isolent pas une partie de leur population sur un piton rocheux.

Coda sentit la remarque lui traverser le cœur. Elle ne renchérit pas.

— C'est calme, je dirais, ajouta Totem. Isolé. L'accent de ses habitants ne diffère pas tellement de celui de Cascade.

— D'où venez-vous ?

Elle s'attendait à ce qu'il pointe un point bien précis sur la carte. Il posa sa paume à plat contre le papier.

— Je viens de partout, Coda. Je suis navigateur. Le monde bougeait quand je suis né. Je ne connais pas l'immobilité.

Coda pensa qu'on devait bien naître quelque part, pourtant, même au milieu de l'océan. Elle jugea que Totem devait être une de ces personnes qui aimaient bien se rendre intéressantes en offrant des réponses mystérieuses ou incomplètes. Elle fit semblant de l'ignorer et changea de sujet.

— Vous êtes navigateur, mais pas marchand, n'est-ce pas ? Il n'y a aucune marchandise de valeur dans vos cales.

— Ah ah ! Petite fouineuse. Bien vu.

— Et vous n'êtes pas non plus pirate.

— Absolument pas.

— Que faites-vous en mer, alors ?

Un éclair silencieux parcourut la pièce, d'Atamine au marin mutique, traversant Diana, Totem puis Coda.

— Quand nos cales ne sont pas envahies de petits garnements, commença Totem sur le ton de la plaisanterie, nous pêchons.

— Vous pêchez ?

— Bien sûr. Crois-tu que le poisson arrive de lui-même dans ton assiette ?

Coda n'avait jamais vu la nageoire du moindre poisson hors de l'eau depuis son arrivée sur le navire, mais elle savait reconnaître un chalutier quand elle en voyait un. Il n'y avait aucun moyen de pêcher du poisson, ni même de le conserver, à bord de ce navire. Seul Réor possédait une frêle canne à pêche, mais il gardait le fruit de ses efforts pour lui ou ses amis. Encore une fois, Coda se garda de le préciser.

— Vous n'attrapez pas de poissons.

— En effet. Pas de petits poissons. C'est pour ça que les enfants doivent dormir le soir et ne pas faire de bruit. Déjà parce que c'est à ça que sert la nuit, mais aussi car c'est le moment où les plus gros poissons se montrent.

— Vous n'avez pas pêché grand-chose depuis notre arrivée. On l'aurait remarqué, même avec le sommeil lourd.

— Nous ne pêchons pas pour manger, intervint Atamine.

C'était sa première incursion depuis le début de l'échange. Sa voix tranchante fit tressaillir Coda. Elle s'approcha de la table. L'autre marin et Diana demeuraient toujours dans l'ombre, derrière eux. Atamine posa un regard d'adulte sur l'enfant, la voyant presque comme son égale. C'était la première fois que Coda ne se sentait pas intimidée par cette femme. Au contraire, l'entendre lui adresser la parole relevait de l'honneur, en cet instant.

— Si ce que notre harpon harponne ne nous convient pas, nous le relâchons. Et sachez, Coda, qu'un gros poisson n'est pas nécessairement bruyant.

— Vois-tu, reprit Totem. Nous ne cherchons pas une espèce en particulier, mais un individu.

Il s'éloigna de la table et ouvrit un tiroir de sa commode poussiéreuse. Il revint dans la lumière de la lampe avec une grosse pierre entre les mains. Il la posa devant la fillette et la laissa la manipuler. Elle était lourde et sa surface couverte d'aspérités tranchantes et brillantes. Ses côtés lisses renvoyaient à Coda le reflet de ses yeux verts.

— Des écailles comme celle-ci, j'en ai arrachées des dizaines, mais la bête qui les portait m'a toujours échappé.

Tout à coup, Coda réalisa. Elle lâcha brusquement la pierre qui s'abattit dans un choc sourd contre le bois. De petits éclats scintillants s'éparpillèrent sur la carte. Elle recula, épouvantée, et heurta Diana qui la retint tendrement.

— Non, non ! s'exclama Totem. Ne réagis pas comme ça ! Tu dois entendre toute l'histoire.

— Vous voulez tuer la Baleine-Miroir ! s'écria Coda après avoir surmonté le choc.

— Et dis-moi, que sais-tu de la Baleine-Miroir ?

Coda se figea. Elle s'avança légèrement en gardant ses distances. Elle repensa à Tavik et son regard lointain vers les flots, au festival de Cascade et à l'origine de cette célébration que sa grand-mère lui avait un jour ordonné de ne jamais mentionner. En outre, elle ne savait rien de la Baleine-Miroir. Ce n'était qu'un conte, voilà tout.

— Je sais que la Baleine-Miroir n'apparaît qu'à ceux qui font preuve de suffisamment de sagesse.

Il sembla que l'équipage entier éclata de rire tant Totem, Atamine et l'autre marin s'esclaffèrent fort et longtemps. Coda se renfrogna. Totem parvint à maîtriser ses gloussements et prit à nouveau cet air rassurant.

— Oh, Coda ! Quelle histoire de grand-mère est-ce là ? La Baleine-Miroir est un animal comme un autre. Légèrement plus imposant, certes, mais ce n'est pas une créature mystique comme on aime le faire paraître. Elle *n'apparaît* pas comme une bonne fée.

— Vous l'avez vue, alors ?

— Bien sûr. Quand j'avais ton âge, pour la première fois.

— Et vous ? fit-elle à l'attention d'Atamine, avec défiance.

— Affirmatif.

Elle se retourna pour interroger le troisième marin du regard et il acquiesça. Enfin, elle se dirigea vers Diana. Celle-ci lança un regard à Totem, indécise. Coda ne vit pas ce qu'il lui répondit, mais elle acquiesça à son tour.

— Je l'ai vue, il y a bien longtemps. Quand...quand nous avons fait naufrage avec les pirates. Tu te souviens de cette histoire ?

— Oui...

— Alors tu vois, reprit Totem. La sagesse n'y est pour rien. C'est même complètement l'inverse. Plus on est jeune, et plus on a de chances de l'apercevoir. Soit à cause d'une imagination un peu trop vivace...

Il envoya un regard sévère en direction de Diana.

— ... soit parce qu'on a une meilleure vue. Il est possible, je dois l'admettre, que la Baleine soit légèrement plus sensible aux enfants. Mais il n'y a là rien de scientifique. C'est une simple supposition.

— Mais pourquoi vouloir la tuer ? Pour vendre ses écailles ? Sa viande ?

— Oh, ce serait une idée. Certains chasseurs de baleines le souhaitent. Moi, je considère que son squelette devrait reposer dans un musée, par souci de postérité. Mais ce n'est pas cela qui nous motive. Disons qu'il y a beaucoup de monde qui préférerait voir cette baleine morte. Mon employeuse, en particulier.

— Mais elle ne fait de mal à personne.

— Tu sais, commença-t-il en prenant une voix paternaliste, le mal n'est pas seulement physique. S'il devait y avoir quelque chose de mystique au sujet de cette baleine, je pense que ce serait son effet sur les gens qui l'aperçoivent. Son chant te traverse de part en part, et son apparence titanesque te renvoie un reflet idéalisé de toi-même. Elle te fait croire qu'il y a quelque chose de fabuleux auquel tu vas bientôt accéder, un royaume dont elle seule a les clés.

Coda n'était pas certaine de bien comprendre où il voulait en venir.

— Viens-en aux faits, suggéra Atamine.

— La Baleine-Miroir est profondément dangereuse. Elle rend malades les esprits qui entendent son chant. Ils perdent la notion de la réalité, se mettent dans des dangers monumentaux. Ils font des sacrifices auxquels ils n'auraient jamais consenti en temps normal, abandonnent leurs proches, et tout ce qu'ils connaissent pour suivre une voie irrationnelle. La femme qui m'emploie en a subi les conséquences. Elle a passé sa vie à chasser quelque chose qu'elle n'a jamais trouvé. Elle a perdu sa famille, ses amis, son nom… Elle se levait le matin en pensant à la Baleine, elle la cherchait dans la moindre flaque d'eau, sous chaque averse. Elle croyait voir des signes partout et faisait des choix en conséquence, des choix qui l'ont isolée, marquée, blessée. Des choix qui l'ont jetée dans les bras de personnes mal intentionnées. Quand elle a finalement abandonné l'idée de retrouver la Baleine, elle n'avait plus rien, plus personne, seulement de l'argent, beaucoup d'argent qu'elle avait accumulé sur son trajet. Mais à quoi bon être riche quand on est seul ? Elle a finalement décidé d'employer sa fortune pour s'assurer que personne ne tomberait à nouveau dans le piège de la Baleine-Miroir.

Coda pensa à la seule personne qu'elle connaissait qui avait vu la Baleine-Miroir : sa grand-mère. Elle ne put s'empêcher de lire tous ces traits en elle. Tavik était une femme respectable, mais personne ne tenait sa parole pour vérité, elle n'avait aucune mémoire fiable et passait ses journées à raconter des inepties. Le soir, quand elle fixait un point invisible à l'horizon, Coda y voyait quelque chose de poétique, mais peut-être n'y avait-il jamais rien eu. Et au final, Tavik n'avait pas pu la protéger. Elle n'avait même pas essayé de la cacher, elle lui avait seulement récité de nouvelles histoires sans queue ni tête. Coda remuait la bague bleue à son pouce en mettant en revue les souvenirs qu'elle avait de sa grand-mère. Après tout, elle n'était même pas certaine que celle-ci ait bel et bien vu la Baleine-Miroir. Peut-être était-elle folle sans aucune influence.

Totem soupira et se frotta le front, comme éreinté.

— Vous avez parlé d'autres chasseurs de baleine, il y en a beaucoup ? demanda Coda tout doucement pour ne pas aggraver sa migraine.

— Il y en a partout. Plus que des marchands ou des pirates. Nous ne sommes pas les seuls à vouloir débarrasser la planète du joug de cette créature.

En parlant, il fixait la bague en lapis-lazuli de Coda.

— Chaque année, de nouvelles recrues se joignent à nous dans ce dessein. Il n'y a pas lieu de s'inquiéter, nous serons bientôt libérés de ce poison.

14

Yud à Bakarya

Souris avait tout d'une petite souris. Elle se faufilait partout sur la pointe des pieds sans qu'on la remarque. Elle épiait les invités au détour d'une porte ou cachée derrière une commode. Elle ne nous adressait jamais la parole, mais nous suivait dans toute la maison telle notre ombre. Baris et moi faisions mine de ne pas l'avoir vue et nous amusions à parler d'elle comme si elle n'était pas là. De tous les membres du logis, elle demeurait pourtant la plus accueillante, hormis peut-être son père Fydjor.

Le lendemain de notre arrivée, Baris et moi fîmes enfin la connaissance de Vadim, père de Fydjor, celui qui avait supposément vécu toute son enfance à la Torieka. Il n'en avait ni l'accent ni l'apparence. Son nom n'était pas typique de là-bas et d'ailleurs, il ne réagit pas le moins du monde en nous rencontrant. Nous nous interrogeâmes silencieusement sur son prénom. Il était grand-père, il avait reçu l'honneur de porter son nom véritable, mais Vadim demeurait vraisemblablement un diminutif. Nous n'osâmes interroger l'homme taciturne à cet égard. Il ne nous adressa même pas la parole, à peine un regard.

La sœur de Fydjor, Fyona, était une personne intéressante. Elle semblait légèrement plus jeune que son frère, mais j'appris plus tard qu'elle était en réalité plus âgée de quelques années. Elle avait les mêmes cheveux bruns que lui, son teint clair et ses yeux d'un bleu foncé similaire à l'eau du lac Bakar. Elle se montra courtoise avec nous, bien que mal à l'aise. Cette famille n'avait décidément pas l'habitude d'avoir des étrangers sous son toit.

Felyn ne revint pas avant plusieurs semaines. Tortue nous apprit que c'était la plus jeune de la fratrie. Elle avait près de vingt ans de moins que Fydjor. Ce n'était qu'une adolescente, presque une enfant. Elle n'en faisait qu'à sa tête et prenait continuellement la ville pour son terrain de jeu. Elle ne respectait jamais le couvre-feu décidé par ses parents, se passait royalement des règles de la maisonnée et prenait soin de toujours faire le contraire de ce qu'on lui disait. Quand Vadim en avait assez de ses facéties, il la mettait dehors et lui interdisait de revenir avant une ou deux semaines. Qui sait où elle pouvait bien aller dans ces moments-là. Peut-être auprès de ces relations auxquelles elle se fiait toujours plus aisément qu'à sa famille.

Bakarya était une ville sordide et poisseuse dont les rues maculées d'immondices n'avaient d'écho que les égouts. Pourtant, les habitants ne semblaient pas s'en lamenter. Je les voyais déambuler dehors, leurs souliers crottés et les pans de leurs robes tachées, sans aucune gêne. Les façades de la plupart des maisons étaient recouvertes de boue et de moisissure. Elles étaient bâties les unes sur les autres, semblait-il, comme si chaque espace entre le ciel et la terre devait être investi. Cela donnait des constructions pour le moins bancales avec des bouts de maison sur le toit d'une autre, des petites tours qui jaillissaient des façades à des endroits saugrenus, des cheminées qui se faufilaient dans un méandre architectural à donner la migraine.

Les rues n'avaient de rue que le nom. Certaines avaient plus l'allure d'un chemin tandis que d'autres étaient si étroites qu'il fallait se déplacer en crabe. Des fenêtres donnaient directement sur celles du voisin, et des portes d'entrée ne pouvaient même pas s'ouvrir en entier. À certains endroits, les constructions s'appuyaient les unes contre les autres et formaient des arches au-dessus des ruelles qu'elles condamnaient à la pénombre.

La demeure des Inférieur avait la somptueuse chance d'être implantée dans un quartier épargné des constructions tarabiscotées. On pouvait se promener dans la rue en compagnie d'une ou deux personnes sans se marcher sur les pieds, bien qu'il faille les lever bien haut pour éviter de trébucher contre les pavés dissimulés par le limon. Le soleil atteignait le sol noir qui gobait ses rayons sans rien donner en retour. Au moins, l'air n'était pas nauséabond et, à l'intérieur de la demeure, toute la crasse et la désuétude de l'extérieur disparaissaient. Fyona était une fée du logis. Elle récurait presque tous les jours la maison et ne sortait quasiment jamais. Vadim, lui, passait des heures aux fourneaux. Il n'y avait rien qu'il ne puisse cuisiner. Il magnifiait un oignon en à peine quelques minutes. Pour nous qui venions du bastion de la monotonie et qui n'avions jamais pu goûter plus d'une douzaine d'aliments dans notre vie, nous vécûmes une deuxième naissance gustative. Nous découvrîmes des herbes aromatiques, des légumes et des fruits aux formes et aux noms aussi biscornus que la ville. Nous goûtâmes à des viandes qui n'étaient ni de l'auroch, ni du poulet et mangeâmes du poisson pour la première fois de notre vie. Nos palais brûlaient tant ils travaillaient à stocker toutes ces nouvelles saveurs. Vadim avait beau être austère, nous l'aimions beaucoup.

C'est d'ailleurs à ces côtés qu'on découvrit le marché de

Bakarya. Loin des ruelles entortillées, le centre-ville regorgeait de richesses, elles aussi peu entretenues, mais pourtant présentes. Les restes d'une forteresse témoignaient du glorieux passé de la ville, et le port de pêche s'étalait à n'en plus finir. Le marché se tenait tous les jours entre l'une et l'autre. Des centaines d'étalages se répandaient à perte de vue. On y trouvait des denrées venues de régions reculées : de l'aurochs des steppes – peut-être même ces morceaux-là étaient-ils nés à la Torieka – mais aussi des drôles de chèvres aux cornes presque translucides, d'énormes poulets, d'autres volailles minuscules. Je n'avais jamais vu autant de types de poisson. Il y en avait de toutes les tailles, toutes les couleurs et toutes les formes. Tous les prix, d'ailleurs. À la Torieka, l'argent n'existait pas et je dus apprendre à non seulement le gérer, mais également le gagner. Après tout, je n'avais rien à troquer, ici. Ce que je préférais, c'était les étals de bijoux. Il y avait une marchande qui ne vendait quasiment que des grelots. Pas ceux fabriqués avec de vieilles coquilles de noix comme celui de Galug qui tintait toujours dans ma poche, mais de jolies pièces en métal avec des petites billes argentées qui carillonnaient à la moindre secousse. Certains étaient incrustés de pierres précieuses, d'autres gravés de symboles qui s'embrassaient en s'associant. Mais ici, les gens ne les achetaient pas pour leurs bébés morts. D'ailleurs, à Bakarya, personne ne parlait d'infertilité, on n'entendait pas les pleurs incessants des parents endeuillés aux fenêtres le soir. Vadim et Aglaé ne faisaient jamais de remarque cinglante à Fyona pour la pousser à enfanter. Non, à Bakarya, les grelots étaient achetés par les enfants qui voulaient jouer avec, ou les maîtres et maîtresses de maison qui voulaient décorer leurs logis. Je ne pus m'empêcher, pourtant, à la vue de toutes ces jolies orfèvreries, de remuer la petite noix grelottante de Galug, tout au fond de ma poche.

Il fallait faire attention, cependant, à ne pas s'adresser à n'importe qui. Pour Vadim, Fydjor et les autres, reconnaître les Numéroteurs allait de soi. Mais Baris et moi avions beau les questionner, nous ne comprenions pas quel en était le secret. Animalistes et Numéroteurs avaient les mêmes attributs physiques. Sans connaître leurs noms — et encore, tous ne portaient pas des noms typiques à leur caste, comme Fydjor et ses sœurs — rien ne pouvaient différencier les habitants de Bakarya. À première vue, la cité semblait à peine divisée. Mais il suffisait de déambuler quelques minutes dans les rues pour s'en rendre compte. Des éclats de voix éclataient dans une ruelle trop étroite pour permettre à un Animaliste et un Numéroteur de se croiser. Aucun des deux n'acceptait de se décaler pour laisser l'autre passer. Ailleurs, sur le marché, une Numéroteuse considérait qu'elle pouvait briser la file d'attente sous prétexte que le vendeur était Numéroteur, lui aussi, et les clients tous Animalistes. Quand bien même nous réussissions à différencier les Bakaryens, nous ne saisissions jamais l'origine véritable du conflit. Y en avait-il même une, hormis cette lointaine histoire de frères jumeaux ? Quand on interrogea la petite Souris, qui, native de la ville, devait bien en connaître les rouages, la fillette haussa les épaules, tout aussi muette qu'à son habitude. Il ne fallait pas compter sur Vadim ou Aglaé pour gâcher quelques minutes de leur précieux temps à nous expliquer ces évidences. Fydjor nous indiqua seulement :

— Oh, mais si je vous racontais toute l'histoire, vous l'oublieriez sur le champ. Je suis trop mauvais à cet exercice. Si vous souhaitez vraiment comprendre Bakarya, il faut demander à quelqu'un dont raconter est le métier. Allez donc voir mon grand-père. Il était conteur, jusqu'à il y a peu. Il saura vous éclairer, j'en suis certain.

Alors Baris et moi profitâmes d'une soirée détendue après un repas absolument savoureux pour nous asseoir au coin du feu auprès du vieux Tortue. À chaque fois qu'il s'asseyait, il semblait s'assoupir, mais je m'étais finalement rendu compte que c'était davantage une ruse pour écouter les conversations dont il n'était pas le destinataire. Aussi, je n'eus aucune gêne à m'adresser à lui au moment où ses paupières s'abaissaient.

— Tortue, excusez-moi. Baris et moi aimerions avoir quelques renseignements au sujet de la ville. Fydjor a encensé vos talents de conteurs, alors...

— Fydjor s'est trompé, je ne suis plus conteur.

— Je sais, mais...

— Mais ?

Malgré ses protestations, ses yeux s'étaient animés d'une étincelle que nous n'avions jusque-là pas remarquée.

— Un conteur sait toujours conter, remarqua Baris.

Elle avait cet étrange don : elle savait toujours quels mots et quel ton pourraient débloquer une situation ou rassurer quelqu'un. Le visage de Tortue se réchauffa.

— C'est vrai, c'est bien vrai, fit-il d'une voix chevrotante. J'étais un bon conteur, vous savez. J'ai toujours dit que je le serais jusqu'à ma mort.

— Pourquoi ne plus l'être, dans ce cas ? demanda Baris.

Peu importait qu'elle le laisse s'éloigner du sujet qui nous intéressait, je lui faisais confiance, je savais qu'elle ramènerait la conversation où il faudrait en temps voulu.

— Un conteur n'est pas complet s'il reste chez lui à raconter les mêmes histoires aux mêmes personnes, expliqua Tortue. Je suis trop vieux pour voyager, désormais. Ma fille ne veut plus m'accompagner. Vous avez été témoins de mon dernier voyage, mesdames.

— D'où reveniez-vous ?

— J'ai voulu aller jusqu'à Valésya rendre visite à ma famille et mes amis. Je m'en pensais capable. Je me trompais. Alors nous sommes revenus. J'ai raconté mes dernières histoires dans une poignée de villages.

— Alors vous étiez conteur itinérant ? Quand nous étions petites, une conteuse est passée à la Torieka plusieurs fois. Elle nous racontait les histoires qu'elle avait rassemblées durant ses voyages, me remémorai-je.

— Oui, conteur itinérant, voilà un beau métier.

— Un métier qui a tout donné à cette famille.

Fydjor s'était approché de l'âtre et écoutait la conversation depuis quelques instants.

— N'est pas conteur qui veut. Mon grand-père est doté d'un rare talent, et d'un certain courage, sans lesquels nous ne vivrions pas dans cette maison, mais plutôt dans une bicoque en ruine de l'autre côté de la ville. Les conteurs sont appréciés de tous, et généreusement rémunérés.

— C'est sûrement pour ça que nous n'avons pas eu beaucoup de conteurs à la Torieka, plaisanta Baris, nous n'avons ni or ni argent là-bas. J'imagine mal un conteur qui apprécierait d'être payé par des cornes ou du fromage d'auroch.

— Oh, tu serais surprise ! rétorqua Tortue, le doigt levé. Un village des steppes m'a un jour remis deux aurochs après y avoir passé deux mois à conter. Ce n'est certes, pas très pratique à transporter au premier abord, mais j'ai découvert qu'ils pouvaient porter mes bagages sans geignement. L'un d'eux était une femelle, elle mit bas une nuit sans que je m'en aperçoive, et au petit matin, voilà que j'avais trois aurochs. Arrivé dans un plus grand village aux abords d'une ville, j'ai revendu la mère et le veau. Le troisième a continué de porter mes affaires pendant plusieurs années avant que je m'en sépare aux portes de Bakarya. C'était la première fois que je revenais en six ans. On me croyait mort et Aglaé faisait déjà presque ma taille. Elle me reconnut à peine et c'est ce jour-là qu'elle m'a dit « Père, quand tu repartiras, je viendrai avec toi. » Je ne sais pas si elle voulait prétendre à devenir conteuse, mais ce n'est jamais arrivé !

Fydjor et Tortue éclatèrent d'un rire gras face à nos regards amusés. Tortue essuya la salive qu'il avait au coin des lèvres du revers de sa manche et reprit :

— Malgré tout, je pense que la richesse d'un conteur est sa plus grande misère.

— Grand-père !

— Mais si, mon garçon !

— Tu ne dirais pas ça si nous vivions serrés entre quatre murs à entendre les voisins du dessus se disputer et ceux du dessous ronfler. Notre maison est solide, elle ne se balance pas au gré du vent et elle n'est pas infestée de rats comme la Verilla. C'est important, le confort.

— Si tu avais voyagé autant que moi, le confort, tu t'en moquerais.

— Voyager demeure plus confortable que vivre au mauvais endroit à Bakarya.

Je me mis à songer à la chambre que nous devrions finir par louer. Les Inférieur étaient serviables, mais il ne fallait pas abuser de leur hospitalité. Je doutais de retrouver un cocon aussi agréable que celui-ci dans une ville aussi infestée. Alors, en effet, je regretterais peut-être les nuits passées à la belle étoile dans la steppe ou dans la petite grotte de la Butte du Mort-Né. Au moins, la steppe était propre et silencieuse.

— Mais alors, Tortue, reprit Baris, qu'est-ce qui vous pousse toujours à revenir à Bakarya ? La famille ?

— La famille, peut-être bien la famille...

— C'est que c'est une drôle de ville. Yud et moi ne nous attendions pas à trouver un peuple si divisé.

Encore une fois, Tortue et Fydjor éclatèrent de rire dans l'incompréhension de Baris.

— Pardonnez-moi, j'ai dit une énormité ?

— Non, non, c'est seulement que, plaça Fydjor entre deux hoquets de rire, c'est ce mot, *peuple*, que je n'ai jamais entendu employé à Bakarya. Il s'applique sans aucun doute aux villageois, mais ici, à Bakarya... En effet, tu as raison, ça n'a rien d'un peuple. Nous sommes trop divisés.

— Mais pourquoi ? m'exclamai-je, irritée par leurs rires.

— Voilà une excellente question, Yud, remarqua Tortue.

Excellente question, quel euphémisme ! Je ne devais quand même pas être la première à me la poser ?

— Vois-tu, les Animalistes et les Numéroteurs sont les descendants des partisans des deux frères jumeaux qui ont bâti la ville. Ils ont fait d'un minuscule village de pêcheur une cité prodigieuse. Bien plus belle et rutilante que ce qu'elle est aujourd'hui. Vous devriez visiter le Temple des Jumeaux, c'est le dernier monument un tant soit peu entretenu de Bakarya. Vous y admirerez de magnifiques mosaïques bleues, blanches et roses. Ce sont les couleurs de Bakarya. Le bleu du lac, le rose du ciel, et le blanc de la neige. Car ici, en hiver, tout est blanc, même les rues crasseuses, même les habitations noircies. Il fait si froid que le givre se colle partout. Alors, si vous restez assez longtemps, vous pourrez admirer les vraies couleurs de Bakarya. Vous verrez comme c'est beau, ça vaut le coup de perdre quelques orteils.

Il agita les siens qui grillaient devant les flammes. En effet, il en manquait quelques-uns. Je sentis le bras de Baris frissonner contre le mien.

— Personne ne se souvient des véritables noms de ces frères jumeaux. En fait, on n'est même pas sûr qu'ils étaient frères, ou jumeaux. Ni même que c'était des hommes. Mais peu importe. L'un aimait se faire appeler Un, probablement un complexe de supériorité. L'autre, Ours le Premier, était passionné par la faune. Ils sont morts en pleine dispute. L'un voulait peindre la façade de leur maison en vert, l'autre en rouge. L'histoire ne précise pas quelle couleur pour quel frère mais chacun a sa propre théorie. À leur mort, le peuple de Bakarya – puisqu'on pouvait alors encore parler de peuple – n'a pas pu trancher. Il idolâtrait ses fondateurs et les imitait dans tout, y compris l'absurde. Les chamailleries se sont intensifiées quand les fondateurs ont emporté leur sagesse dans leur tombe. Il n'y avait personne pour arbitrer pareilles sottises. Au fil des siècles, c'est devenu traditionnel.

— Mais pour être honnête, ajouta Fydjor, les Numéroteurs n'ont jamais voulu arranger les choses. Nous autres, Animalistes, avons essayé à maintes reprises d'apaiser les ardeurs. Mais que voulez-vous, ce sont eux les animaux, finalement. On dirait qu'ils se complaisent à se battre. Quand un seul parti est prêt à faire des efforts, il ne faut pas s'étonner que cela ne fonctionne pas.

Baris et moi échangeâmes un regard en réalisant la profondeur du problème.

— Je dois avouer que ce n'est pas ma meilleure histoire, constata Tortue.

— Oh, c'était très bien, merci beaucoup, Tortue, le rassura Baris.

Il lui adressa un sourire complice. Je lus dans ses yeux quelque chose que je reconnaissais. Comme il l'avait expliqué, il avait passé la majeure partie de sa vie en voyage aux alentours de Bakarya, dans les steppes, les plaines, les forêts et les déserts. Bakarya pouvait bien représenter le foyer de ses enfants, ce n'était pas le sien. Et même s'il portait le nom d'un animal, il aurait été le dernier à se qualifier d'Animaliste. Il serra fermement ma main puis celle de Baris et nous invita à revenir auprès de lui le lendemain soir. Si nous voulions entendre de vraies histoires de conteur, nous serions servies. Il ne restait plus personne à Bakarya qui ne les connaisse pas déjà, il n'allait pas manquer cette occasion de nous les faire découvrir.

15

Coda et la terre ferme

Cascade était isolée, coupée de toutes les routes majeures et encerclée par la forêt tropicale. Elle n'avait comme accès au monde que l'océan, un territoire encore plus inhospitalier que la sylve. Bec-à-l'Aigle existait dans la même situation bien que la forêt qui l'enserrait était moins dense : un chemin avait pu être tracé pour relier la ville à la route d'Yadalith.

À l'approche du port, Coda se rendit compte que la comparaison s'arrêtait là. Après une vague d'euphorie à l'idée d'enfin remettre pied à terre, les enfants réalisèrent qu'il n'y avait aucun bateau amarré aux vastes quais du port, aucune embarcation susceptible de les ramener à Cascade. La ville était relativement étalée, mais il n'en émanait pas un murmure constant comme aux environs de Cascade. Depuis la Cité Rocheuse, on pouvait entendre le brouhaha de la ville en contrebas qui s'élevait comme la fumée d'un brasier. À Bec-à-l'Aigle, la quiétude régnait. Le port était désert alors qu'il semblait avoir été construit à l'image de celui de Cascade : prêt à accueillir des dizaines de vaisseaux à la fois. D'énormes entrepôts aux portes éternellement fermées attendaient des cargaisons qui n'arriveraient pas. Les bittes d'amarrage semblaient flambant neuves, comme si aucune corde n'était jamais venue s'y frotter. Au-delà de l'aspect désertique du port, la ville était jolie, les rues propres, les bâtiments neufs et pimpants. Les habitants étant joyeux, les allées et venues se faisaient en harmonie. Malgré tout, Coda sentit une sorte de torpeur qui l'inquiéta.

Après son entretien avec Totem, son estomac s'était noué. Elle avait saisi une portion de la complexité des inquiétudes adultes pour des choses dont elle ne soupçonnait pas l'existence. Elle avait rapporté ce qu'elle avait appris à ses camarades qui étaient tous demeurés circonspects. Si c'était des adultes qui l'avaient dit, alors c'est que cela devait être vrai. Malgré tout, l'idée de vivre à bord d'un baleinier ne les enchantait guère. Le lendemain, un harponnier avait été installé à la proue du navire, juste au-dessus de la figure de proue érodée. Désormais, le harpon donnait la direction, prêt à être enclenché. Coda voyait les marins positionnés en haut du mat, des jumelles à la main, et avait compris qu'ils ne cherchaient pas la silhouette d'une terre ou d'un bateau, mais celle d'un animal marin. La nuit, elle s'attendait à chaque instant que l'embarcation soit secouée par une baleine harponnée qui tenterait d'échapper à son sort. Plus généralement, elle se demandait comment une lame aussi dérisoire pourrait percer la carapace de la Baleine-Miroir. Les quelques histoires qu'on lui avait racontées à son sujet la décrivaient comme titanesque, plus grande encore que ce qu'on imaginait. Son corps était recouvert de roche de miroir dans laquelle on pouvait discerner son reflet. *Jamais,* pensa-t-elle, *un simple harpon à baleine ne pourrait la transpercer.* Et pourtant, elle revoyait l'écaille que Totem lui avait mise entre les mains et songea que cette arme devait être bien plus redoutable qu'elle n'en avait l'air. Les chasseurs de baleine devaient savoir ce qu'ils faisaient.

Alors les enfants avaient simplement décidé de patienter jusqu'à Bec-à-l'Aigle où les chasseurs de baleines les laisseraient, et plus jamais ils n'auraient à se soucier de cette histoire. L'arrivée dans cette ville en laissa donc plus d'un perplexe. Le navire s'amarra avec lenteur et la passerelle permit à chacun de descendre sur la terre ferme pour la première fois depuis presque deux mois. Quand Coda mit les pieds sur les pavés trop peu foulés, elle fut presque prise d'un mal de terre. Son corps s'était habitué au roulis de l'eau et à l'oscillation constante. Sur terre, ses sens imitèrent cette impression et elle se sentit vaciller plusieurs heures avant de retrouver son équilibre.

Diana somma aux enfants de rester au port. Elle devait constamment courir après eux pour s'assurer qu'ils ne s'éloignaient pas ; c'était un défi d'empêcher une vingtaine de garnements de rester en place après une navigation aussi longue.

Des enfants de Bec-à-l'Aigle rejoignirent le port pour venir jouer avec eux et Diana dut redoubler d'efforts pour reconnaître les petits dont elle était responsable. Coda intima à ses camarades de l'écouter et de ne point s'éloigner. Elle savait que Diana n'avait jamais été autorisée à visiter quelconque ville. Elle avait toujours été gentille et attentive, elle ne méritait pas que les enfants lui jouent des tours. Si elle devait partir en exploration dans la ville à la recherche des fugueurs, elle ne s'en serait sûrement pas sortie indemne. Atamine et une poignée d'autres marins s'éclipsèrent en ville juste après avoir amarré, sans un mot pour Diana ou les enfants. Pinaille pensait qu'ils allaient chercher un endroit où laisser les petits le temps qu'un nouveau navire en direction de Cascade les prenne en route.

— Tu penses qu'il faudra attendre longtemps ? demanda Pandore avec inquiétude.

Pinaille haussa les épaules.

— Ils savent probablement ce qu'ils font. Ce sont des

navigateurs, il faut leur faire confiance.

— Moi, je trouve ça bizarre, rétorqua Coda. C'est une drôle de ville. Le port paraît abandonné et regardez tous les enfants qui sont venus nous voir. Il y a même des adultes qui nous lorgnent de loin.

En effet, aux quatre coins du port et depuis quelques hauteurs, des citoyens de Bec-à-l'Aigle gardaient un œil méfiant sur le bateau et ses occupants.

— Je ne serais pas très rassurée de vivre avec des étrangers ici pour une durée indéterminée, termina Coda.

— Tu as raison, dit Pandore. J'aime bien Diana, j'aimerais bien qu'elle reste avec nous.

— Dans ce cas il faudrait aussi demander à Réor, il est gentil aussi. Et Ludel, il ne repartirait pas sans sa sœur, renchérit Pinaille.

Une idée germa dans l'esprit de Coda.

— Mais bien sûr ! On pourrait peut-être demander à Diana et Ludel s'ils accepteraient de revenir à Cascade avec nous !

— Et quitter Totem ? Aucune chance ! s'exclama Pinaille.

— Et pourquoi pas ? Diana nous adore, et Totem la traite comme une petite fille alors qu'elle pourrait presque être notre mère. Je suis sûre qu'elle reste avec lui juste parce qu'elle n'a nulle part où aller. Mais si on lui proposait de venir avec nous, elle n'aurait pas à craindre la solitude !

— C'est peut-être vrai, ajouta Pandore. Mais tu oublies qu'elle ne pourra pas venir avec nous vivre à la Cité Rocheuse, elle n'en a pas le droit. Et nous, on ne pourra pas descendre pour lui rendre visite. Alors au final, ce sera tout comme se retrouver toute seule.

— Oui, c'est vrai... mais on finira par grandir. À vingt ans, on aura le droit de descendre de la Cité Rocheuse, on pourra venir la voir à Cascade.

— Encore faudrait-il qu'on décide de rester à Cascade une fois cet âge passé ! protesta Pinaille.

— Comment ça ? fit Coda. Après tout ce qui est en train de nous arriver, tu songerais à repartir ?

— Et pourquoi pas ? Dans dix ans, on aura vécu le double de ce qu'on a déjà vécu. Qui sait qui on sera et ce qu'on voudra faire.

— Moi, je ne quitterais jamais Cascade, indiqua Pandore. Jamais, jamais ! Il n'y a nulle part où l'on serait mieux qu'à la Cité Rocheuse.

Coda qui s'était déjà maintes fois posé la question par le passé, et qui avait souvent songé aux aventures auxquelles elle pourrait aspirer en-dehors de Cascade, devait s'avouer partagée. Elle chérissait sa ville d'origine, et l'idée de vivre éternellement loin de Veda et Tavik lui donnait la nausée. Pourtant, elle devait admettre que l'aventure l'exaltait. Dès que Totem et son équipage avaient récupéré les enfants des griffes des pirates, le périple avait pris une tournure presque agréable. La plupart des enfants avaient cessé de pleurer, certains ne parlaient même plus de Cascade. Et quand Totem lui avait mentionné Canal-Azur, puis Dantilus, et enfin la traversée de l'Areyne, elle n'avait pu s'empêcher d'imaginer vivre un tel périple. Une petite voix lui intimait qu'elle effleurait des doigts une opportunité qui ne se présenterait plus jamais dans sa vie. L'attrait du voyage se faisait plus fort chaque jour qu'elle passait loin de Cascade et de ses règles absurdes et injustes. D'un autre côté, elle n'était pas certaine de vouloir chasser la baleine, et encore moins la Baleine-Miroir. Si Totem avait raison, alors ce dessein inspirait plus de craintes que d'émerveillement, et s'il se trompait, alors Coda redoutait d'éveiller la colère d'une créature ou d'une divinité et de trahir les confidences de Tavik. Mais après tout, n'était-ce pas elle qui avait poussé Coda entre les griffes des pirates ? Et si, malgré les croyances de Tavik, le destin l'avait orientée vers une destinée de chasseuse de baleine ? Sa grand-mère pouvait bien se tromper après tout. Qui croire ? Une vieille femme qui avait vécu sa vie entière dans la même cité, qui n'avait dessiné des yeux la ligne que d'un seul horizon ? Ou un homme qui ne pouvait même pas dire d'où il venait tant il avait louvoyé à travers les océans, qui connaissait les routes et les courants mieux que les lignes de sa propre main ?

Contrairement à leurs attentes, Diana ne répondit pas favorablement à leur proposition qu'ils trouvaient pourtant raisonnable.

— Comment osez-vous me demander de trahir Totem après tout ce qu'il a fait pour moi ? Pour vous ! Il vous a sauvés, nourris, et maintenant il se décarcasse pour vous permettre de retourner à Cascade !

— Techniquement, il n'a rien fait de tout ça, protesta l'effrontée Pinaille. Réor nous a nourris, tu t'es occupé de nous, et c'est Atamine qui est partie nous chercher un abri. Lui, il n'y a que Coda qui l'a vu. Alors il a peut-être donné des ordres, mais en réalité, il n'a rien fait de lui-même.

Diana esquissa un mouvement de la main, prête à gifler la fillette qui se protégea par réflexe. Diana abaissa sa main avec raideur et souffla.

— Pinaille, tu ferais bien d'apprendre le respect. Totem est doté d'un esprit que tu ne peux imaginer. Sans lui, nous serions perdus en mer, affamés, desséchés. Il est le seul à savoir lire les étoiles et le soleil.

— Le seul ? Pourquoi ? demanda Coda avec naïveté.

— Parce que cela nécessite un peu de jugeote dont il est le seul à disposer.

— Les parents de Nélius sont pêcheurs, ils savent naviguer, murmura Pandore. Mais je ne savais pas qu'il fallait être spécialement malin pour lire les étoiles.

— Les navigations d'un pêcheur n'ont rien à voir avec celles d'un baleinier.

— C'est simplement un autre type de pêche, non ? interrogea Pinaille avec insolence.

Diana préféra ne pas répondre. Elle perdait toujours patience avec Pinaille qui n'acceptait jamais de se soumettre aux avis des plus âgés, même quand elle avait tort. La femme s'éloigna en tournant le dos à ses jeunes interlocuteurs.

— Bravo, Pinaille ! félicita Coda avec sarcasme. Maintenant, elle meurt d'envie de rester avec nous !

— Tant pis, on se débrouillera très bien sans elle.

Pandore affichait une mine déconfite mais n'ajouta rien. Pinaille lui assena une tape amicale dans le dos.

— Oh, ça fait rien, mon vieux. On n'a qu'à aller se promener.

— On n'a pas le droit de quitter le port, protesta Pandore.

— Moi, les règles idiotes, j'ai décidé de ne plus les respecter ! Allez, venez ! On sera revenus pour le coucher du soleil.

Coda et Pandore s'interrogèrent du regard puis cédèrent en voyant Pinaille s'éloigner sans eux. Ils trottinèrent derrière elle et tous les trois s'aventurèrent dans les rues peu animées de Bec-à-l'Aigle.

16

Yud et les merveilles de la ville

Après un mois passé au 8, allée des Essences, Baris et moi nous décidâmes enfin à faire nos valises et déménager. Certes, nous n'avions aucun moyen de retrouver un environnement aussi agréable que la petite chaumière des Inférieur, mais après quelques visites plus ou moins fructueuses, on dénicha un minuscule appartement au sixième étage d'un bâtiment qui semblait avoir été greffé puis rapiécé une bonne dizaine de fois. Quand le vent soufflait, l'appartement oscillait légèrement et les murs grinçaient. Il y faisait constamment froid, surtout à l'approche de l'hiver. Une fois la maigre cheminée ramonée, expliquait Baris, le poêle brûlerait jour et nuit et réchaufferait le cocon sans difficulté.

Malgré l'humidité et les étages à gravir à la force des cuisses, l'appartement, situé en hauteur de la ville, offrait une vue dégagée sur Bakarya et le lac. À cette altitude, on en discernait mieux les côtés sans toutefois apercevoir la rive opposée.

Nous nous réjouissions du réconfort apporté par les rayons du soleil à toute heure de la journée. Nous n'étions pas enfermées par la pénombre comme la plupart des étages inférieurs. Puisque la boue n'atteignait pas une telle hauteur, notre façade était presque blanche, et nos vitres quasiment translucides. Nous aurions difficilement pu demander mieux.

Le seul souci se réduisait au voisinage. Ne vivaient là quasiment que des Numéroteurs. Nous n'en avions strictement rien à faire, mais eux beaucoup plus. Quelques fois, on retrouva des cadavres d'animaux morts sur notre paillasson, ou de la crasse étalée sur la porte d'entrée. Rien de bien méchant, selon Tortue et Fydjor. Nous ne devions pas avoir peur, il était extrêmement rare qu'Animalistes et Numéroteurs en viennent aux mains. Ça retirait toute l'excitation des menaces. Tant qu'elles duraient, le conflit perdurait, et rien n'importait plus.

Passant outre ces désagréments, nous nous empressâmes de faire de ces trois minuscules pièces notre cocon. Nous dormions côte à côte dans la chambre pour nous maintenir au chaud la nuit quand nous laissions la flamme du poêle s'éteindre. La salle de bain renfermait des toilettes à l'odeur prenante, une douche misérable et un lavabo continuellement bouché. Enfin, dans la cuisine, le poêle brûlait paisiblement et nous permettait de manger chaud. Ce confort n'était en rien comparable à la demeure des Inférieur mais c'était toujours plus que ce que nous avions connu à la Torieka, où il fallait sortir de chez soi pour aller assouvir ses besoins et utiliser la rivière ou une bassine d'eau fraîche pour faire sa toilette. Alors même si tout dysfonctionnait, au moins, l'eau coulait et le poêle chauffait.

Quand l'envie nous prenait d'échapper à l'étouffement de l'altitude, nous descendions dans la rue, slalomions entre immondices difformes et trottinions pour fuir les insultes récurrentes de la part des nombreux Numéroteurs qui vivaient dans les parages.

— Ça n'a aucun sens, strictement aucun sens ! s'offusquait Baris. Tout ce que nous avons fait, c'est laisser cet intendant inscrire « Animaliste » en face de nos noms. Je ne comprends même pas comment tous ces gens connaissent notre caste alors qu'on ne l'a révélée à personne.

— L'intendant a peut-être relayé l'information. C'était un Numéroteur, après tout. Et puis toute la famille Inférieur connaît notre choix. J'imagine que les nouvelles vont vite, à Bakarya.

— Tout de même ! Ils ne connaissent même pas nos noms.

C'était une étrange ville, mais je n'aurais osé l'admettre à voix haute. N'importe qui aurait pu en dire autant de la Torieka. Les Bakaryens vivaient cette situation le plus naturellement du monde. C'était une affaire de patience et d'habitude, j'essayais de m'en convaincre, sans grande conviction.

Le marché était de loin le lieu où les stigmates s'effaçaient le plus. Les commerçants ne pouvaient pas passer leurs journées à insulter de potentiels clients qui eux ne pouvaient renoncer aux produits de ces premiers. Nos revenus s'approchant du néant, on s'adonnait plus à la promenade parmi les étalages qu'aux achats. Baris avait été embauchée dans une blanchisserie qui la payait quelques sous pour laver du linge trois jours par semaine. Quant à moi, je m'étais convertie en livreuse pour une boulangerie. Tous les matins, je me levais aux aurores pour distribuer des pains et des brioches à une bonne partie de la ville. En quelques jours, j'avais pris mes repères et pouvais reconnaître une rue boueuse d'une autre sans difficulté.

Ces maigres revenus nous permettaient de nous nourrir convenablement et de payer notre loyer, rien de plus. Nous laissions quelques pièces tapisser le fond d'une petite boîte métallique, conservant quelques économies pour assurer notre avenir. Nous n'étions pas familières avec ce mode de vie. À la Torieka, il suffisait d'être serviable avec son voisin pour obtenir quelque chose de sa part. Un service, un bout de viande ou de tissu pouvaient s'échanger sans prendre la peine de développer une monnaie et une économie. À Bakarya, néanmoins, nous n'avions rien à échanger, mis à part notre temps et notre énergie, alors nous nous satisfaisions de ce que nous avions. Ce n'était pas une existence extravagante, mais pour les Toriékaines qu'on était, c'était loin de l'ennui et de la monotonie dans lesquels on avait grandi.

Le marché était si étendu qu'on découvrait de nouveaux étalages à chaque visite. Il suffisait de penser à quelque chose, ça y était ! Nous déambulions bras dessus bras dessous entre les passants, nous arrêtant pour admirer des fruits multicolores d'un côté, des joyaux étincelants de l'autre. On respirait les odeurs avec délectation ou dégoût, selon les étals. Sous nos pieds, le gravier valsait et des fruits écrasés giclaient. On entendait caqueter dans un coin, beugler dans l'autre. Il était parfois difficile de distinguer les voix humaines des rugissements animaux.

— Regarde un peu ça ! s'écria Baris en pointant le doigt dans une direction.

Elle s'y précipita et s'enveloppa dans une longue cape mauve accrochée à un portant. Le tissage épais s'ornait de broderies le long de chaque couture. L'accroche miroitait comme le signeur de Tortue. La couleur violette ondulait avec une douceur délassante. Les pans de la cape ne semblaient pas obéir aux règles élémentaires de la gravité. Je m'approchai en souriant.

— Elle est magnifique, s'émerveilla Baris. L'hiver arrive, nous devons nous équiper.

— Oh oui, plaisantai-je. C'est absolument indispensable.

— Indispensable !

On rit et je m'éloignai pour slalomer entre les portants. Ce marchand vendait toutes sortes de vêtements de voyage faits dans des tissus somptueux. Il s'approcha de moi.

— Ces étoffes viennent d'Antéluvya ! Elles sont tissées à la main, leur douceur est inégalable. Idéales pour voyager. Résistantes, imperméables, presque insalissables !

J'acquiesçai par politesse, doutant de ces affirmations. J'effleurai les robes du bout des doigts et m'arrêtai devant l'une, d'un rouge flamboyant, légèrement sombre. Du fil doré cavalait le long de l'évasure, formant des boucles, des spirales et des ruades.

— Parfait, murmura Baris à mon oreille. Mets-toi devant.

Elle me fit tourner sur moi-même et me dévora des yeux à côté de l'étoffe. Mes cheveux noirs épais tombaient en dessous de mes épaules halées. Mes yeux se réduisaient à deux fentes lorsque je souriais, et ma tache de naissance presque noire, de la taille de ma paume, auréolait mon œil gauche et se noyait dans la naissance de mes cheveux.

— Une robe de cette couleur, avec la cape qui va avec, nous serions magnifiques, indiqua-t-elle.

— Pour ce qu'elles coûtent, j'espère bien !

Baris fit la moue. Elle demanda le prix au marchand et fit une grimace légèrement circonspecte à sa réponse. Elle sortit quelques pièces de sa bourse et les fit tomber dans la paume du marchand.

— Baris ! protestai-je.

— Détends-toi, nous ne prenons que les robes. Nous reviendrons pour les capes quand il fera un peu plus froid.

Je desserrai la mâchoire et pris le paquet que le marchand posait dans mes bras. En rentrant à la maison, Baris déballa nos paquets et nous drapa de nos nouveaux habits. Les pans des robes tombaient à nos chevilles de façon conique. Elles se fermaient sur le devant à l'aide de boutons miroitants et les larges manches dépassaient la longueur de nos bras d'une bonne coudée. Une fente nous permettait d'en faire sortir nos avant-bras. Des épaulettes rehaussaient nos carrures et des broderies dorées paraient le buste de ma robe rouge tandis qu'elles étaient argentées sur celle de Baris. On dansa, tourbillonna et joua comme des fillettes déguisées en princesse. À la Torieka, nous ne nous habillions que de gris et de marron. Les rares couleurs qui atteignaient notre patelin demeuraient fades, presque effacées.

Nous avions quitté nos familles depuis deux mois. Nous y pensions parfois le soir, quand la ville se taisait et qu'il n'y avait plus que le vent qui encerclait notre bicoque pour nous maintenir éveillées. Mais ces pensées demeuraient loin une fois le jour levé et nos existences prises dans la frénésie de nos nouvelles vies bakaryennes.

À première vue, la ville de Bakarya était infecte. Mais au fil des semaines, je me mis à remarquer certaines choses. Lorsque je marchais dans la rue pour délivrer une livraison, me rendre chez les Inférieur ou retrouver Baris dans un bar coincé entre deux façades, je voyais des choses que seuls des yeux avisés pouvaient discerner.

Quelques fleurs blanches, bleues et roses, aux pétales fins et allongés, grimpaient clandestinement jusqu'aux rebords de fenêtres grignotés par les mites. Certaines pousses atteignaient les deuxième et troisième étages lorsqu'elles avaient la chance d'être arrosées par la lumière solaire.

Et au milieu de la crasse, des fourmis lumineuses déambulaient, affairées, têtes baissées. Des fées aux doigts gantés de soie, avec de petits chapeaux taillés dans des feuilles vertes et rigides, de minuscules costumes cousus et assemblés avec une précision déconcertante. Des boutons de nacre roses et blancs, des broderies au fil indigo représentant des symboles féeriques, des fleurettes, des vaguelettes, des soleils ou des lunes. Et leurs visages devaient être modelés dans du beurre pour être si gracieux et satinés. Appétissants, même. Leurs cheveux étaient semblables à des filons de cuivre, d'or ou d'aluminium, implantés un par un dans la motte de leurs crânes. Si rigides, souples et légers à la fois. Enfin, ce ne pouvait être des fées sans les délicates ailes de libellule accrochées à leurs omoplates, qui s'agitaient au moindre gloussement ou tressaillement. Car voilà, les fées étaient ailées mais ne pouvaient voler. Elles bondissaient, virevoltaient, jaillissaient et plongeaient comme de drôles de créatures venues de nulle part. Peut-être était-ce donc cela, peut-être venaient-elles de nulle part. Cela n'aurait pas été difficile à croire.

Et sur ce territoire souillé, elles allaient et venaient, s'extasiaient du moindre rayon de soleil et s'offusquaient de chaque incivilité. Les humains les ignoraient comme si elles n'avaient jamais existé, et il m'avait fallu des semaines avant de les remarquer. À présent, je prenais soin à ne pas les piétiner, à ne pas laisser la boue soulevée par mes souliers gicler dans leur direction. Je m'arrêtais de marcher pour en laisser une traverser paisiblement.

En réalité, ce que j'appelais « fée » n'en était rien, du moins pas aux yeux des Bakaryens. Elles n'étaient pas humanoïdes comme on s'y serait attendu. Elles avaient la forme de gros insectes squelettiques à l'abdomen gonflé. Elles ne portaient pas de charmants costumes ni de petits chapeaux, mais elles en revêtaient les teintes roses, bleues et blanches, selon la lumière, leur âge ou leur sexe. Pour beaucoup de riverains, ces petites choses qui n'avaient d'autre nom qu'envahisseurs, vermines, ou bestioles, n'avaient rien de magique ou de merveilleux. Elles se faufilaient partout, dans les habitations, dans les garde-manger, et n'avaient aucun scrupule à dévorer tout ce qu'elles rencontraient. Ces petites choses qui ne pouvaient pas à proprement parler ou voler n'atteindraient sûrement jamais notre appartement au sixième étage. Aussi n'avions-nous pas à les craindre. Alors je posais sur elles un regard enfantin. J'appliquais un filtre enchanteur comme je me prenais à le faire de plus en plus souvent depuis mon départ de la Torieka.

Cela avait commencé avec la lune étoilée et sa nuée de lucioles vertes qui avaient levé mon état de mélancolie. Puis il y avait eu notre nuit dans la grotte de la Butte du Mort-Né et son histoire que j'avais racontée avec apaisement. Enfin, il y avait eu le jour durant lequel nous avions voyagé avec le maigre troupeau de chameaux des Hauts-Plateaux, et ce moment un brin glaçant durant lequel l'un d'eux avait épinglé son œil humain dans le mien. Depuis notre arrivée à Bakarya, je retrouvais ce sentiment en admirant les fées et toutes les merveilles que la ville révélait peu à peu à mes yeux. Jamais je n'aurais pu voir le monde avec tant de couleurs en étant restée à la Torieka. Avec du recul, je me rendais compte que, même là-bas, il y avait des choses merveilleuses. Le monde avait quelque chose d'aérien depuis que je m'étais libérée de la torpeur du territoire gris. Un poids avait été ôté.

Nous allions dîner chez les Inférieur tous les vendredis. Après le dessert, nous nous installions au coin du feu auprès de Tortue, Fydjor et Souris. Fyona se joignait parfois à nous, surtout depuis que nous avions brisé la glace avec elle, peu avant notre déménagement. Vadim et Aglaé se retiraient sans même songer à écouter des contes qu'ils connaissaient par cœur. Quant à Felyn, la deuxième sœur de Fydjor, elle ne s'était toujours pas montrée. Les entrailles de Bakarya devaient l'abriter. Personne ne semblait s'inquiéter : elle finirait bien par revenir.

Tortue racontait les histoires de ses voyages au nord, vers Antéluvya, ou à l'ouest jusqu'à Valésya. La plupart ne provenaient pas de ces cités, mais des innombrables villages qui les séparaient de Bakarya. Sa mémoire était monumentale. Il se rappelait le nom de chacun, certains n'excédant pas deux maisonnettes qui s'écrouleraient au moindre coup de vent. Je m'interrogeais même sur l'intérêt de donner un nom à un lieu qui ne serait bientôt plus habité. Car Tortue mentionnait souvent ces villages fantômes, des lieux qu'il avait traversés par le passé, certains très prospères, mais qui avaient été désertés pour des raisons qui flotteraient à jamais loin de la raison humaine. Certains villages, au contraire, poussaient comme des champignons en à peine un ou deux ans.

— Bakarya est née ainsi, après tout, disait-il souvent.

Chaque minuscule bourgade avait ses propres histoires, même celles qui s'effaçaient au gré du vent.

— C'est essentiel, vous savez, pour un peuple, aussi petit soit-il, d'avoir des histoires autour desquelles se réunir. Savez-vous pourquoi ?

Souris et les autres secouèrent la tête.

— Parce que chacun écrit sa propre histoire rien qu'en se réveillant le matin, et chacun a besoin d'être rassuré. Connaître les histoires de ses prédécesseurs, vraies ou fictives, c'est s'assurer qu'on ne s'ennuiera pas, qu'on a une raison d'exister.

— Quelle raison ?

— Celle de se dire que même après notre mort, il y aura

quelqu'un pour raconter comment on a laissé le chien égorger les poulets, ou le jour où, par la simple force de notre esprit, on a soulevé une pierre pour secourir un enfant coincé en dessous.

Souris gloussa.

— Ça, c'est impossible, grand-père Tortue.

Ce dernier lui renvoya ses gloussements et révéla un sourire crénelé.

— Bien entendu, ma petite Souris. Mais peut-être y a-t-il un endroit où c'est possible. Et même si ça ne l'est pas, on aura au moins la satisfaction de divertir ses descendants ou quiconque entendra cette histoire absurde. C'est à ça que j'ai servi toute ma vie.

Je buvais ses paroles. Tortue connaissait mal les récits de la Torieka qu'il avait brièvement visitée dans sa jeunesse, mais que sa mémoire lui avait ravis. J'avais toujours cru ces histoires indignes d'intérêt. En outre, je détestais les écouter, dans mon enfance. La plupart des contes toriékains impliquaient des bébés morts, des pénuries, des famines ou des sécheresses. Mais voilà, écouter Tortue sublimer chaque histoire par son ton, sa patience, et la manière dont il formulait chaque péripétie, mit en lumière une chose que je n'avais jamais remarquée en écoutant les contes toriékains : tous se terminaient par une note d'optimisme. Ce n'était rien d'exceptionnel, c'était même souvent imperceptible et voilà pourquoi je ne m'en étais jamais rendu compte. Mais voilà que je comprenais mieux : si la Torieka n'avait vécu que dans le désespoir, l'ennui et l'affliction, alors il n'en resterait plus rien. Ses habitants auraient tous fini par déserter les lieux comme Baris et moi. Et les autres se seraient sûrement laissé mourir sans progéniture. Je comprenais, à présent, pourquoi Lid, ma mère, s'entêtait à collectionner les grelots : vivait en elle un minuscule espoir que l'un de ces bébés survivrait, et j'en étais le fruit. Ce soir-là, je sentis naître en moi une admiration pour mon peuple que je n'avais jamais cru possible. Les Toriékains avaient enduré de nombreuses épreuves, et ils avaient survécu à chacune. La Torieka n'était pas un hameau de trois bicoques prêtes à s'effondrer. C'était un village, un vrai, qui vivait selon un système vieux de plusieurs siècles. Aussi accablant que celui-ci puisse être, il fit naître en moi un certain respect.

Tortue vit mes yeux étinceler. Il stoppa le récit qu'il avait entrepris et murmura :

— Y a-t-il quelque chose dont tu voudrais nous faire part, Yud ?

17

Coda à Bec-à-l'Aigle

En déambulant dans Bec-à-l'Aigle, Coda songea que c'était une ville plaisante où il faisait bon vivre. Loin de l'agitation de Cascade, de ses rues comme de la Cité Rocheuse, les habitants semblaient y vivre en harmonie. Elle s'imagina habiter une de ces petites maisons aux toits en tuile avec Veda et Tavik. Elles auraient des rideaux colorés à chaque fenêtre et des géraniums qui pousseraient dans des pots en terre. Ici, elles n'auraient jamais à faire face aux regards sévères des habitants de Cascade pour le simple prétexte qu'elles étaient nées sur le mauvais piton rocheux. Mais il fallait admettre que pour un enfant, Bec-à-l'Aigle était beaucoup moins excitante que la Cité Rocheuse. D'ailleurs, mis à part les enfants venus s'amuser au port, il n'y en avait pas tellement dans les rues de la ville. Pandore suggéra que la plupart devaient être occupés à étudier dans des salles de classe. Il expliqua qu'en ville, les enfants s'asseyaient sur des chaises toute la journée pour écouter un vieux professeur expliquer des choses sans les montrer. Coda frissonna à cette simple idée, bien heureuse d'avoir eu des mentors comme Adius comme professeurs.

Au moins, pas la peine de jouer des coudes pour gambader le long d'une rue. Personne ne les gênait ou ne les houspillait. Ils jouèrent à chat un moment puis firent semblant d'être poursuivis par de cruels pirates. Même Pandore, qui prenait toujours les histoires de pirates très au sérieux, se prit au jeu. Comme il était bon de pouvoir sentir la terre sous ses pieds nus et courir sans s'arrêter. Coda sentit une pointe de culpabilité à l'idée de parcourir les rues d'une ville, comme si quelqu'un allait les pointer du doigt et s'écrier : « Les enfants de la Cité Rocheuse ! Arrêtez-les ! ». Il n'en fut rien. Pinaille vivait sans ces doutes. Débordant d'assurance, elle tira ses camarades par la main vers une ruelle ombragée.

— Chut, ils sont juste derrière nous, murmura-t-elle en parlant des pirates imaginaires.

Coda et Pandore retinrent leur souffle et s'aplatirent contre le mur en terre rose, le regard rivé dans une direction, les sens aux aguets. Une oie passa en se dandinant et dévisagea les enfants avant de poursuivre son chemin. Les trois petits retinrent leur souffle comme si l'animal avait été une dangereuse créature.

— Parfait, comme convenu donc, fit une voix aiguë de l'autre côté de la ruelle, à l'opposé d'où les enfants regardaient.

Coda tourna la tête et sentit un frémissement parcourir son corps. Elle s'avança discrètement dans cette direction et ses deux acolytes la suivirent avec curiosité. La voix qui répondit à la première lui était familière.

— Vingt-cinq pièces, voilà le compte.

— C'est Atamine ! chuchota Pandore dans un élan de réalisation.

Pinaille lui fit signe de se taire.

— Non, trente, protesta la voix tranchante comme du diamant.

— Nous avions conclu le marché sur vingt-cinq. Totem ne paiera pas plus.

— Vingt-cinq, c'est pour un groupe habituel. Cette fois-ci, nous vous avons fourni la bague.

Coda fut parcourue d'un frisson tétanisant. Elle reconnaissait la voix, elle ne pouvait s'y méprendre : c'était la pirate qui lui avait saisi le poignet alors qu'elle essayait de s'échapper, à la Cité Rocheuse. Elle avait arboré un sourire crochu en découvrant la bague de Coda. Celle-ci lui brûla soudainement le pouce. Elle risqua un œil de l'autre côté du mur et ses craintes se confirmèrent : Atamine remit à la pirate une bourse visiblement bien remplie.

— Nous n'avons encore aucune preuve qu'il s'agit de la bonne bague.

— De quoi parlent-elles ? s'impatienta Pinaille.

— Chut ! houspilla Coda.

Cette voix était une des seules de cette fameuse nuit dont elle se souvenait parfaitement. Instinctivement, elle extirpa la bague de son pouce et la laissa tomber au fond de sa poche qu'elle prit ensuite le soin de boutonner. Il ne valait mieux plus être aperçue avec cette bague, quelle qu'elle soit.

— Trente pour cette fois-ci, mais une simple bague ne nous vous rapportera pas toujours cinq pièces de plus. Et s'il s'avère que ce n'est pas la bonne, Totem prendra soin à mettre fin à notre arrangement.

— C'est ça, c'est ça. Prochain rendez-vous aux Côtes du Vicieux ?

— Pas avec nous. Verum ou Gavin y seront. Vous vous arrangerez avec eux. Nous partons pour Tar-Mara. Nous ne reviendrons pas en Aucellion avant quelques années.

— Vous avez de la chance, vous savez. La bague aurait pu tomber sur l'un d'eux. Depuis le temps que vous la cherchez, c'est comme si le destin l'avait mise sur votre chemin.

— Peu importe sur qui elle tombe, tant qu'elle fonctionne.

Et puis, il n'y a pas de chance, pas la moindre, dans notre monde.

— Ouais, ça ce sont vos histoires. Bonne traversée, dans ce cas. Toujours un plaisir de travailler avec vous.

— Bonne rafle à vous, acheva Atamine avec dédain.

Pinaille perdit l'équilibre alors qu'elle essayait de ne rien manquer de la conversation. Elle prit appui sur Pandore qui à son tour bascula. Ils agitèrent les bras en silence avant de finalement renverser un tonneau posé contre le mur. Son couvercle se détacha et son contenu, un liquide bleu à l'odeur sucrée, se répandit sur la chaussée. L'œil d'Atamine vrilla en direction de la ruelle ombragée, mais n'eut pas le temps d'apercevoir les garnements. Coda, Pinaille et Pandore étaient déjà partis en courant après avoir traversé la rigole de liqueur en faisant des éclaboussures. Ils entendirent Atamine sur leurs talons et Coda constata les traces que leurs chaussures maculées de jus laissaient sur les pavés. Ils avaient déjà traversé plusieurs rues désertes en hâte, et Pinaille les avaient menés jusqu'à une petite colline couverte de verdure. Ils se retrouvèrent à la grimper à quatre pattes tant elle était escarpée. Au moins, les ramures des arbres les camouflaient. Les pas d'Atamine ralentirent alors qu'elle se mit à suivre avec sérénité la piste laissée par la liqueur.

— Attendez ! fit Coda en chuchotant. Nos chaussures vont

nous trahir !

Chacun s'assit sur la terre et se mit à dénouer ses lacets. Ils jetèrent les chaussures dans un fourré et reprirent la grimpée pieds nus, jurant contre les échardes qui se fichaient dans leur peau.

Arrivés en haut de la colline, ils dénichèrent un charmant manège mécanique inactif. Il était constitué des six créatures de l'Entremonde qui avaient supposément ouvert la Terre pour s'engouffrer dans son atmosphère. Les Mastodontes, comme on avait l'habitude de les appeler pour se référer à leur taille. Coda reconnut la fameuse Baleine-Miroir, le Varan, et le Phantom – ses préférés, car leurs histoires véhiculaient toujours quelque chose d'encourageant – mais ne put identifier les trois autres. Ces représentations restaient grossières et bien peu fidèles à la majestuosité qu'on lui avait décrite.

— Coda ? murmura Pinaille. Il faut s'en aller.

Elle pointa le port qu'on apercevait par-dessus les toitures de tuiles. Coda la suivit et tous les trois, ils dévalèrent la colline par un autre chemin et finirent par s'abriter sous un saule pleureur dont les branches filandreuses caressaient la surface d'une marre. Essoufflés, ils haletèrent pendant quelques minutes, pliés en deux, avant de réussir à en placer une.

— Je n'ai strictement rien compris ! s'exclama Pandore,

tout rouge.

— Moi, je crois que j'ai tout compris, se désola Coda.

— Dis-nous, maline, dit Pinaille.

Elle reprit sa respiration et put se redresser.

— C'était une pirate, une de ceux qui nous ont enlevés à Cascade.

— Quoi ? Tu hallucines ! Il n'y a que notre bateau, au port.

— Peu importe, ils auraient pu accoster ailleurs. On n'a jamais su ce qui leur est arrivé après que les chasseurs de baleine nous ont secourus. Je pense qu'ils ont orchestré tout ça tous ensemble.

— Pinaille a raison, tu dois halluciner.

— Réfléchissez bien à ce qu'elles ont dit. Je vous jure, je ne l'oublierai jamais cette pirate, c'était bien elle. Atamine lui a donné de l'argent. Vous avez tout entendu, n'est-ce pas ?

Ils acquiescèrent, dubitatifs.

— La pirate a parlé d'un groupe, et à la fin, Atamine lui a souhaité bonne rafle.

— Qu'est-ce que c'est, une rafle ? demanda Pinaille.

— Je crois que c'est quand on enlève les gens.

— Attendez, dit Pandore. Que les chasseurs de baleine et les pirates soient de mèche, c'est une chose. Mais à notre sujet ? Ce n'est pas un peu rapide ? Peut-être bien que... peut-être bien qu'Atamine et son équipage ne se sont pas vraiment battus et nous ont achetés aux pirates pour nous sauver.

— On les a entendus se battre, protesta Pinaille. Enfin, ça y ressemblait.

— Et puis, pourquoi auraient-ils accepté de payer trente pièces pour une vingtaine d'enfants qu'ils ne connaissent pas et qui vont seulement leur apporter plus de soucis ? Je veux bien admettre qu'ils sont altruistes, mais ça me semble beaucoup, trente pièces, non ?

— Oh !

Les yeux de Pinaille s'agrandirent.

— Totem ne t'a-t-il pas dit que la Baleine-Miroir apparaissait davantage en présence d'enfants ?

Tous les trois se turent un instant et blêmirent.

— C'est vrai, admit Coda, que ce serait étrange de chasser la Baleine-Miroir qui apparaît davantage aux enfants, sans enfant à bord.

— Pas faux, répéta Pandore. Mais de là à...

Il ne termina pas sa phrase, à court d'inspiration. Coda sentait son cœur battre dans ses tempes, dans sa poitrine et dans ses orteils.

— On ne peut pas y retourner, déclara alors Pinaille.

— Attendez, protesta Coda. Il faudrait peut-être qu'on réfléchisse un peu plus. On n'a pas tout compris à leur conversation.

— Oui, elles parlaient d'une bague, à quoi ça peut bien correspondre ?

— Aucune idée, mentit Coda. Mais ça doit avoir un rapport avec la Baleine. Toujours est-il qu'on ne peut pas laisser les autres avec cet équipage si nos doutes se révèlent exacts. Je ne sais pas s'ils pensent vraiment ce qu'ils disent quand ils prétendent qu'ils vont nous ramener à Cascade, mais c'est vrai que jusqu'ici, je n'ai pas l'impression qu'ils y mettent beaucoup de volonté. Atamine devait partir en ville pour nous trouver un endroit où attendre, et voilà qu'on la voit discuter avec une pirate. On ne peut pas laisser Diana toute seule avec eux non plus, quoi qu'elle en dise.

— Et Ludel, ajouta Pandore.

— Et Ludel. Ils ont été enlevés par des pirates, eux aussi, puis secourus par Totem qui ne les a jamais ramenés chez eux. Ils n'étaient que deux, nous sommes vingt. Techniquement, nous avons l'avantage sur l'équipage. Fuir serait la chose la plus lâche à faire.

— Qu'est-ce que tu veux dire ? demanda Pinaille.

Coda réfléchit un instant.

— Je veux dire qu'on devrait rentrer dans le jeu de Totem. Ne pas le laisser croire qu'on a percé son secret. Mais on doit mettre tous les autres au courant, discrètement.

— J'en connais au moins une dizaine qui ne sauront pas

tenir leur langue, répliqua Pandore.

— Il le faudra. On trouvera un moyen. Tout le monde veut retourner à Cascade, il suffira de leur dire qu'on n'y retournera pas s'ils ne se taisent pas. Et dès qu'on rejoindra la terre à nouveau, à Canal-Azur, on s'échappera tous ensemble. On descendra la Route d'Yadalith jusqu'à Camérys, et de là, on pourra rejoindre Cascade par la route. Les seuls chemins terrestres qui relient Cascade au reste du monde sont sur la Terre du Soleil.

Ils prirent le chemin du retour avec une certaine inquiétude et tombèrent sur Diana, furibonde. Tous les enfants étaient déjà remontés à bord alors que le soleil se couchait. Elle ne leur adressa pas la parole de la soirée, furieuse de leur échange plus tôt dans la journée puis de leur escapade. Une fois réunis seuls dans la cale, alors que tout le monde les croyait endormis, Coda, Pinaille et Pandore réveillèrent les enfants un à un. Ils leur chuchotèrent à l'oreille :

— Debout, on a une annonce à vous faire, mais surtout, ne faites aucun bruit. D'ailleurs, ne vous levez même pas, restez dans vos hamacs. Il suffira d'écouter.

Certains maugréèrent mais la plupart cédèrent à la curiosité. Coda monta sur la deuxième marche et parla d'une voix chuchotée. Elle raconta leur découverte avec autant d'exactitude que possible, sans mentionner la bague, et prit soin que chacun comprenne son interprétation de la situation. Elle détailla le plan qu'elle avait échafaudé avec ses amis. Quand elle eut fini son monologue, certains s'étaient rendormis, mais la plupart la regardaient avec perplexité. Nélius leva la main, tout petit qu'il était, pour que chacun voie d'où venait sa voix.

— Moi je trouve ça bizarre. Ils nous ont aidés, ont vaincu les pirates et se sont bien occupés de nous. Ils me paraissent gentils. Mais c'est vrai que depuis le début, j'ai peur qu'ils demandent à mes parents de les payer pour m'avoir ramené. Ce ne serait pas juste. Mais ce serait aussi étrange que des navigateurs prennent autant de risque en attaquant des pirates simplement pour aider des enfants qu'ils ne connaissent même pas.

— Moi je trouve que c'est normal, d'aider des enfants, même si on les connaît pas, protesta une fillette de l'autre côté de la cale. Ils sont gentils, on devrait pas comploter dans leur dos.

— Moi je pense pareil, fit un autre garçon.

Un écho chuchoté s'éleva, vite apaisé par les mouvements de bras de Coda.

— Oui, on s'est dit la même chose que vous. Mais je vous promets que je ne mens pas. Atamine parlait bien à une pirate. Je n'inventerais pas une histoire pareille, moi aussi je me plais ici et j'aimerais qu'ils soient purement gentils. Mais comme je vous l'ai dit, il est facile de voir quel serait leur intérêt de nous avoir à bord.

— Mais alors, reprit Nélius, ils ne nous ramèneront jamais à la maison ?

— Je ne sais pas. Jusqu'ici, ils n'ont pas cessé de trouver des excuses. Des histoires de vent. Je veux bien le croire. Mais si demain, ils nous annoncent qu'on ne peut pas rester ici, qu'aucun bateau ne pourra nous ramener à cause du sens du vent, jusqu'où irons-nous à leurs côtés avant de dire stop ? Pour moi, voir Atamine faire des affaires avec une pirate qui m'a arrachée à ma mère et ma grand-mère, ça supprime toutes les gentilles choses qu'ils ont faites pour nous.

Un murmure d'approbation s'éleva.

— Moi, je ne l'ai jamais vue, la Baleine-Miroir. Je connais personne qui l'a vue.

Une nouvelle voix enfantine s'était élevée, et d'autres relayèrent la même affirmation.

— Mais ça m'étonnerait pas qu'ils aient raison et qu'elle soit méchante et qu'elle donne des maladies. Peut-être bien que y a qu'Atamine qui est méchante. Faudrait l'dire à Totem et il la renverra ! suggéra un garçonnet.

D'autres murmures s'élevèrent. Coda, Pinaille et Pandore se

regardèrent avec perplexité.

— Peut-être bien, admit Coda. Je n'y avais pas pensé. J'irai dès demain en parler à Totem au nom de tous. Nous éclaircirons ce malentendu.

Un soupir collectif témoigna du soulagement de l'auditoire.

— On peut se rendormir, maintenant ?

— Oui, désolée. Dormez bien.

Elle descendit de son piédestal et se hissa dans le hamac qu'elle partageait avec Pinaille, juste à côté de celui de Pandore.

— Il avait pas tort, ce petit, dit Pandore. Elle m'a toujours fait peur, Atamine.

— Oui, répliqua Pinaille. On est peut-être arrivés à des conclusions un peu hâtives.

— J'aimerais bien que ce soit aussi simple, ajouta Coda. Mais comment fait-on pour s'assurer que Totem ne se rangera pas de son côté ?

Tous haussèrent leurs épaules et aucun ne répondit. Des lumieuses s'immiscèrent entre les lattes du pont et flottèrent autour des trois compères. Coda sentit la chevelure de sa mère lui caresser les narines, tout argentée qu'elle était. Apaisée par cette apparition, elle s'endormit en chassant sa méfiance. Qu'il était bon de se sentir en sécurité dans ce hamac, sachant que Réor serait aux fourneaux dès le petit matin pour tous les nourrir, que Diana s'amuserait avec eux toute la journée et que le bateau demeurerait un terrain de jeu pour les enfants. La méfiance était de mise, quand on était loin de chez soi, mais Coda devait admettre que la situation aurait très facilement pu être pire. Elle songea aux dernières paroles que Tavik lui avait confiées : « N'aie crainte, mon enfant. Ton histoire ne fait que commencer ».

18

Yud et le Varan

— Il s'agit d'un vieux conte. Vieux comme le monde, comme disent les anciens. Et pour cause, il n'existe pas de conte plus ancien que celui-ci, c'est impossible. On raconte que les premiers humains de notre civilisation sont nés là d'où nous venons, à la Torieka. J'ai toujours cru que ce ne pouvait être vrai. Pour cause, la plupart des contes sont fictifs. Mais certains se confondent parfois avec la réalité, celui-ci en fait peut-être partie. Il faut donc remonter à l'ère des Mastodontes.

— Que sont les Mastodontes ? demanda la timide Souris.

— Je t'ai déjà raconté des histoires à leur sujet, lui rappela Tortue. Ce sont des créatures si... Oh, pardon Yud. Vieux réflexe. Je me tais, continue.

— Les Mastodontes, petite Souris, sont les créatures qui ont jailli des entrailles de la Terre entre la naissance de notre civilisation et la mort de l'ancienne. Nous n'avons quasiment aucune trace de celle-ci, car elle a été balayée par le Souffle : un vent violent, chaud et sec, qui a lacéré toute construction humaine. Les humains se sont pour certains réfugiés dans les montagnes épargnées par le Souffle, et les autres se sont habitués à ce nouvel environnement désertique...

— Le peuple des sables, murmura Souris.

— Précisément. C'est alors que la terre s'est ouverte et six Mastodontes ont envahi l'atmosphère. Aux yeux humains, ils avaient la forme d'animaux qu'ils connaissaient, tout en ayant un petit quelque chose qui faisait d'eux des créatures uniques, sans parler de leur taille. On raconte qu'aucun mot dans le langage humain n'existe pour décrire leur taille. Colossaux, il est impossible de les avoir entièrement dans son champ de vision. Ils ont survolé les continents, nagé à travers les océans, ils ont vu tout ce qu'il y avait à voir et entendu tout ce qu'il y avait à entendre. Nul ne sut ce qu'ils faisaient là, ni même s'ils existaient vraiment ou bien s'ils n'étaient que de puissantes illusions. Au bout de quelques années, ils sont retournés chez eux, au centre de la Terre, dans l'Entremonde. Par la même cavité d'où ils s'en étaient extraits. La cavité s'est refermée avant que l'un d'eux n'ait le temps de les rejoindre. Sais-tu duquel il s'agissait, Souris ?

— La Baleine-Miroir !

— Exactement ! Hélas, mon histoire ne parle pas de la Baleine-Miroir, il en existe assez à ce sujet. À la Torieka, on raconte qu'un Mastodonte à l'apparence d'une immense tortue sillonnait les steppes. Il marchait sur ses pattes arrière et gardait ses yeux levés vers les étoiles, sa grosse tête ridée engoncée au bout de son long cou en parabole.

— Une tortue ! gloussa Souris en regardant Tortue avec des yeux rieurs.

— Oui, en fait, Tortue porte bien son nom, il ressemble beaucoup à ce Mastodonte. Sauf que celui-là, à la Torieka, on l'appelait le Varan. La légende raconte qu'il léguait un peu de son éternelle sagesse à toutes les personnes qu'il regardait dans les yeux. Un matin, on découvrit qu'un très jeune enfant qui tenait à peine sur ses pieds avait disparu. On le chercha des heures et des heures, puis des jours. Au bout d'une semaine, il revint de lui-même, l'air parfaitement serein. L'enfant qui était encore incapable de parler sept jours plus tôt s'exprimait désormais avec une élocution digne des plus grands orateurs. Il expliqua avec des mots très précis pourquoi il était parti et comment il avait survécu si longtemps dans la steppe. Il raconta qu'il avait entendu la voix du Varan dans la nuit, cela l'avait intrigué et il était allé voir ce qu'il en était. Il suivit la créature à travers la steppe jusqu'au lever du soleil, moment où le Varan daigna enfin se retourner. Il s'approcha de l'enfant qu'il aurait pu piétiner sans même s'en apercevoir. Il s'arrêta juste devant lui, décrocha son regard des étoiles qui s'éteignaient, déplia son cou vers le bas et laissa son bec effleurer la main tendue du garçon. Puis il ouvrit les yeux, les plongeant dans ceux du petit. L'enfant raconta qu'il eut l'effet d'un hoquet, rien de plus, et que soudainement, toute la mécanique du monde tenait dans la paume de sa main. L'interaction dura quelques secondes tout au plus, puis le Varan releva la tête, se redressa tant qu'il put et reprit son chemin. L'enfant laissa le Varan s'en aller et partit explorer la steppe à son tour. Il se nourrit de fruits et de racines qu'il trouva, sans jamais douter de leur comestibilité, but l'eau des rivières et sut amadouer tous les prédateurs qui grognèrent dans son ombre. Quand il en eut vu assez, il rentra chez lui. Il vécut de longues, très longues décennies et devint l'homme le plus respecté de la Torieka pendant bien longtemps. Son savoir était immortel et ses conseils toujours avisés. Seulement voilà, le temps nous a volé son nom et son seul héritage demeure cette histoire : celle d'un petit garçon dont la curiosité fut récompensée.

On n'entendait plus que le feu crépiter quand je me tus. Souris avait sa tête posée dans mes mains, les paupières lourdes. Baris, qui connaissait ce récit par cœur, avait le regard dans le vide. Tortue et Fydjor se regardèrent avec complicité.

— Pour beaucoup, dit Tortue, les histoires de Mastodontes sont les plus intéressantes. Peut-être est-ce pour leur mystère, leur taille, la certaine magie qui en émane. Petit, je raffolais de ces histoires, car elles étaient bien souvent les plus difficiles à croire, celles qui nécessitaient le plus intense effort d'imagination. Mais à présent, je considère que la plupart de ceux qui sont dans ce cas aiment ces histoires, car ce sont celles qui nous ramènent le plus loin dans le temps. Je me rappelle une époque où je me suis entêté à dénicher les histoires les plus anciennes qui soient. Celles concernant les Mastodontes sont nombreuses, certaines plus crédibles et intéressantes que d'autres, la plupart purement fictives. Mais je voulais aller encore plus loin dans le passé. Malheureusement, plus on remonte, et moins ces histoires sont fiables. Si celles concernant les Mastodontes sont déjà assez douteuses, alors celles que je recherchais n'avaient aucun fondement. Toutefois, j'ai fini par rencontrer des voyageurs qui recherchaient la même chose que moi.

» Voyez-vous, le souci avec les contes du peuple des cités, celui qui a précédé le peuple des sables, c'est que tout a été effacé, en tout cas dans la partie du monde qui est la nôtre. Même les voyageurs les plus téméraires qui sont passés d'un continent à l'autre par la Mâchoire ou qui ont repoussé les frontières des territoires connus quitte à en risquer leur vie constatent la même chose : le Souffle a tout emporté.

— Ce devait être un peuple de papier, suggéra Baris. Je ne connais aucun vent qui puisse tout emporter. Transporter, oui, mais faire disparaître ?

— C'est que tu n'as pas connu le Souffle. Ce n'était pas seulement un vent. Les rares témoignages qu'on a pu recouvrer de cette époque mentionnent une série de catastrophes naturelles, des tremblements de terre, des éruptions volcaniques, des déluges et des sécheresses à répétition. Avez-vous déjà vu un chien s'ébrouer en sortant de l'eau ? Oui ? Et bien à mon avis, voilà ce qu'a fait la Terre. On raconte que le peuple des cités avait atteint toutes les frontières de la nature, et les avait dépassées. Il habitait toutes les contrées imaginables et exploitait chaque lopin de terre, de mer et d'air qu'il pouvait atteindre. Il se voyait roi, au sommet d'une pyramide dont il n'estimait pas les fondations.

— Pourquoi l'appelle-t-on le peuple des cités ? demanda Souris.

— Parce que pour lui, une cité comme Bakarya était tout ce qu'il y avait de plus normal. La plupart des êtres humains vivaient en ville. D'ailleurs, j'imagine sans aucun mal que Bakarya aurait été tout à fait misérable en comparaison des cités qu'ils parvenaient à élever. C'était leur façon de vivre, après tout.

— Est-ce que la Terre les a punis en s'ébrouant ?

— Je ne parlerais pas vraiment de punition. Cela impliquerait que la Terre soit dotée d'une conscience. Non, Souris, je pense que la Terre, la nature, les éléments, toutes ces choses sont gouvernées par une force que l'être humain ne peut pas appréhender. Il peut les expliquer, voire même les utiliser, j'en suis certain, mais quoi qu'il en soit, il n'en sera jamais maître. Je pense que la Terre a simplement été victime et a réagi comme telle, elle a repris possession de ce qui ne lui avait pas été rendu.

— Victime de quoi ?

— Oh, ça, les histoires ne l'expliquent pas vraiment. Évidemment, s'il nous restait quelques traces de cette époque, nous serions peut-être capables de l'éclaircir. Mais comme je l'ai dit, le Souffle a tout réduit en de minuscules particules invisibles à l'œil nu.

— Mais les particules n'ont pas pu disparaître, pas complètement ? fit remarquer Baris.

— Elles n'en demeurent pas moins invisibles. Et muettes.

— Moi, ajouta Souris, je pense que c'est une bonne chose.

— Pourquoi donc ? demanda Fydjor.

— Parce que si ces gens ont fait quelque chose de mal, il ne faudrait pas qu'on recommence.

— Justement, si on savait ce qu'ils ont fait, on pourrait l'éviter une deuxième fois.

Souris secoua vigoureusement la tête.

— Peut-être bien. Mais si on découvre ce qu'ils ont fait de mal, on découvrira aussi tout ce qu'ils ont fait de chouette. Ils ne devaient pas être méchants, peut-être qu'ils ont fait des bêtises en conséquence des choses chouettes qu'ils faisaient. Je pense que si on découvrait les bêtises, on découvrirait aussi les belles choses, et on voudrait recommencer. On se dirait qu'on pourrait faire la même chose, en faisant plus attention, mais en fait, non.

— Et pourquoi pas ?

— Papa, tu ne penses pas que si la Terre voulait qu'on recommence, elle n'aurait pas tout effacé ? Peut-être bien qu'on n'est pas du tout censés monter en haut d'une pyramide ! Peut-être bien qu'il n'y a que la Baleine-Miroir en haut de la pyramide, ou bien la nature, la mer, le soleil, toutes ces choses !

Tortue s'amusa de son assurance.

— Grand-père Tortue a dit que la Terre n'a pas de conscience, renchérit Fydjor. Elle n'a pas effacé cette civilisation consciemment.

— Grand-père Tortue a dit qu'il ne pensait pas qu'elle avait une conscience. On peut penser ce qu'on veut. Moi je pense que quand un chien s'ébroue, c'est pour se débarrasser de l'eau, de toute l'eau.

— Mais le chien ne rechignera pas à replonger dès qu'il en aura l'occasion, riposta Fydjor.

— Et il s'ébrouera à nouveau.

Fydjor n'ajouta rien, il réfléchit puis acquiesça. Sa fille avait gagné, de toute évidence. Il était peut-être temps d'arrêter de comparer l'humanité à un chien même si la métaphore ne quitta pas mon esprit. Je bâillai longuement. Baris me prit la main, la tira en direction de l'entrée. Nous enfilâmes nos manteaux, nous apprêtant à quitter la demeure des Inférieur, quand Tortue m'arrêta.

— Merci beaucoup, Yud, pour cette histoire. Je ne la connaissais pas.

— C'était un honneur. Un véritable honneur.

— Je regrette de ne pas avoir visité la Torieka plus souvent. Nous autres conteurs avons tendance à privilégier les histoires qui font rêver au détriment de celles qui sont vraiment importantes.

— Oh, ce n'est pas grand-chose. Cette histoire ne se fonde probablement sur aucun fait réel.

— Détrompe-toi, j'ai entendu parler du Varan de nombreuses fois. Il est vrai qu'il véhiculait la sagesse. Cette histoire ne te semble pas terriblement excitante, mais elle provient d'un des peuples les plus vieux de notre ère.

— Vraiment ? s'étonna Baris.

— J'ai peu visité la Torieka, mais j'ai souvent entendu dire que les steppes qui l'entourent ont connu les humains bien avant qu'ils se connaissent entre eux. Ça ne veut rien dire, évidemment, mais c'est pour dire !

— C'est surtout une terre désolée et ravagée par l'infertilité. Notre peuple ne subsiste plus que grâce à des traditions familiales éprouvantes. Des traditions que nous avons fuies, pour être honnête, expliquai-je au vieil homme.

— Personne ne devrait être forcé à subir des traditions, vous avez bien fait. Néanmoins, vous ne pouvez en vouloir à ceux qui y croient et qui en ont besoin.

— Naturellement, naturellement, maugréa Baris. Seulement, il aurait été juste que ces personnes ne nous en veuillent pas de vouloir nous en émanciper.

Tortue hocha la tête. Je ne pouvais désormais plus ignorer la curieuse similitude physique qu'avait le vieil homme avec l'image que j'imaginais du Varan. Il avait le même cou oblong et busqué, le même crâne dégarni parsemé de ridules, les yeux à moitié occultés par des paupières trop lourdes, et le museau au sourire las et apaisé. Il ne lui manquait plus qu'une carapace sur le dos. Il n'y avait pas de hasard, le monde devait avoir fait les choses ainsi, car c'était ainsi qu'elles prenaient sens.

— As-tu déjà songé à conter ? interrogea-t-il à mon adresse.
— Que voulez-vous dire, *conter* ?
— Au milieu d'une assemblée. Avec un auditoire un peu plus important.
— Je n'y ai jamais pensé, à vrai dire.
— Je suis désormais à la retraite, je suis trop fatigué pour continuer, mais je ne supporte pas l'idée que mes histoires disparaissent avec moi. Si tu le veux bien, je pourrais t'en transmettre quelques-unes. Pas toutes, car une bonne histoire est encore meilleure si on en fait l'expérience, mais certaines que j'ai empruntées à d'autres conteurs pourraient sonner aussi excitante à tes lèvres qu'aux miennes. Si tu viens me voir lundi, nous pourrions commencer ton apprentissage et mercredi, tu pourrais déjà te produire à la Verilla.
— J'en serais fabuleusement honorée, Tortue ! Je ne sais pas quoi dire... Oui, j'imagine que conter me plairait, je pourrais essayer. Mais la Verilla ? Je croyais que c'était un repère de Numéroteurs.
— Oh, justement. Les Numéroteurs y vivent, mais bon nombre d'Animalistes aiment s'y rendre pour les séances de contes publics. Il n'y a pas meilleure foule pour faire ses

armes. Rendez-vous lundi, Yud, ce sera parfait, parfaitement parfait.

Je compris instantanément ce qu'il voulait dire : une foule d'Animalistes et de Numéroteurs, je ne l'imaginais qu'avec des éclats de voix et des insultes fusant d'un côté comme de l'autre. Il me faudrait toute l'énergie et l'éloquence nécessaires pour maintenir un tel auditoire silencieux et attentif à mes paroles.

Sur le chemin du retour, tenant le bras de Baris et sautillant pour éviter d'écraser les fées – ou bestioles, comme on préfère – je sentis un élan d'excitation me parcourir l'échine. Je la communiquai à Baris qui me regardait avec des étincelles dans les yeux.

19
Coda et Atamine

L'escale à Bec-à-l'Aigle touchait presque à sa fin et Coda n'avait pas pu obtenir d'entrevue avec le capitaine. Diana, Réor et Ludel avaient passé les cinq derniers jours à apprendre aux enfants à nager. Aucun n'en avait eu l'occasion du haut de la Cité Rocheuse. La simple baignade relevait du paradis, pour certains, et deux ou trois garnements téméraires frôlèrent la noyade. Alors, à défaut de leur apprendre à nager d'un point à un autre, on leur apprit à flotter, ce qui suffirait s'ils tombaient à l'eau.

Personne ne mentionna l'incident d'Atamine, mais Nélius, Pinaille et Pandore pressèrent Coda d'aller vite en parler. Aussi, au bout de cinq jours et d'interminables demandes de la part de celle-ci, Diana finit par lui annoncer que le soir même, Totem serait prêt à la recevoir et lui annoncerait les dernières nouvelles. Coda prit celle-ci avec des pincettes. Elle n'avait pas revu Totem depuis le soir où elle l'avait rencontré et même si elle n'avait pas eu la sensation d'échouer dans cette confrontation, elle redoutait de devoir lui faire face à nouveau et décoder ses sourires compatissants. Elle s'arma d'aplomb et, une fois tous les enfants couchés, monta sur le pont. Elle voyait rarement l'océan bordé par la nuit. La lune éclairait l'écume et se reflétait sur les fenêtres des habitations environnantes. Bec-à-l'Aigle nocturne était encore plus paisible qu'en journée, si c'était possible. On n'entendait que l'éclat des vaguelettes contre la coque en bois. Coda balaya l'horizon des yeux par réflexe, comme elle le faisait avec Tavik à la recherche de la Baleine-Miroir.

— Coda, fit une voix masculine derrière elle.

Totem se tenait là, toujours impeccablement habillé, les mains dans les poches. Il s'approcha du bastingage et regarda l'océan, à côté de la fillette.

— J'ai entendu parler de ta petite escapade en ville. Qu'en as-tu pensé ?

Il était trop tôt pour mentionner Atamine, songea Coda. Mais elle se demanda s'il ne disait pas ceci en sachant ce qui s'était passé, pour la provoquer. Elle résista et se contenta de le lorgner par en dessous. Il ne la vit pas et prit son silence pour réponse.

— Tu as raison. Quand on vient de Cascade, Bec-à-l'Aigle

est d'un ennui mortel.

— Je ne dirais pas ça. C'est seulement... calme. C'est bien aussi.

— Oui. Une ville parfaite pour une ribambelle d'enfants perdus. C'est ce qui t'inquiète, n'est-ce pas ?

— Nous voulons rentrer chez nous, quoi qu'il en coûte.

— Je comprends.

— Non, le confronta Coda. Vous ne comprenez pas, capitaine. Vous m'avez dit que vous n'étiez né nulle part, ou partout. Que vous avez toujours voyagé. Vous ne pouvez pas comprendre ce que nous vivons et pourquoi nous voulons absolument rentrer chez nous. Si vous compreniez, vous ne m'ignoreriez pas pendant des jours. Qu'est-ce qui peut bien vous tenir si occupé, dans cette cabine ?

Totem baissa la tête, coupable. Il gratta son crâne lisse et daigna enfin répondre au regard de l'enfant.

— Oui, oui, tu as raison. Je me comporte comme un idiot. Je n'imagine pas que tu puisses comprendre, mais comment dire... les enfants m'impressionnent un peu.

— C'est drôle, pour un baleinier. Vous avez besoin de nous pour faire apparaître la Baleine, après tout.

Totem se hérissa. Il se baissa à la hauteur de Coda, la prit par les épaules et répondit d'une voix sèche :

— N'insinue jamais, *jamais*, que je vous utilise pour faire apparaître la Baleine-Miroir. Je ne suis pas un homme comme ça. Je ne suis pas un monstre. D'ailleurs, voilà presque deux mois que vous vivez sur mon navire et elle n'est jamais apparue. Cette histoire d'enfants et de baleine, c'est un conte, une légende, rien d'autre. Ma seule volonté, c'est de vous ramener à bon port. Seulement, voilà, naviguer n'est pas chose aisée. On ne gouverne pas les vents. S'ils ne veulent pas souffler vers le sud, on ne peut pas les forcer.

Il relâcha enfin son étreinte et Coda recula, prudente. Il se retourna vers l'océan, bouleversé. Son visage d'ordinaire parfaitement maîtrisé aux expressions presque mécaniques avait laissé place à un état tout à fait naturel. Coda pensa qu'il avait l'air d'une étonnante humanité, quand il était ainsi. Elle qui n'avait jamais connu son père se demanda si c'était à cela que ça ressemblait, un père.

— Avez-vous des enfants, capitaine ?

— Non, un baleinier n'a pas le temps pour la famille.

— Et Diana ?

Il la regarda, incertain.

— Elle m'a raconté comment vous l'avez secourue, elle et son frère. Et j'ai remarqué comment vous la regardez, vous semblez protecteur à son égard. Elle vous respecte beaucoup, vous savez. Elle ne tolère pas quand l'un de nous se moque de vous.

— Vous vous moquez souvent de moi ?

— Là n'est pas la question. Les enfants se moquent de tous les adultes. Surtout de ceux qui les évitent. Alors, est-ce que vous considérez Diana comme votre fille ?

— Bien sûr que non, quelle idée ! Diana et Ludel ont leurs propres parents, et si un jour ils ont le privilège de les retrouver, alors j'en serais immensément heureux pour eux. C'est tout ce que je leur souhaite. Seulement, leur situation est bien plus complexe que la vôtre. Ils ignorent d'où ils viennent.

— Est-ce que c'est vrai que les pirates allaient nous dévorer ?

Totem lui envoya un nouveau regard confus, troublé par sa tendance à passer du coq à l'âne.

— Je... je ne sais pas. Peut-être. Ou bien allaient-ils vous vendre comme esclaves quelque part où cette pratique existe.

— Qu'est-ce que c'est, un esclave ?

— C'est un prisonnier qui travaille sans être payé et qui est considéré comme un objet ou un animal par ses maîtres.

— Et où est-ce que cette pratique existe ?

— Je ne sais pas, je n'ai entendu que des histoires à ce propos. Peut-être sur certaines îles, au nord.

— Mais pas sur le continent ?

— Je ne sais pas, Coda. Je n'ai pas été partout.

Un goéland plana au ras de l'eau, un autre plongea et ressortit avec un poisson dans le bec. Il se posa un peu plus loin sur le bastingage du navire et l'avala tout rond. Coda le regarda faire et ne décrocha par son attention jusqu'à ce qu'il redécolle. Elle reporta son regard sur le capitaine et remarqua qu'il avait les yeux rivés sur ses petites mains, les sourcils froncés. Elle les mit dans ses poches et sentit la pierre de lapis-lazuli rouler entre son index et son majeur. C'est le moment, pensa-t-elle. Elle scruta les alentours à la recherche d'Atamine mais ne trouva personne. L'équipage entier semblait endormi.

— Et Atamine, elle est de votre famille ?

— Je te l'ai déjà dit, Coda, je n'ai pas de famille.

— Tout le monde a de la famille, c'est juste qu'on ne la connaît pas toujours. Tenez, moi, j'ai un père et une sœur que je n'ai jamais rencontrés. Ils ont disparu avant ma naissance. Toujours est-il que si je les retrouve, ils seront toujours ma famille.

— Tu ne peux pas en être entièrement sûre.

— C'est votre avis, pas le mien. Alors, dites-moi, capitaine, comment allons-nous rentrer chez nous ?

Totem prit une grande inspiration et se tourna vers la porte ouverte de sa cabine.

— Allons donc en discuter à l'intérieur, suggéra-t-il.

Coda aurait préféré rester sur le pont, loin de l'air vicié de sa cabine, où elle pouvait espérer que les autres enfants l'entendent, à travers le plancher. Elle le suivit sans faire d'histoire et tressaillit en entendant la porte se refermer. La pièce était similaire à la dernière fois. Totem s'approcha de la table couverte de cartes maritimes éclairées par des bougies presque consumées. Elle rejoignit le halo de lumière et le laissa parler.

— J'aurais dû t'en parler avant, mais j'avais peur de ta réaction. Vois-tu, le vent souffle vers le nord une bonne partie de l'année. Il est très difficile de retourner vers le sud avant l'hiver. C'est dans plusieurs mois. Et je ne suis pas tranquille à l'idée de tous vous laisser ici pour si longtemps.

Coda ne s'avouait pas surprise. Elle ne dit rien, impassible, et le laissa poursuivre.

— Alors voilà ce que je te propose. Rendons-nous à Canal-Azur comme prévu, tous ensemble. La Route d'Yadalith traverse le canal à l'aide d'un ferry et descend jusqu'à Camérys. Là-bas, nous réussirons à vous trouver des guides qui vous emmèneront jusqu'à la Terre du Soleil d'où vous pourrez rejoindre Cascade par des chemins subalternes. Qu'en dis-tu ?

Il semblait avoir répété mot pour mot l'idée qu'elle avait énoncée à ses amis. Elle acquiesça timidement pour ne laisser passer aucune émotion. Elle voulait qu'il soit confronté à la même confusion qu'elle, le forcer à déchiffrer chacun de ses moindres rictus. Puis, alors qu'il estimait le marché conclu, elle répondit :

— Non.

— Comment ça, non ?

— Non, nous n'irons pas jusqu'à Canal-Azur.

— Et pourquoi donc ?

La petite prit une grande inspiration.

— Je ne suis pas certaine de pouvoir vous faire confiance, et je ne pense pas que nous devrions repartir en pleine mer avec un capitaine qui pourrait nous trahir.

— Vous trahir comment ? Coda, je ne comprends pas, sois plus claire.

— Il y a, à bord de ce bateau, quelqu'un qui ne souhaite pas particulièrement notre bien. Avant de vous dévoiler son nom, j'aimerais être certaine que vous accordez davantage d'importance à notre sécurité qu'à cette personne.

— Voyons, je ne p...

— Promettez-le-moi.

— Très bien, promis. Votre sécurité passera avant celle de quiconque sur ce navire.

— Il y a quelques jours, lorsque Pinaille, Pandore et moi avons visité Bec-à-l'Aigle, nous avons surpris une conversation pour le moins déroutante entre Atamine et une des pirates qui nous ont enlevés.

Totem blêmit.

— Je vois, dit-il d'une voix préoccupée. Je vois. Peux-tu m'en dire plus, s'il te plaît ?

— Atamine lui délivrait une bourse de trente pièces. Elles parlaient d'une transaction et d'un prochain point de rendez-vous.

Coda préféra omettre le passage de la bague.

— Et tu es absolument certaine que tu connaissais ce pirate ?

— Cette pirate, rectifia-t-elle. Je n'oublierai jamais cette femme. Elle avait une voix bien particulière.

— De quoi penses-tu qu'il s'agisse ?

— De quoi pensez-vous qu'il s'agisse ? Elle a mentionné votre nom à plusieurs reprises.

Totem réfléchit en se grattant le menton. Il évitait le regard de la fillette. Après un instant, il la contourna et se dirigea vers la porte en bois rose.

— Reste là, Coda, je reviens.

Elle entendit ses pas s'éloigner et en profita pour examiner son appartement avec plus de précision. Elle balaya les cartes avec ses doigts, inspecta chaque outil qui parsemait la table et les étagères, et fit tourner le globe terrestre sur son axe. Il revint en compagnie d'Atamine, l'air sévère. Elle se posta près de la porte, stoïque et le regard impassible. Elle n'était pas impeccablement coiffée comme à son habitude. Totem devait l'avoir tirée du hamac, elle avait seulement noué sa chevelure noire en une grossière queue de cheval. À sa surprise, Coda ne ressentit aucune crainte à se retrouver en sa présence. Totem reprit place à côté de la table et maintint fermement son regard sur Atamine.

— Expliquez-vous, Atamine. Que faisiez-vous avec une pirate, quelle action sournoise avez-vous pu mener en mon nom ?

— Elle ment, capitaine, je n'ai vu aucun pirate. Et si j'en voyais un, vous imaginez bien quel sort je lui réserverais.

— Elle raconte n'importe quoi ! s'offusqua Coda. On est trois à l'avoir vue, trois témoins.

— Ce sont des enfants, capitaine. Voilà probablement le fruit de leur imagination. Peut-être est-ce là un de leurs jeux.

Totem demeurait imperturbable.

— Atamine, gronda-t-il. Mentir n'est pas digne de notre équipage. Si trois témoins vous ont vue nous trahir, et si vous ne pouvez pas me prouver qu'ils mentent, alors je ne vais avoir d'autre choix que de vous bannir.

— Capitaine ! protesta-t-elle. Vous devez me croire !

Totem resta silencieux un court instant, sur la réflexion.

— Aucune de vous n'est donc prête à admettre au

mensonge ?

Coda et Atamine échangèrent un regard assassin.

— Très bien. J'ai fait une promesse, Atamine. Le bien des enfants passera avant celui de quiconque. Si vous n'êtes pas en mesure de m'apporter une preuve de leur mensonge, je vous ordonne de remballer vos affaires et de quitter mon navire sur le champ. Kamyno sera désormais second à votre place.

Kamyno n'était pas moins taciturne qu'Atamine, mais il avait au moins la qualité de ne pas traficoter avec des pirates. Atamine s'en alla sans demander son reste. Coda ne l'avait jamais vue aussi désarmée. Totem, lui, prit sa tête entre ses mains, les coudes appuyés contre la table. Il respirait bruyamment, Coda n'osa pas le déranger plus que cela. Alors qu'elle se dirigeait vers la porte, il l'apostropha.

— Coda. Attends une seconde.

Elle se retourna et surprit dans son regard un éclat humide.

— Merci d'être venu me raconter la vérité. Comme je l'ai dit, le mensonge n'a pas sa place à bord, ça peut détruire un équipage.

— J'ai fait ce qui me semblait le mieux pour mes amis.

— Je sais, et sans le savoir, tu as aussi fait ce qu'il fallait pour Diana, Ludel, et tous les autres. Tu sais, quand je t'ai rencontrée, j'ai vu cela en toi.

— Quoi donc ?

— La même chose que ce que j'ai vu en Diana il y a une quinzaine d'années, et chez d'autres. Ta place n'est pas à la Cité Rocheuse. Si tu souhaites vraiment y retourner, c'est ton droit. Mais tu ne dois pas ignorer ton potentiel. Le monde a besoin de chasseuses de baleine comme toi pour guérir.

— Je n'ai pas envie de chasser la baleine.

— Moi non plus. Mais j'ai envie de guérir.

Coda s'approcha prudemment. Il avait un sourire las.

— Vous l'avez vue, n'est-ce pas ? La Baleine-Miroir.

Il hocha la tête comme si elle pesait une tonne.

— Il y a si longtemps, pour la première fois. Je n'étais qu'un gamin, à peine plus âgé que toi. Un petit matelot chez des pirates. Je passais d'équipage en équipage en suivant ceux qui voulaient bien de moi. Mes congénères s'amusaient à me tourmenter pour me mettre à l'épreuve. Un jour, un pirate m'a jeté à l'eau, en pleine mer. C'était la fois de trop. J'étais prêt à me laisser flotter au large, à abandonner. Je n'avais ni famille ni amis sur qui compter. J'avais la sensation de n'être nulle part à ma place, un intrus où que je sois. Comme si je n'étais jamais censé venir au monde. Alors j'ai mis ma tête sous l'eau et j'ai vu mon reflet. Elle était là, juste en dessous de moi. J'ai posé mes pieds sur son épiderme de miroir et je me suis mis debout. Les pirates ont halluciné quand ils m'ont vu m'élever sans effort au-dessus de l'eau. Impressionnés, ils m'ont jeté une corde et je suis remonté. Une fois à bord, j'ai vu l'œil noir de la Baleine cligner dans ma direction avant de replonger. Sa nageoire caudale, dix fois plus large qu'un galion comme celui-ci, s'est élevée avant de s'abattre contre les flots en projetant une énorme vague contre la coque. Les pirates n'en revenaient pas mais moi, c'était comme si je m'étais fait une amie. La première.

— Mais alors, je ne comprends pas, pourquoi voulez-vous la tuer, maintenant ?

— Car ce n'était qu'une illusion. Je l'ai cherchée, je l'ai appelée, pendant des années. Il me fallait la revoir. Rien ne semblait plus important. Je plongeais en pleine mer à sa recherche, j'interrogeais pêcheurs, marins et pirates à son sujet. L'un me disait d'aller sur telle côte, dans telle mer, d'autres me disaient d'aller ailleurs. Elle n'est jamais réapparue. Pendant ce temps, mon esprit bouillonnait. Je me réveillais en pensant à elle, je sentais une détresse en moi, comme si elle me trahissait. Où que se porte mon regard, j'avais besoin de voir un signe de sa part. Plus les années passaient avec son souvenir, et plus elle m'obnubilait. Plus rien d'autre n'importait. C'est alors que j'ai rencontré mon employeuse. Il y a des chances qu'on la rencontre à Canal-

Azur où elle séjourne actuellement. Elle aussi avait été sa victime dans sa jeunesse. Elle avait d'abord cru que la Baleine l'amènerait à accomplir de grandes choses, qu'elle lui avait donné une force, comme quand j'avais tenu tête aux pirates. Elle m'a expliqué que j'avais été la victime de son chant, que j'étais malade, comme elle, et que la guérison ne serait possible que le jour où la Baleine-Miroir serait morte. Elle m'a alors enseigné les techniques des baleiniers, m'a envoyé sur un navire, puis m'a mis à la tête d'un équipage. Et je l'ai revue, j'ai revu la Baleine. Au terme de recherches intensives, elle réapparut parfois à l'horizon ou même sous la coque de notre bateau, et c'est ainsi que j'ai attrapé une des écailles que je t'ai montrées.

— Comment est-ce qu'on fait pour la tuer ? Elle est si énorme et si... solide.

— Ce genre de connaissances est réservé aux apprentis chasseurs de baleines. Je pourrais te les enseigner si tu faisais ce choix-là. Mais en gros, sa carapace de miroir ne repousse pas. C'est pourquoi mon employeuse, et d'autres, ont dispersé des milliers de baleiniers à travers les océans. Dès qu'on la voit, on utilise des harpons ordinaires pour s'agripper à la baleine afin qu'elle ne s'échappe pas trop vite, puis nous pulvérisons sa carapace en utilisant d'autres harpons faits à partir de miroir. Ils sont rangés lorsqu'on ne les utilise pas, c'est pourquoi tu ne les as pas vus. Ce sont les seuls capables de traverser la carapace et l'arracher. Le but, c'est de réussir à la toucher là où la carapace a déjà sauté. C'est un travail de longue haleine, qui prend des décennies, beaucoup de patience et d'espoir.

— Vous venez de tout m'expliquer alors que je ne suis pas apprentie.

— Il te manque quelques détails, n'aie crainte.

— Mais alors, comment êtes-vous parvenus à la revoir alors que vous aviez déjà essayé pendant des années ?

— J'ai appris que je ne la cherchais pas de la bonne façon. Mais si tu veux connaître ce secret-là, tu vas devoir devenir apprentie !

— Et quand vous l'avez revue, elle vous a à nouveau contaminé ?

— Non, j'étais déjà malade. Je sais que je n'en ai pas l'air, grâce aux remèdes de mon employeuse, mais ce mal ne me quittera pas tant que la Baleine sera en vie.

— C'est pour ça que vous restez enfermé toute la journée ? Vous vous sentez mieux la nuit ?

— Non, c'est simplement parce que je suis un oiseau de nuit, dit-il en riant. Dis-moi, Coda, il y a des voleurs, sur ce bateau ?

— Non, pourquoi dites-vous cela ?

— J'étais presque sûr d'avoir vu une bague bleue à ton doigt, la dernière fois. Où est-elle passée ?

— Oh, cette breloque. Elle est tombée à l'eau. Elle était trop grande, de toute façon.

— Oh zut, c'est dommage. Je suis désolé pour toi.

Il ne cilla pas.

— Allez, il se fait tard, Coda. Va donc te coucher. Demain après-midi, nous appareillerons. Je compte sur toi pour prévenir et rassurer tout le monde, d'accord ?

— Oui, capitaine !

Elle singea un salut solennel pour lui arracher un sourire, mais il se contenta de préciser :

— Tu peux m'appeler Totem, si tu préfères. Mais pas devant les autres, d'accord ?

Elle se sentit honorée, oubliant la méfiance qu'elle avait à son égard quelques instants plus tôt.

— D'accord, Totem, dit-elle en souriant. Bonne nuit.

— Bonne nuit, Coda.

20

Yud à la Verilla

La Verilla était un grand bâtiment circulaire situé au cœur de la ville. Contrairement aux autres constructions, ses murs n'étaient pas maculés de boue. Chaque semaine, une équipe de Numéroteurs en arrosait les façades pour les nettoyer complètement. En son centre, on trouvait le théâtre, lui aussi circulaire, et tout autour, une ribambelle de chambres logeait quelque deux cents Numéroteurs. C'était un territoire ennemi pour des Animalistes comme Baris, les Inférieur ou moi, mais voilà, le théâtre était ouvert à tous. Un soir par semaine, la scène accueillait toutes sortes d'artistes, allant du conteur aux danseurs, aux cracheurs de feu et aux acrobates. Pour me préparer, Tortue m'avait fait répéter mon histoire toriékaine une bonne dizaine de fois. Il feignait de s'endormir sur les longueurs, sursautait sur les répétitions, grimaçait lorsque j'hésitais. À la fin de chaque journée, je n'en pouvais plus de parler du Varan. Au moins, je connaissais l'histoire sur le bout des doigts et j'avais appris à la sublimer. Tortue m'avait obtenu un créneau sur la scène du théâtre où Numéroteurs et Animalistes mélangés m'écouteraient. Le grand jour était arrivé, j'étais une des premières à passer. Baris, Fydjor, Souris, Tortue, Fyona, Aglaé et Vadim prirent place dans les gradins, le plus loin possible de tout Numéroteur notoire.

En montant sur scène, je ne pus m'empêcher de parcourir le public à la recherche de Quarante et Vingt-Huit. Leur jovialité me manquait. Mais la pénombre régnait dans la salle. Des projecteurs jetaient sur ma silhouette une lumière chaude et crue. Je me plaçai au centre du cercle sablonneux et hésitai quant à la direction vers laquelle me positionner en premier. Tortue m'avait conseillé de ne pas rester statique. Je devais m'adresser successivement à chaque côté de la salle et ne laisser personne se sentir exclu trop longtemps. Il avait raison, la Verilla et sa scène circulaire s'avéraient une excellente façon de progresser dans l'art de raconter des histoires.

Ainsi, je commençai à conter la mienne. Je me retournai à chaque rebondissement, pris soin de regarder l'auditoire et non le sable qui s'agglutinait à mes pieds. Je transportai tout un chacun dans les steppes toriékaines, je dessinai les étoiles sur la voûte de la Verilla et transformai le sable et les bancs des gradins en collines herbeuses. Quand je décrivis le Varan, mon regard se perdit en hauteur, comme si j'étais le petit garçon aux yeux plongés dans ceux de la sempiternelle tortue. Je me sentis décoller, comme prise d'une légèreté saugrenue. L'excitation prit le pas sur le trac et les mots s'enchaînèrent dans ma bouche comme les maillons d'une chaîne indestructible. Je ne pouvais pas voir l'éclat d'excitation dans les yeux des enfants qui m'écoutaient, mais quand je terminai l'histoire, un tonnerre d'applaudissements accueillit mon salut. Je me retirai dans les coulisses et me rendis à peine compte que mon cœur tambourinait dans ma poitrine et que des fourmis dévalaient mes bras jusqu'au bout de mes doigts. Je les secouai pour faire circuler le sang et suivis le couloir qui me mènerait jusqu'à la loge des artistes, tous rassemblés dans une grande pièce située sous les gradins. Mais alors que je ne faisais pas attention où mon regard se posait, je heurtai une autre silhouette féminine. Lorsque je relevai la tête, je découvris une femme de quelques années ma cadette que je mépris d'abord pour Fyona dont elle avait la chevelure. Je titubai en constatant le sourire de Fydjor se dessiner sur ses lèvres et bégayai :

— F... Felyn ?

— Tu as l'œil ! Félicitations pour cette merveilleuse histoire. Je ne la connaissais pas. Étonnant, quand on sait que c'est grand-père Tortue qui t'a entraînée. Tu es Yud, si j'ai bien compris ?

Elle me tendit une main poussiéreuse que je serrai sans réfléchir.

— Felyn, toute ta famille se demande où tu es.

— Oh, n'exagérons rien. Mon père m'a foutue dehors, je doute que ma présence lui manque.

— Je ne sais pas, mais tous les autres, si. Qu'est-ce que tu fais ici ?

— Je vis ici, maintenant. Bien plus excitant que l'allée des Essences, si tu veux mon avis.

— Ici ? Mais je croyais que seuls des Numéroteurs vivaient ici ?

Felyn haussa les épaules.

— Je dirais surtout qu'il n'est pas idéal de vivre ici en tant qu'Animaliste. Mais j'ai des amis partout. Quarante et Vingt-Huit m'ont parlé de toi. On va passer la soirée dans leur piaule, après le spectacle. Tu devrais te joindre à nous !

— Oh je ne sais pas... Ma compagne et ta famille vont m'attendre et...

— Emmène Baris avec toi ! Elle leur manque aussi.

— C'est juste qu'on m'a dit qu'il était défendu de côtoyer des Numéroteurs...

— Tu as peur de quoi ? Personne ne va te jeter en prison,

tout le monde s'en fiche, ici. Il n'y aura que Quarante et Vingt-Huit, tu les connais déjà, de toute façon.

Sans me laisser le temps d'ajouter quoi que ce soit, Felyn disparut. J'en ressortis sonnée. Cette jeune femme m'avait parlé comme si nous nous connaissions déjà et, en un sens, j'en avais un peu l'impression. Une familiarité était née entre nous avant même que nous nous adressions la parole.

Évidemment, Baris sauta de joie en apprenant la nouvelle. Cela faisait des semaines que transgresser les règles lui démangeait. Bien sûr, on n'en pipa mot aux Inférieur qui, après de chaleureuses félicitations, prirent le chemin de leur demeure. On rejoignit la captivante Felyn à la sortie du théâtre, la laissant nous guider à travers les innombrables couloirs qui courraient le long de l'anneau que formait la Verilla. Après une volée d'escaliers et quelques protestations de la part de Numéroteurs allergiques aux Animalistes, une porte s'ouvrit sur Quarante et son radieux sourire. Il vivait avec son frère dans une minuscule chambre dotée de lits superposés, d'un bureau et d'une penderie. Le sol était couvert de vêtements sales et de débris d'emballage, et leur petite table croulait déjà sous les assiettes et les verres crasseux.

— Bravo, Yud ! s'écria Vingt-Huit. Pourquoi n'a-t-on pas eu droit à ces histoires pendant le voyage ? Ça nous aurait changé du vieux Tortue !

Il ne me laissa pas répondre et mit un verre entre mes mains.

— C'est du nectar de poire, confectionné avec amour par l'honorable Cinquante-Sept. Goûte un peu !

J'y trempai les lèvres tandis que Baris ingurgitait le contenu de son verre en quelques gorgées. Je n'avais jamais rien bu d'aussi fort. Une quinte de toux saisit ma gorge tandis que les autres éclatèrent de rire.

— C'est... succulent, balbutiai-je les larmes aux yeux et un sourire embarrassé aux lèvres.

— Comment vont les autres ? s'enquit Quarante.

— Bien, très bien, lui informa Baris. Tortue veut faire de Yud son apprentie conteuse, et ça fonctionne plutôt bien. Souris n'est presque plus intimidée par nous, Aglaé nous apprécie presque, je ne suis pas certaine de pouvoir en dire autant de Vadim, mais il est plutôt courtois. Oh, et Fyona est décidément bien plus sympathique que je ne l'aurais cru au premier abord.

— Mouais, protesta mollement Felyn. Tu ne dirais pas ça si tu devais vivre avec elle.

— Tu as raison, plaisanta Baris. On s'entend bien mieux depuis que Yud et moi avons déménagé.

La petite assemblée bavarda ainsi pendant plusieurs heures, enchaînant les verres et se délectant des délicieux mets ramenés des cuisines par Vingt-Huit. Le soleil ne tardait plus à se lever quand la soirée prit fin. Felyn mit un point d'honneur à nous ramener, Baris et moi. Elle avait la curiosité de visiter notre appartement. Elle en avait assez de la vie à la Verilla et des harcèlements constants de la part des Numéroteurs les moins arrangeants. Et cette fois-ci, il n'était pas question de retourner vivre à l'allée des Essences.

C'était un matin d'automne glacial. Le soleil n'était pas encore levé mais le ciel noir de la nuit s'éclaircissait déjà : les étoiles s'éteignaient une à une. En grimpant la côte qui menait à notre immeuble, on découvrit la vue imprenable qu'on avait sur le lac au petit matin, bien avant que les cheminées infestent le ciel de leur écran de fumée. De maigres rayons s'élevaient de l'autre côté du lac Bakar qui miroitait légèrement. Ses eaux sombres se laissaient caresser par une brise venue du nord.

Felyn s'assit sur le trottoir crotté avec un sourire béat. Baris et moi, habillées de nos robes neuves, ne l'imitâmes pas.

— C'était par un jour comme celui-ci que tout a changé, souffla Felyn.

En l'absence de réaction sonore, elle poursuivit :

— Il était tôt, très tôt, mais le soleil se levait déjà. La ville baignait dans un silence réparateur. Il n'y avait personne dans les rues et comme c'était le printemps, la neige venait de fondre et d'emporter avec elle la plupart des immondices qui jonchaient le sol. Je profitais simplement du paysage quand une forme immense, colossale, est apparue à l'horizon. Elle s'est approchée de la ville et j'ai eu peur qu'elle s'y écrase. Mais non, elle volait harmonieusement, prenant garde à chaque toit et à chaque cheminée. Elle était si grande, et pourtant si minutieuse.

— Qui ça, elle ? murmura Baris.

— La Baleine-Miroir, pardi.

Je tressaillis et restai en retrait, exsangue.

— J'ai entendu des histoires à ce sujet, précisa Baris. Mais la voir, il paraît que c'est un honneur.

— Un enchantement, je dirais même. Ce matin-là, j'ai ressenti l'émotion la plus vive et intense de ma vie. Je ne pourrais pas la décrire autrement. C'était comme si, soudainement, toutes mes interrogations n'avaient plus lieu d'être, mon avenir avait un sens. Comme si...

— ... comme s'il n'y avait plus lieu d'avoir peur, terminai-je.

Felyn et Baris se retournèrent.

— Exactement. Et elle chantait à l'intérieur de ma tête, ajouta Felyn. C'était une sorte de fluctuation de sons, une oscillation entre les notes. Je ne suis pas certaine que cette mélodie puisse être reproduite avec des instruments ordinaires.

— Est-ce qu'elle t'a parlé ? Ou plutôt... t'a-t-elle transmis quelque chose ?

Felyn acquiesça avec allégresse. Elle se leva et s'approcha de moi sous le regard ahuri de Baris. Ce ne fut qu'à cet instant que je réalisai que je n'en avais parlé à personne, pas même à Baris à qui j'avais pourtant l'habitude de tout confier. J'avais craint qu'elle ne me croie pas. Je regrettai légèrement en remarquant son regard confus, mais il était trop tard.

— Tu l'as vue, toi aussi, dit Felyn.

— Oui. Dans la steppe, juste avant que nous quittions notre village.

— Pardon ! s'offusqua Baris. Tu... tu as vu la Baleine-Miroir ? Et tu ne m'as rien dit ?

— C'était difficile à expliquer. J'ai presque eu l'impression d'avoir halluciné. Il m'a fallu des jours pour digérer son apparition. Je ne savais même pas si tu me croirais.

Felyn me dévisageait désormais avec un attrait nouveau.

— Ça alors ! s'exclama-t-elle. Je n'avais encore jamais rencontré qui que ce soit d'autre l'ayant vue. Et moi qui me croyais folle !

— Nous serions deux à être folles, dans ce cas.

— Ce ne serait pas improbable, maugréa Baris, les bras croisés en travers de sa poitrine.

Nous montâmes toutes les trois jusqu'à notre appartement d'où la vue était encore plus dégagée. Là, Felyn et moi ne cessâmes de comparer nos expériences tandis que Baris s'endormit à peine avait-elle effleuré le matelas.

— Je n'ai pas réussi à me la sortir de la tête depuis que je l'ai vue, voilà cinq ans. À l'époque, j'étais tiraillée par ma famille. Il y avait d'un côté cette fichue exigence d'arpenter la région pour égrener des histoires dont j'avais horreur, et de l'autre, l'envie irrésistible de me battre pour faire du peuple bakaryen un peuple uni.

— J'ignorais que certaines personnes se battaient pour cela.

— Le mouvement vient de naître et nous ne sommes pas bien nombreux. Les vieilles générations essaient tant bien que mal de maintenir le joug de la division sur la ville à cause de leur simple incapacité à remettre en question leurs traditions absurdes. Mais j'ai bon espoir que les plus jeunes, les gamins comme Souris, parviennent à se défaire de ces hostilités toxiques. Quand la Baleine m'est apparue, j'ai eu la révélation : je n'avais aucun intérêt à suivre le chemin qu'avaient pris ma mère et mon frère. J'ai réalisé que si elle était apparue à mes yeux et pas aux leurs, c'est qu'il devait y avoir quelque chose de particulièrement unique en moi et qu'ainsi, je pouvais être maîtresse de ma vie, complètement. Tout ce que j'ai fait depuis a été provoqué par cette rencontre. Le matin, je me réveille en pensant à elle et le soir, je m'endors en me demandant si elle reviendra un jour.

— Si elle reviendra ?

— Oui, pour me montrer la voie à nouveau. Ce n'est pas comme si les questionnements s'étaient évanouis à jamais. Je manque toujours de confiance en moi et en mes projets. J'ai besoin qu'elle revienne m'aider. Mais voilà, elle doit avoir beaucoup à faire ailleurs... Après tout, je devrais déjà m'estimer heureuse de l'avoir vue une fois.

— Il ne m'était jamais venu à l'esprit de la revoir. Maintenant que tu le dis... c'est vrai que je ne dirais pas non.

— N'est-ce pas ? Mais j'ai pris une décision.

Le soleil s'était levé et inondait la minuscule cuisine d'une lumière dorée qui effaçait les traits du visage de Felyn. La couleur de ses iris ressortait.

— Je vais quitter Bakarya, déclara-t-elle, solennelle. Ce projet n'est encore qu'au stade de l'embryon, bien sûr. Je ne sais pas où j'irai ni comment, mais je ne peux pas rester ici. La Baleine-Miroir ne reviendra pas tant que je resterai immobile. Je pense qu'elle veut que je bouge. Alors j'ai décidé de partir à sa recherche plutôt que de l'attendre ici en vain. T'en penses quoi ?

— Oh, hésitai-je. C'est osé. Mais je serais bien la dernière à te déconseiller de partir. J'ai quitté la Torieka envers et contre tous. Ma famille me manque, mais je ne peux pas dire que je regrette. Je ne me suis jamais sentie autant... moi-même. Ça paraît ridicule, dit comme ça.

— Non, pas du tout. J'imagine parfaitement. Et je t'envie. Mais la Baleine t'a rendu visite pour te motiver à partir, n'est-ce pas ? Alors j'espère aussi qu'elle m'aidera.

— Ne serait-ce pas un peu contradictoire ?

— En quoi ?

— Tu t'en vas pour la revoir en considérant que c'est ce qu'elle désire. Mais pourquoi donc ? Après l'avoir vue une seconde fois, que chercheras-tu ? À la revoir, à nouveau ?

— C'est vrai... Bien vu, admit-elle en acquiesçant avec lassitude.

— Je crains seulement que partir pour cette seule motivation soit un peu contre-productif.

— C'est ce que je souhaite, en tout cas. Peut-être qu'un tel voyage me mènera vers quelque chose que je ne peux pas imaginer. Peut-être que j'ignore seulement ce que je recherche, mais que c'est l'appât de la Baleine-Miroir qui m'y mènera. Tu ne crois pas ?

— Ce n'est pas idiot, remarquai-je.

— C'est ce que Baris et toi avez fait en venant ici, après tout. Vous ne saviez pas vraiment ce qui vous attendait, et c'est la Baleine-Miroir qui t'a poussée à y aller malgré tout.

Je hochai la tête, le regard embué de sommeil. Felyn était décidément bien plus perspicace que sa famille ne l'avait laissé entendre.

Bakarya s'illuminait doucement. Les fées profitèrent de leurs derniers instants de paix puis la ville s'éveilla. Je tombais de fatigue, mais ne pus m'endormir immédiatement après le départ de Felyn. Je l'imaginais arpenter les territoires connus et inconnus à la recherche de la Baleine-Miroir. Et ainsi, je m'imaginai à ces côtés, traversant les plaines et les forêts comme j'avais traversé les steppes.

21

Coda et la chasseuse de baleine

Le trois-mâts cinglait vers Canal-Azur, ses voiles blanches bombées par la houle. Sa coque avant fendait l'océan avec panache, son sillon attirant les dauphins. À bord, l'équipage amputé d'Atamine s'affairait en tous sens. Avec lui, une vingtaine d'enfants désormais devenus de parfaits matelots. Kamyno aboyait ses ordres : il fallait astiquer le pont, les cales, ordonner les amarres, surveiller l'horizon. À la barre, vigilant, Totem dardait l'équipage d'un œil confiant. Depuis leur départ de Bec-à-l'Aigle, il s'était révélé aux enfants et assurait enfin son rôle de capitaine en plein jour. Malgré tout, peu d'entre eux osaient s'adresser directement à lui. De fait, Coda avait officieusement pris la responsabilité de « petite capitaine », comme Réor s'amusait à l'appeler. Elle rapportait chaque requête des enfants à Totem et, sous leurs regards ahuris, s'adressait à lui comme à un ami.

Ainsi Totem partagea chaque jour de nouvelles connaissances avec les jeunes Cascadiens. Il leur montra l'utilité de chaque voile du navire, leur apprit à lire le sens du vent, leur donna même quelques leçons de pêche. Au fil de la traversée jusqu'à Canal-Azur, il commença à leur présenter la pratique des chasseurs de baleines comme il l'avait expliquée à Coda. Il leur montra comment utiliser le harpon simple et leur fit voir le harpon de miroir qui servirait à blesser la créature. Le soir, au moment du coucher, il semblait oublier son aversion pour les enfants et s'asseyait sur les marches de la cale, là d'où Réor avait l'habitude de raconter des histoires. Totem, lui, leur parlait presque tous les soirs de la Baleine-Miroir et des quatre occasions où il l'avait vue, dont les trois fois où il avait réussi à la blesser. Il fit passer l'éclat de miroir entre les mains de chacun, de hamac en hamac.

Les plus jeunes n'aimaient pas ces histoires effrayantes et la plupart des autres craignaient à présent plus que tout la vue d'un quelconque cétacé. À vrai dire, la grande majorité de l'équipage frissonnait à chaque mention de la Baleine par Totem. Lui avait l'ardeur d'en parler sans la craindre, pas les autres. Ou presque. Diana était la seule qui pouvait écouter ses histoires avec une quiétude presque passionnée. Elle s'asseyait sur les marches au-dessus de lui et sa tête dans les mains, le regardait narrer ses périples et ses exploits. Quand il mentionnait la Baleine-Miroir, son regard s'animait d'une lueur presque nostalgique tandis que Ludel, Réor et les autres, y compris l'inflexible Kamyno, tremblaient, les yeux rivés à leurs pieds.

Coda réalisa qu'elle considérait désormais ce navire comme son foyer, bien que temporaire. Elle ne trouvait plus l'odeur des hamacs étrangère, elle connaissait le grincement de chaque marche qui menait au pont et les grattements des rongeurs clandestins. Elle avait appris à se hisser le long du mât et à tenir debout en équilibre sur le bastingage. Elle appelait chaque matelot par son prénom et certains jalousaient même sa position privilégiée auprès de Totem. Il n'y avait rien qu'elle puisse dire pour le contrarier et il lui donnait raison dès qu'elle en avait besoin. Quand il enseignait son savoir aux enfants, elle était toujours celle à qui il s'adressait en premier. Son regard fuyant balayait le reste de l'assemblée et s'arrêtait en rencontrant les yeux verts de Coda. Elle comprenait parfaitement l'emprise qu'elle pouvait avoir sur lui, mais aussi sur le reste de l'équipage. Les matelots les plus rustres ne l'effrayaient plus et désobéir à Diana n'avait aucune conséquence. En bien des points, Coda jouissait de plus de libertés sur ce baleinier qu'à la Cité Rocheuse où, même si elle échappait à la vigilance de sa mère la journée, elle devait toujours s'attendre à ce que cette dernière ait vent de ses bêtises de la bouche de leurs voisins.

Coda avait entendu dire que les navires portaient souvent des noms. Elle interrogea un jour Totem au sujet de celui-ci. À sa légère déception, il lui apprit que ce n'était qu'une coque en bois et une pile de voiles et qu'on ne donnait de noms qu'à des choses conscientes. Alors, secrètement, Coda décida d'appeler le navire *Calix*. Elle l'avait d'abord songé à *Veda* mais le souvenir de sa mère la blessait, alors *Calix*, le prénom de sa sœur disparue, convenait mieux. Elle songea à ce que lui avait dit Tavik la dernière fois qu'elles s'étaient vues : il fallait qu'elle retrouve Calix et ainsi, tout irait mieux. Était-ce bien ce qu'elle avait dit ? Coda ne se rappelait plus ses mots exacts, seulement qu'il était question de sa sœur. Peut-être le destin l'avait-il seulement menée vers une autre *Calix* : une embarcation et un équipage qui la ramèneraient jusque chez elle.

Finalement, à quiconque mentionnait le navire, elle rectifiait ses propos : il fallait dire *la Calix*. Et même si Totem était réticent à l'idée de nommer un navire, il la laissa faire. Tant que ces lettres ne seraient pas peintes sur la coque, cela ne se réduisait qu'à des jeux d'enfants.

Tels étaient les jours sur la *Calix* pour des enfants insouciants qui n'avaient que pour tâche de faire reluire le pont et leur cale. Chaque instant relevait de l'amusement. Très bientôt, le navire ferait sa seconde escale à Canal-Azur et Totem avait fait une promesse à Coda : elle pourrait l'accompagner pour rencontrer celle qui était à l'origine d'une véritable escadre partie chasser la Baleine-Miroir. Coda essaya de l'imaginer sans qu'aucune image ne lui vienne en tête. Totem refusait de lui donner des indices. Il lui assurait seulement que cela vaudrait le coup et qu'il s'agissait d'un véritable honneur.

Canal-Azur était une ville fortifiée. D'épaisses et vertigineuses murailles entouraient la cité nichée sur la rive nord du canal. Celui-ci n'en était d'ailleurs pas vraiment un. On l'appelait ainsi, mais aucune mémoire d'homme ne relatait sa construction. C'était simplement un bras de mer qui coupait le continent en deux là où il était le plus étroit : une région qu'on appelait le Cou du Canard. La *Calix* en entamerait la traversée juste après une rapide escale qui verrait les enfants reprendre une vie terrestre. Quand ils virent la terre se dessiner à l'horizon, aucun ne sauta de joie. Chacun comprit qu'il s'agissait là de la fin de leur périple maritime auquel ils avaient tous pris goût. Eux qui avaient grandi dans une société qui bannissait sévèrement toute pratique de la navigation maritime en-dehors de la pêche, ils étaient pourtant devenus de parfaits marins. Et aucun d'eux n'était réellement prêt à quitter la brise salée et le bois humide. Ils n'avaient essuyé aucune réelle tempête et n'avaient jamais eu à trimer à bord. Leur sens de la navigation relevait en réalité plus du tourisme que du labeur.

La fin d'un voyage était le début d'un autre, loin des chasseurs de baleine. La personne qui les emmènerait à Camérys devrait être quelqu'un de confiance. Mais avant de redouter la séparation avec les baleiniers, il restait une étape à franchir.

La *Calix* s'amarra au port de Canal-Azur vers midi. L'imposante muraille s'élevait juste derrière : une porte en fonte permettait l'accès à la cité vivante et chaleureuse. C'était une ville verte et aérée, bien que généreusement peuplée. Elle était légèrement plus vaste que Cascade. À l'orée de la ville, juste de l'autre côté de l'épaisse muraille, on voyait courir une route large comme deux fois la *Calix*. Des stèles en pierre rougeâtres marquaient le chemin de chaque côté à intervalles réguliers. Au niveau du canal, plusieurs embarcations planes assuraient le transfert vers l'autre rive où le chemin se poursuivait. C'était la route d'Yadalith dont Coda avait toujours entendu parler.

Quatre-vingt-dix ans plus tôt, Yadalith était partie à la tête de sa Chamellerie Rouge arpenter des territoires dans le but de les relier entre eux. Elle avait réussi à connecter la majeure partie du monde habité par l'humain. Yadalith avait été la conteuse la plus célèbre, nul ne pouvait prétendre ne pas connaître son nom. Elle était allée de ville en ville transmettre ses histoires, accompagnée de ses centaines, puis de ses milliers de chameliers : certains conteurs, d'autres architectes, ingénieurs, venus fonder des cités ou partis à la recherche d'une nouvelle existence loin de ce qu'ils connaissaient. Il y avait eu des orphelins, des perdus, des malheureux. La Chamellerie Rouge représentait l'opportunité de tout changer, tout remodeler, repartir de zéro, reconstruire ce qui avait été démoli et, pour Yadalith, construire, tout simplement. À présent, la Route d'Yadalith était arpentée par conteurs, marchands et voyageurs de tout type. Lointaine était l'époque où les peuples s'ignoraient.

Coda le savait : elle ferait bientôt partie de ces voyageurs qui empruntaient le Chemin Rouge. Avec ses camarades cascadiens, elle le parcourrait jusqu'à Camérys, cité où s'achevait la Route. Quand elle vit Ludel et les autres matelots attacher les amarres au quai du port, elle se douta que c'était la dernière fois qu'elle les voyait faire. Les enfants mirent pied à terre avec une certaine mélancolie. Totem effleura l'épaule de Coda et lui dit à l'oreille :

— Prête à rencontrer la patronne ?

Coda sentit ses pommettes se dresser d'excitation et acquiesça vivement. Alors qu'il s'éloignait, elle le suivit et laissa les autres enfants derrière elle. Tous savaient où elle s'en allait.

Comme il était curieux de voir Totem déambuler dans les rues d'une ville, les mains dans les poches et le regard se promenant innocemment sur les étals des marchands. Canal-Azur ressemblait beaucoup à Cascade. Les rues étaient animées, les enfants jouaient, les fenêtres étaient ouvertes et les rideaux flottaient au-dehors comme s'ils agitaient leurs pans dans un signe de bienvenue. Totem et Coda marchèrent côte à côte pendant une vingtaine de minutes. Çà et là, un carré de verdure jaillissait des pavés, comme si une petite forêt avait décidé de pousser en pleine ville. Des cabanes avaient été bâties dans les branches des arbres et la brise agitait des drapeaux colorés dans les branchages. Coda n'avait toujours vu Cascade que de loin, mais hormis durant les festivités de la fontaine aux papillons, elle n'imaginait pas une telle animation dans les rues de sa ville. Le passage de la Route d'Yadalith à Canal-Azur devait apporter toutes ces couleurs et jovialités. Ici, les habitants étaient plus foncés de peau, mais personne ne regarda Totem et Coda de travers, elle qui avait les cheveux clairs et lui les yeux bleus, car il n'y avait rien d'inhabituel à rencontrer des étrangers à Canal-Azur.

Au terme de cette promenade, Totem et Coda arrivèrent au seuil d'une demeure à trois étages, à la porte de fonte noire et à la façade blanche flambant neuve. Des fleurs roses se baignaient de soleil sur les rebords des fenêtres. Aucune construction ne lui était égale dans les environs. Les fenêtres étaient toutes fermées et aucune forme humaine ne semblait figurer à travers leur verre. Totem actionna trois fois le heurtoir et attendit que la porte s'ouvre dans un grincement guttural. Un majordome austère à l'uniforme élimé les accueillit. Des sourcils broussailleux cachaient ses yeux et son double menton flasque descendait jusqu'à son col d'un blanc jauni. À l'intérieur, les tapisseries décrépites et le parquet abîmé contrastaient fortement avec l'apparence de la demeure. Un escalier en marbre sombre montait vers l'étage. Le majordome les mena jusqu'à un petit salon légèrement moins délabré que l'entrée et les pria de patienter un instant. Totem prit place dans un canapé poussiéreux comme si de rien n'était tandis que Coda inspecta tous les bibelots qui ornaient les buffets de bois sombre. Le tout manquait d'un bon coup de plumeau, mais les petits trésors que la maîtresse de maison avait accumulés détournaient l'attention de la couche de poussière. Il y avait des figurines représentant des animaux de toutes sortes, taillées dans du miroir. Contrairement à l'éclat que Totem lui avait montré, ceux-là étaient parfaitement lisses. Des vases en terre peints de toutes les couleurs contenaient des fleurs à demi fanées dont certains pétales flétris étaient tombés. La lumière du soleil répandait un halo doré sur le carrelage rose. Les reflets de la vitre y dessinaient des entrelacs de filons scintillants en mouvement. Coda y passa la main et fit jouer son ombre dans ces vagues dorées, lui faisant prendre la forme d'une baleine qui se balançait dans un sens puis dans l'autre au rythme de l'eau. Sur le carrelage, une mouche vint à sa rencontre. L'ombre de la main de Coda lui passa par-dessus après avoir ouvert sa gueule. Quand l'enfant entendit son nom derrière elle, sa main retomba et la mouche réapparut avant de s'envoler dans un mouvement de fuite. C'était Totem. Le majordome était réapparu et les enjoignait à le suivre. Le capitaine et l'enfant s'exécutèrent et l'homme au costume élimé les emmena à l'étage jusqu'à une petite chambre maintenue dans l'ombre par des volets fermés qui ne laissaient passer que quelques maigres filets de lumière. Au fond de la pièce, installée sur ce qui avait tout d'un trône, une très vieille femme richement habillée les regarda entrer. Elle avait de longs cheveux blancs tressés, et était vêtue d'une toilette d'un rouge royal. Ses doigts faméliques retombaient sur les accoudoirs du fauteuil. Son visage foncé était marqué de rides partout où il était possible d'en avoir, et ses lèvres se refermaient dans un pincement sceptique. Totem s'avança et s'inclina avec déférence. Coda l'imita timidement.

— Bien le bonjour, mes amis, dit-elle avec une voix rauque.
— Bonjour, ma chère, quel bonheur de vous revoir !

Il s'avança pour lui baiser la main. La femme reporta son regard sur Coda et lui fit signe de venir vers elle. Coda s'approcha et offrit sa main à celle qu'elle lui tendait. La femme l'examina avant de lui donner une petite caresse.

— Soyez la bienvenue, jeune fille. Comment vous appelez-vous ?

C'était la première fois qu'on vouvoyait Coda, elle ne put s'empêche d'afficher un large sourire.

— Coda, madame. Et... et vous ?

La femme lui rendit son sourire, quoique le sien était davantage attendri.

— Voyons, Totem, tu ne m'as pas présentée à cette enfant ?
— J'ai pensé que vous préféreriez le faire.
— Quel imbécile ! Tu adores mettre les gens dans l'embarras, n'est-ce pas ? Je me prénomme Yadalith, mon enfant.

Coda prit un air penaud.

— Comme... comme la conteuse ?
— Précisément.
— C'est bien elle, Coda. C'est Yadalith, celle qui a tracé le

Chemin Rouge, il y a maintenant quatre-vingt-dix ans.

Bien des choses firent soudainement sens. Le métier de conteur était difficile mais l'un des plus rémunérateurs. Les meilleurs conteurs accumulaient des richesses de toute sorte au fil des années. Bien entendu, Yadalith devait être la plus riche des conteuses, puisqu'elle était la plus célèbre et celle qui avait été le plus loin. À présent, elle employait sa richesse pour chasser la Baleine-Miroir.

— Quatre-vingt-dix ans ! Je jure que vous tous utilisez ce nombre dès que vous en avez l'occasion. Il m'a fallu des années pour le tracer d'une extrémité à l'autre. Je n'ai fait que le débuter, il y a tout ce temps. Et oui, ma chère Coda, j'étais à peine plus âgée que toi quand j'ai quitté mon foyer pour accomplir mon devoir.

— Votre devoir, c'est-à-dire chasser la Baleine-Miroir ?

— Oh non, bien sûr que non. J'ai d'abord été conteuse. Ce voyage m'a mise sur le chemin de bon nombre d'individus qui comme moi avaient été touchés par le chant de la Baleine. C'est alors que j'ai eu l'idée de la pourchasser.

— Avez-vous pu rentrer chez vous ? Est-ce ici ?

— Non. Enfin, oui. Oui, je suis rentrée chez moi une fois, mais ce n'était pas ici. C'était loin, par-delà les océans.

— Yadalith voyage entre Chante-Loup et Camérys aussi régulièrement que nécessaire, désormais, expliqua Totem.

— Plus pour très longtemps... J'ai cent-douze ans, je n'ai plus l'énergie de ma jeunesse. Même si la nature m'a dotée d'une santé de fer, je ne doute pas qu'il ne me reste que quelques hivers avant que la grillole ou toute autre maladie m'emporte. Je vais devoir commencer à me ménager si je ne veux pas gaspiller l'énergie qu'il me reste.

— Yadalith, ne parlez pas de mort ! Ça va vous porter malchance.

— Et alors ? Il faut être un imbécile comme toi, Totem, pour considérer que mourir est malchanceux. L'humanité entière se trouve malchanceuse, dans ce cas-là.

Lorsqu'elle insultait Totem d'imbécile, c'était avec un ton affectueux. Elle lâcha enfin la main de Coda et bascula contre le dossier de son fauteuil. Elle regarda Totem avec un air plus sérieux.

— Alors comme ça, vous vous préparez pour la grande traversée, n'est-ce pas ?

— Oui, nous affronterons l'Areyne à la sortie du canal.

— Tu es conscient qu'à cette période de l'année, l'Areyne est déchaîné ?

— Déchaîné n'est pas le mot que j'emploierais. Agité, tout au plus. Je l'ai déjà fait, ma chère. Rien qui ne dépasse mes compétences.

— J'ai toutefois eu ouï-dire que tu avais renvoyé Atamine.

— Atamine nous a trahis.

Yadalith prit un air perplexe.

— Tu n'as pourtant jamais été aussi efficace qu'avec elle à bord. Je ne m'attendais pas à un tel choix de ta part.

Coda nota qu'elle la vouvoyait, mais Totem ne bénéficiait pas d'un tel respect. Elle n'était pas dupe, elle savait pertinemment ce qu'avaient les adultes en tête quand ils vouvoyaient les enfants : une simple illusion pour s'accorder leur sympathie. Malgré le charisme de cette femme, Coda préféra rester sur ses gardes, surtout après cette mention d'Atamine.

— Atamine faisait affaire avec des pirates, protesta Coda.

Yadalith leva les sourcils.

— Oui, reprit Totem. Il y a des choses que je ne peux pas laisser passer.

La vieille conteuse se leva péniblement en prenant appui sur une canne. Malgré son âge avancé, elle se tenait parfaitement droite, mais les années l'avaient tassée et elle était à peine plus grande que la jeune Coda. Elle avança vers la fenêtre et examina l'extérieur à travers les fentes des volets, puis elle se retourna vers ses interlocuteurs. Elle s'approcha de Coda et passa sa main rugueuse sur le pourtour de son visage.

— J'ai eu vent de ce qui vous est arrivé. Des pirates, cette vermine. Je comprends bien que vous vouliez retourner chez vous, vous et vos amis. Et je ferais tout ce qui est en mon pouvoir pour assurer votre retour en parfaite sécurité, quoi que cela m'en coûte.

— Merci beaucoup, Yadalith. Je ne sais comment vous remercier à la hauteur de votre geste.

— Je ne fais pas cela dans l'attente d'une contrepartie. Vous n'êtes que des enfants. J'ai quitté ma famille et mon foyer volontairement, et pourtant je n'ai jamais cessé de penser à eux, comme si un bout de mon esprit était toujours coincé là-bas. Cette sensation d'arrachement s'apaise avec le temps et pour certaines personnes, moi comprise, elle s'avère bénéfique. Mais je comprends parfaitement que ce n'est pas le cas pour tout le monde.

— En effet.

— Ce que j'essaie de vous dire, Coda, c'est que vous pourriez retirer une expérience extrêmement enrichissante de ce malheur. Je n'essaie pas de vous enrôler parmi nous, jeune mousse, mais j'aimerais que vous preniez cette issue en considération.

— Comment ça ? Vous voulez que je devienne chasseuse de baleine ? Pour toujours ?

Coda regarda Totem avec stupéfaction.

— Non, je veux que vous fassiez ce qu'il y a de mieux pour vous. Vous venez de la Cité Rocheuse à Cascade, n'est-ce pas ? Et si je me rappelle bien, les enfants de cette Cité ne peuvent descendre en ville avant leur majorité, âge auquel ils doivent choisir entre vivre à jamais à Cascade, ou bien partir sans pouvoir revenir.

— C'est exact.

— Vous m'avez été décrite comme une jeune fille intrépide, d'une bravoure rare et qui ne connaît ni la timidité ni la réserve. Je connaissais une personne à peu près similaire, dans ma jeunesse, et jamais je n'aurais pu l'imaginer vivre sa vie entière là où elle était née. Elle n'aurait simplement pas été heureuse.

— J'imagine bien, mais je n'ai que dix ans. J'aimerais attendre d'être assez vieille avant de faire ce choix.

— Et pensez-vous vraiment que, le moment venu, ce choix sera plus simple ? Les enfants sont résilients, les adultes bien moins. Je ne suis personne pour faire ce choix à votre place, mais je ne serai pas surprise si j'apprends, dans dix ans – si je suis encore en vie – que vous avez décidé de partir. Seulement, laisser votre famille derrière vous sera bien plus difficile à ce moment-là. En vérité, lorsqu'on aime les siens et qu'on a un esprit vagabond comme le vôtre, il n'y a pas de bon choix. Quel qu'il soit, il sera douloureux. C'est pourquoi je n'ai jamais pu avancer sans penser à ma famille et à mon histoire que j'ai, après tout, laissées derrière moi. Si je devais refaire ce choix aujourd'hui, ce choix de partir, je le ferais bien plus tôt, avant d'apprendre à avoir peur.

— Si je comprends bien, vous me dites que si je décidais de quitter les miens aujourd'hui, je pourrais les oublier plus aisément ?

— Oublier n'est pas le mot le plus rassurant mais, en définitive, c'est à peu près cela. Quand il n'y a pas de bon choix, il faut faire celui qui sera le moins douloureux. J'espère que vous aurez la sagesse de penser à la Coda de vingt ans, celle qui aura peut-être trop peur de repartir sous peine de ressentir la même douleur que la première fois. Et celle qui aura peur de rester auprès des siens et se demandera à jamais ce qu'elle aurait pu accomplir et qui elle aurait pu être si elle avait écouté son instinct.

Leur entrevue s'acheva sur ces paroles. Totem s'entretint une heure avec Yadalith pendant que Coda patienta, bien pensive, dans le salon aux bibelots, en agitant entre ses doigts un chameau de miroir. Puis Totem et Coda regagnèrent la *Calix* alors que le soleil avait déjà décliné. Les enfants interrogèrent immédiatement la petite fille, avides d'entendre son histoire, et tous s'exclamèrent en apprenant l'identité de l'employeuse. Une poignée ne la crut pas mais son air maussade les intrigua. Elle raconta alors l'entièreté de leur conversation et ne laissa rien de côté. Quand elle eut terminé, un silence partagé envahit la cale. Il était à peine l'heure de dormir, personne n'était fatigué, mais Coda se coucha et s'endormit en ce qui lui sembla une poignée de secondes. Elle se réveilla au milieu de la nuit et aperçut quelques lumieuses argentées flotter sans prendre de forme particulière. Quand elles perçurent la conscience de Coda, elles s'en approchèrent mais demeurèrent informes. Elles voletèrent autour d'elle avant de se désintéresser de son absence de désir. Totem lui avait dit qu'il était bien plus rare de recevoir la visite de lumieuses dans l'Areyne. Tant que le navire ne s'éloignerait pas trop des côtes, jusqu'à Dantilus, il y aurait des chances d'en voir, mais au-delà, il faudrait s'attendre à d'autres créatures marines. Coda aimait les lumieuses. Si elle prenait le chemin de Camérys dans les jours suivants, alors elle ne les verrait peut-être plus jamais. Depuis le début de leur périple en mer, ces petites fées de fumée avaient été présentes pour rassurer et amuser les enfants. Le monde était fait de tant de choses magnifiques. Que ce soit sur terre ou dans l'Areyne, d'autres magies s'éveilleraient.

22

Yud et les mémoires inversées

Les mois avaient passé depuis que Baris et moi avions investi la cité. Nous vivions dans notre minuscule appartement, j'apprenais le métier de conteuse auprès de Tortue et me produisais à la Verilla chaque semaine, suite à quoi je passais la soirée en compagnie de Baris et Felyn dans la chambre de Vingt-Huit et Quarante.

L'hiver s'installa et la neige nappa la ville comme une couverture. D'abord blanche, elle vira au gris, puis au noir dans les lieux particulièrement sales. Le froid était saisissant et nous dûmes acheter les épaisses capes, l'une violette, l'autre rouge, assorties à nos robes. Il fallut aussi s'équiper de bonnets et de moufles, de chaussures fourrées et accumuler les couches de vêtements pour résister à l'hiver mordant. Néanmoins, Fydjor n'avait pas menti : Bakarya était ravissante sous son manteau de neige. Le lac se recouvrit de glace et le vent balaya la neige qui s'y posa. Désormais, les promeneurs baguenaudaient et patinaient sur sa surface miroitante. La neige s'accumulait dans les rues de la ville et formait de grosses congères contre les façades. Les fées se cachaient, loin à l'abri du froid ardent. Les hivers à la Torieka n'étaient jamais cléments, mais celui de Bakarya dépassait tout ce que j'avais pu connaître là-bas. Lorsque j'achevais d'affronter les rafales glaciales pour livrer des pâtisseries et du pain chaud, et que Baris revenait de la blanchisserie qui lui laissait les doigts transis, nous nous serrions l'une contre l'autre près du poêle qui brûlait continuellement. Les mois étaient longs et sombres et pour chaque citoyen, l'attente régnait. Malgré tout, je n'avais jamais vu la ville aussi jolie.

Lorsque le ciel n'était pas couvert de nuages chargés de flocons, il laissait les rayons roses du soleil se hisser par-dessus l'horizon. Le lac se nimbait de bleu, et les toits de la ville recouverts de neige reflétaient la lumière. Les tons pastel de la Bakarya hivernale contrastaient avec la bouillasse grisâtre qui la maculait généralement le reste de l'année.

La routine s'installa. Je me rapprochai de Felyn qui me parlait tout le temps des voyages qui l'emmèneraient de l'autre côté du monde et de ses stratagèmes pour revoir la Baleine-Miroir. Au bout d'un moment, elle se mit à m'inclure dans ses projets et je ne l'en empêchai pas. J'aimais imaginer ma propre odyssée et me languissais du jour où je me lancerais enfin dans des contrées environnantes pour parachever ma formation de conteuse. J'osais à peine en parler à Baris qui se délectait de sa vie bakaryenne.

Pendant cet hiver rigoureux qui gela la ville comme le lac, la cité se mit à gronder. Animalistes et Numéroteurs s'étaient toujours haïs sans se blesser et cela n'était pas près de changer. À la Verilla, Felyn, Baris et moi n'étions pas les seules Animalistes à côtoyer gaiement des Numéroteurs. Le tabou qui s'était installé bien des années auparavant régnait en laissant les castes se mélanger sous les regards aveugles des compatriotes bakaryens. Au sortir de l'hiver, alors que la neige se retirait enfin au profit des bourgeons verdoyants, voilà ce qui créa la cohue dans les rues de Bakarya : un irascible désir de vivre non pas dans l'unité – inutile de rêver – mais avec une certaine liberté, celle de ne pas avoir à cacher ses amitiés, de ne pas devoir faire semblant de haïr son voisin, celle de passer des soirées entre amis sans craindre de se faire renier par sa famille. Baris et moi prîmes part à cet élan, nous en réjouissant tant pour l'animation et la ferveur que cela créait parmi la population bakaryenne que pour le symbole de ce combat.

Les Inférieur cautionnaient peu ce soulèvement, à l'exception près de Tortue qui ne s'était jamais vraiment senti Bakaryen, et la petite Souris qui était encore trop jeune pour comprendre la haine irrationnelle de son peuple. Elle vouait de toute manière un culte inexplicable tant à son arrière-grand-père qu'à Baris et moi, nous considérant désormais comme ses tantes au même titre que Felyn ou Fyona. Souris adorait se rendre à la Verilla pour écouter mes représentations et après chaque spectacle, elle essayait de se faufiler loin de la vigilance de son père pour nous rejoindre parmi les Numéroteurs. Elle n'y parvenait jamais, trop intimidée par les dizaines de Numéroteurs qui arpentaient les couloirs en lui jetant des regards méfiants.

Les dîners hebdomadaires pris à l'allée des Essences se firent plus froids, bien que Felyn finisse par accepter de s'y joindre. Certains sujets de conversation faisaient désormais l'objet d'une censure par Aglaé et Vadim et, à vrai dire, cela concernait principalement ce qui sortait de la bouche de Felyn, d'après les regards sévères de ses parents. Un soir, après un échange particulièrement houleux entre ceux-ci et la jeune femme, Tortue frappa du poing sur la table et s'exclama d'une voix qui lui était peu commune :

— Cela ne vous suffit donc pas ? Vadim, Aglaé, effacez donc ces airs scandalisés de vos visages. Felyn est faite comme elle est, vous en êtes responsables. C'est une femme adulte qui n'a plus à répondre à vos standards. Vous êtes ridicules, parfaitement ridicules.

Vadim blêmit et Aglaé serra son poing, le regard baissé. Aucun ne renchérit et un sourire malicieux se dessina sur le visage de Felyn.

— Et toi, Felyn, cesse un peu de les provoquer. Tu as chaque semaine les mêmes paroles à la bouche : « Tes amis les Numéroteurs par-ci, tes amis les Numéroteurs par-là ». Tu sais que tes parents détestent ça et tu en joues.

— Mais...

— Tais-toi donc. Si tu viens ici pour semer le trouble et rien d'autre, alors reste à la Verilla. Ne peut-on pas seulement profiter d'un repas en paix, en famille. N'est-ce pas important, pour vous ?

Chacun acquiesça avec pudeur. Alors seulement il desserra son poing et se détendit. Il se leva en prenant appui sur sa canne et s'approcha de l'âtre donc les braises rougeoyantes étaient prêtes à s'éteindre. Il les remua du bout de sa canne et jeta une nouvelle bûche et du petit bois. En quelques instants, des flammes d'abord minuscules se mirent à lécher la bûche qui craqua sous la chaleur. Tortue s'assit sur son fauteuil et attendit que ses auditeurs habituels le rejoignent. Je fus la première et m'installai à même le sol devant la cheminée.

Baris prit place à côté de moi, Souris sur l'accoudoir du fauteuil et Felyn s'installa sur le canapé, à l'écart. Fydjor tira sa chaise et chose étrange, Aglaé et Vadim nous rejoignirent également.

— Je n'ai pas d'histoire à raconter, ce soir, grogna Tortue. Vas-y, Yud.

Je ne pipai mot jusqu'à ce que Baris me donne un coup de coude dans les côtes.

— J'en ai un peu assez, dis-je, de raconter des histoires du passé à longueur de journée.

— Et quelles histoires voudrais-tu raconter, hein ? plaisanta Felyn. Celles de l'avenir ?

Je balayai sa remarque d'un haussement d'épaules puis je scrutai le feu en ignorant les regards insistants de mon entourage.

— Il y a des gens qui pourraient, murmura Souris. Les Inversés.

Tortue la foudroya du regard, elle mit les mains devant sa bouche, coupable.

— Qu'est-ce que ça veut dire ? demanda Baris à l'intention du vieil homme. Qu'est-ce que c'est, les Inversés ?

— C'est un secret que Souris n'était pas supposée divulguer.

— Pardon, Grand-Père, j'ai oublié.

— Tu alourdis l'enfant de secrets, à présent, père ? lui reprocha sa fille.

Il l'ignora et s'apprêtait à se lever quand je l'arrêtai.

— S'il vous plaît, racontez-nous cette histoire, on saura garder le secret.

— Ce n'était déjà plus un secret à partir du moment où j'en ai parlé à la petite.

— Pourquoi l'avoir fait ?

— Parce qu'elle m'a demandé s'il y avait des histoires qu'il ne fallait pas raconter.

— Maintenant, nous avons terriblement envie de l'entendre, fit remarquer Felyn. Allez, grand-père, raconte-la nous. On finira bien par tirer les vers du nez de Souris, de toute façon.

Tortue l'inspecta du regard en se grattant le menton dans un geste de réflexion. Puis il examina Aglaé et Vadim et pointa dans leur direction.

— Eux ne sauront pas garder ce secret. Et toi, Felyn, j'en doute également. Fydjor n'y croira pas, pragmatique comme il est. Fyona répétera cette histoire à toutes ses amies dès le jour levé. Et vous les filles, peut-être pourriez-vous demeurer fidèle à ce secret. Mais qu'en feriez-vous, puisqu'il est interdit de le raconter ?

— On le protégera, rétorqua Baris sans réfléchir.

Cette réponse parut plaire au vieux conteur. Il hocha la tête et fit signe aux autres de se retirer. Tous acceptèrent hormis Felyn qui ne bougea pas d'où elle était assise. Tortue patienta un instant puis céda.

— J'imagine que tu sauras au moins faire marcher ta cervelle quand tu comprendras pourquoi tu ne dois rien répéter.

— Parfaitement, grand-père, répondit-elle en imitant son ton.

Tortue reprit confortablement place dans le fond de son fauteuil et, après s'être assuré que les autres les avaient bien laissés, commença son histoire :

— J'ai rencontré, au fil de mes voyages, un homme dont l'esprit n'était pas fait comme les autres. C'était un Inversé, issu d'une longue lignée d'Inversés, et lui était bien plus à même que moi d'expliquer de quoi il s'agissait en détail. D'ailleurs, le terme « Inversé » est utilisé à tort pour définir ces personnes, mais il définit davantage leur mémoire. Car la seule chose qui n'est pas faite dans le bon sens, pour ces gens, c'est leur mémoire. Tu veux, poursuivre, petite Souris ? Fais-nous donc voir tes talents de jeune conteuse, toi aussi.

La fillette trépigna.

— Les Inversés ont une mémoire inversée. Ils ne se rappellent pas du passé, comme nous, mais seulement du futur.

— Du futur ? dit Baris, interloquée.

— Oui, du futur. Ils n'ont aucun souvenir de leur propre

passé, mais savent tout ce qu'il leur arrivera dans le futur.

— Ce n'est pas exactement cela, si tu me permets, mon enfant. Baris, dis-moi, à quand remonte ton souvenir le plus lointain ?

Baris réfléchit un instant avant de répondre :

— Je crois que c'est le jour où un aurochs a embroché mon petit frère.

Felyn fronça les sourcils, confuse.

— Il est mort sur le coup. J'avais trois ou quatre ans. Il y avait du sang partout. Il venait à peine de se mettre à marcher.

La famille de Baris avait été honorée par cinq enfants en bonne santé, mais elle avait aussi eu son lot de malheurs. Aucun bébé né après Baris n'avait survécu, mais celui dont elle venait de parler avait vécu assez longtemps pour au moins porter son surnom. Je ne parvenais pas à me le rappeler. Baris, qui ne sourcilla pas en mentionnant ce souvenir, devait l'avoir oublié, elle aussi.

— Et avec quelle intensité te rappelles-tu cela ? demanda Tortue.

— À peine. Je ne me rappelle que cette vision, et l'effroi que j'ai ressenti. Je ne sais plus ce qui s'est passé avant ni après. Et le souvenir suivant doit dater de quelques années plus tard, sans doute.

— Exactement. Nos souvenirs s'effacent progressivement alors qu'on vieillit. Certains ne disparaîtront jamais, comme celui-ci, j'imagine. D'autres ne sont pas faits pour rester. Il en va de même pour les mémoires inversées, mais dans le sens contraire. Une mémoire inversée est le reflet d'une mémoire ordinaire. Les souvenirs les plus lointains sont les plus flous. Et alors qu'ils s'estompent avec le temps, ceux des mémoires inversées apparaissent au fur et à mesure.

— Mais alors, ces gens-là connaissent-ils leur destin ?

— À un certain point, oui. Ils se souviennent très bien du lendemain et du surlendemain, peut-être des quelques années qui suivent. Mais comme je serais bien incapable de me rappeler mot pour mot la conversation que nous avons eue tout à l'heure à table, ils sont incapables de prévoir ce qui sera dit ou fait en détail. Ainsi, ce qui est proche est relativement clair, mais ce qui est loin, comme la mort, ne l'est pas encore. En réalité, je doute même qu'un Inversé puisse à n'importe quel moment connaître sa mort. Mais si on suit ce cheminement, cette idée de reflet, alors personne ne peut avoir le souvenir de sa propre mort, tout comme personne n'a le souvenir de sa naissance.

— Dans ce cas, suggéra Souris, si on n'a pas de souvenirs de nos premières années, les Inversés n'ont pas non plus de souvenirs de leurs dernières années ?

— C'est bien possible. Peut-être acquièrent-ils ces souvenirs au tout dernier moment. Je l'ignore.

Voilà qui me laissa perplexe. Si la plupart des histoires de Tortue paraissaient farfelues d'une manière ou d'une autre, il semblait croire dur comme fer à ce qu'il était en train d'avancer. Il ne racontait pas cette histoire avec une pointe de merveille ou d'enchantement comme à son habitude, il semblait plutôt en train de faire un exposé d'une chose parfaitement réelle. Je ne voyais pas où il voulait en venir.

— Mais alors, dis-je, ces gens n'ont aucun souvenir de leur passé ? Ils ne sont même pas capables de savoir ce qu'ils ont fait la veille, ou cinq minutes plus tôt ?

— Précisément. C'est handicapant. En réalité, ils possèdent une sorte de mémoire fonctionnelle. Ils connaissaient leur identité, leurs proches, leur métier, où ils vivent. Ce sont des connaissances implantées profondément en eux. Ils sont capables d'apprendre des choses, mais c'est surtout grâce au souvenir de leurs connaissances futures. Un enfant qui deviendra forgeron sait déjà forger puisqu'il se rappelle ses créations futures. Il doit bien passer par une phase d'apprentissage, mais il ne peut oublier ces choses-là, car il va les employer à l'avenir.

Son auditoire hocha la tête d'un air pensif. Souris souriait, Baris et Felyn avaient les sourcils froncés et je le fixais, dubitative. Il remarqua mon regard et reprit :

— Tu ne peux jamais douter des histoires, Yud, ou bien ton public n'y croira pas non plus.

— Ça n'a pas l'air d'être une histoire.

— Et pourquoi donc ? Parce qu'il s'agit de personnes qui existent encore, des personnes que tu pourrais rencontrer ?

Elle n'ajouta rien.

— Et pourquoi est-ce un secret ? demanda Baris.

— Car ces personnes sont rejetées, marginalisées, dans toutes les sociétés que j'ai rencontrées.

— Eh oui, argumenta Souris. Personne n'a envie de connaître quelqu'un qui connaît l'avenir. Imaginons que toi, Baris, tu étais inversée tout en étant mon amie. Tu connaîtrais déjà tout ce qui nous arriverait ensemble.

— Les bonnes choses, comme les mauvaises, compléta Tortue. Les mémoires inversées font peur non pas pour le pouvoir qu'elles confèrent, mais pour le fardeau qu'elles représentent. Une vie d'Inversé, c'est une vie sans surprise, hantée par les craintes de ce qui arrivera sans pouvoir l'en empêcher.

— Je ne comprends pas, objecta Felyn. Si ces personnes savent comment l'avenir va se dégoupiller, pourquoi ne seraient-elles pas capables de l'influencer ?

Tortue se mit à rire comme si elle venait de dire une

énormité et Souris l'imita.

— Quoi ? Qu'est-ce que j'ai dit ?

— Non, rien, excuse-moi.

— Le temps n'est pas une histoire, précisa Souris avec amusement. On ne peut pas changer le passé, même en le connaissant. Alors on ne peut pas non plus changer l'avenir.

— Et aucune détermination n'y parviendra. Les choses se déroulent exactement comme elles sont censées se dérouler, voilà tout. Les Inversés ne lisent pas l'avenir, d'ailleurs, la plupart d'entre eux refusent de la divulguer. Ils vivent l'avenir exactement de la même façon que nous vivons le passé : avec résignation. Les choses se sont déroulées : on peut les regretter, elles peuvent nous manquer. Les mémoires inversées sont identiques, sur ce point-là. Certains Inversés font le choix de rédiger tous leurs souvenirs de l'avenir pour en garder une trace une fois que chaque événement fait partie du passé. Mais cette vieille connaissance m'a précisé que relire des notes – et avoir la mémoire future de les lire – ne remplace jamais vraiment un souvenir. Au-delà du déroulement des événements, ce sont les émotions qui orchestrent notre mémoire. Lorsque les Inversés les couchent à l'écrit pour les conserver, ils ne conservent que les faits, jamais les émotions.

— Même s'ils précisent, dans leurs notes, quelles émotions ils ont ressenties ?

— Un souvenir, c'est avant tout une émotion qu'on parvient à ressentir malgré le temps qui est passé. Si on t'apprenait que dans un an, ta sœur trouvait la mort, Felyn, comment réagirais-tu ?

— Je serais choquée et triste. Et j'aurais peur.

— De quoi serais-tu triste, précisément ?

— D'apprendre que ma sœur n'aurait que si peu de temps à vivre. Que je ne pourrais pas l'éviter. J'aurais peur de ce moment, de le sentir arriver.

— Si tu avais une mémoire inversée, tu ne ressentirais pas ces choses. Tu serais endeuillée, avant même sa mort. Tu n'en aurais pas peur, pas réellement, car tu serais résignée. Et tu ne serais pas choquée, car tu en aurais déjà le souvenir, voilà tout. Et puisque ta mémoire n'est pas inversée, ce serait ce que tu ressentirais si ta sœur était morte il y a un an. Tu comprends ?

— Je crois bien...

— Quelle existence horriblement triste, déclara Baris. Connaître l'avenir sans pouvoir le changer. Le ressentir, l'attendre. Voilà ce que c'est, finalement : attendre que les choses se déroulent, puis les laisser couler dans le néant d'une mémoire absente ?

— Je ne saurais l'imaginer, murmura Tortue. Il doit y avoir une certaine mélancolie.

Les flammes dansaient dans l'âtre. Je songeai à une autre histoire toriékaine que j'avais entendue étant enfant, celle d'une fillette qui détenait l'avenir du monde mais qui refusait de le dévoiler vraiment. Elle ne divulguait que de maigres détails qui n'intéressaient personne : des prévisions météorologiques une petite semaine à l'avance, la naissance d'un veau, un vol d'oies au-dessus du village. Pendant des années, les villageois s'entêtaient à lui faire avouer le destin de l'un, le nombre d'enfants qu'aurait l'autre, la venue d'une tempête qui ravagerait les cultures. La petite ne céda pas. Mais cette histoire n'avait pas de réel rapport avec les mémoires inversées que venait de décrire Tortue. Ce n'était qu'un conte dont la fin était seulement destinée à moraliser les enfants : la fillette devenue adulte perdit son aptitude et fut tuée par un aurochs enragé qu'elle n'avait pas pu anticiper. Les petits Toriékains devaient alors comprendre qu'il ne fallait jamais gâcher leurs capacités, ils devaient en profiter tant qu'ils les avaient. Je n'avais jamais pu m'empêcher de considérer que la petite fille n'avait pas du tout gâché ses capacités. Elle avait tout gardé pour elle, mais peut-être avait-elle agi en conséquence sans que personne ne s'en rende compte. Ou peut-être était-elle bel et bien une Inversée qui ne pouvait rien changer et qui refusait alors de faire porter ce fardeau à son entourage ?

— Les mémoires inversées peuvent-elles se désinverser ? demandai-je finalement.

On me regarda étrangement, et Tortue répondit d'une voix peu assurée :

— Je n'ai jamais rien entendu de tel.

Baris devait avoir compris à quoi je faisais allusion, car elle me sourit. La petite fille du conte devenue femme perdait son aptitude à lire l'avenir. Si cette histoire trouvait son fondement dans des événements réels, alors que signifiait cette fin ?

— Je n'ai jamais rencontré pareille occurrence, précisa Tortue. Mais mes connaissances en la matière demeurent limitées. Peut-être rencontreras-tu un jour quelqu'un pour éclairer ces questionnements, Yud ?

— Peut-être...

Je sentis monter en moi le besoin irrépressible d'enfin sentir la poussière et la terre sous mes semelles, traverser les collines des steppes environnantes et les pics des montagnes voisines, les déserts et les forêts luxuriantes qui se présenteraient à moi pour dénicher celles et ceux que Tortue n'avait pas pu rencontrer. Je vis dans le regard de Felyn ce même désir ardent, et dans celui de Baris une curiosité malicieuse.

23

Coda face à l'horizon

Nélius agitait sa petite main vers l'embarcation. Autour de lui, sept enfants faisaient leurs adieux. La *Calix* s'éloignait doucement le long du canal laissant le petit groupe seul en compagnie de voyageurs qui avaient accepté de les escorter jusqu'à Camérys et d'assurer leur retour sain et sauf à Cascade. À bord, Coda, Pinaille, Pandore et d'autres les regardèrent disparaître.

Le choix s'était fait avec une étonnante tranquillité. Un dernier voyage, jusqu'à Dantilus, tel était le marché. La plupart des enfants rechignaient à quitter le bateau dont ils avaient fait leur foyer temporaire. Ils craignaient de devoir accorder à nouveau leur confiance à des étrangers. Mais au-delà de cela – ce à quoi ils devraient faire face à un moment ou à un autre –, il s'agissait de vivre un peu plus longtemps leur aventure de corsaires. Tous s'étaient imaginés chevaucher les océans sur des trois-mâts aux voiles sombres et imposantes gonflées par un vent impérial. Tous avaient rêvé d'aventures et d'escapades en territoires inconnus et inexplorés. Ils avaient fini par faire le deuil de leur confort pour embrasser pleinement leurs existences maritimes.

Pour Coda, il ne restait que l'impression du visage de Nélius, inquiet mais toutefois soulagé. Ses parents étaient pêcheurs, mais lui n'avait jamais aimé l'océan. Sa sagesse manquerait à Coda. Lorsqu'elle parlait aux enfants, Nélius se rangeait toujours à ses côtés, et la plupart des enfants faisaient confiance à ce petit garçon à la voix assurée et au regard déterminé. Désormais, Coda devrait faire preuve de suffisamment de volonté pour agripper la confiance de tous ces enfants qui restaient sous sa responsabilité. Du moins, telle était son impression. Depuis que Totem l'avait prise sous son aile et l'avait déclarée porte-parole des petits Cascadiens, elle avait pris ce titre très à cœur. Elle avait si hâte de rentrer chez elle pour raconter toutes ses aventures à Veda, Tavik, et tous les autres qui devaient se faire un sang d'encre pour elle et ses camarades, en ce moment même. Elle se rassura en songeant que Nélius rassurerait tout le monde en les informant que Coda et le reste de l'équipée ne tarderaient pas à rentrer également. Elle voulait simplement se charger d'encore plus d'histoires avant de repartir. Il y avait tant à apprendre de l'océan. Son air profondément salé n'était pas le même que celui plus fade qui balayait la côte de Cascade. Et son éternel chant tintait dans ses oreilles à toute heure du jour et de la nuit, tandis qu'il se réduisait à un écho lointain du haut de la Cité Rocheuse.

Alors jusqu'à Dantilus, Coda pourrait encore feindre la baleinière et jouir des apprentissages de Totem et de son équipage, écouter les histoires de Réor, grimper en haut du mât comme un petit primate. Elle aimait l'espace vertical du navire, ses gréements et ses cordages. Le navire était son terrain de jeu.

L'équipage considérait désormais les enfants de la même façon que les habitants de la Cité Rocheuse. Kamyno et les marins les plus rustres étaient agacés par leur éparpillement tandis que Réor, Ludel et d'autres profitaient des moindres occasions de se joindre à leurs facéties.

Le navire faisait route vers le nord, de l'autre côté du continent, cette fois. L'Areyne était en tout point semblable à l'Euroy sur lequel ils avaient jusque-là navigué. Son eau était bleue, son air salé et son vent avait une poigne décidée. Les jours coulaient avec fluidité et les nuits de plus en plus fraîches annonçaient leur éloignement progressif de l'équateur. L'état d'esprit du navigateur excluait la nostalgie et le mal du pays, les enfants s'en accommodaient plus qu'aisément.

Diana veillait toujours sur eux telle une grande sœur attentive. Elle inventait des jeux pour les maintenir sages et occupés, berçait les plus jeunes dans leurs hamacs lorsqu'ils avaient le sommeil agité, éclairait les questionnements des plus âgés.

Coda regrettait une chose : depuis que Totem lui avait accordé sa confiance, elle ne passait plus de moments seule avec Diana. Elle la voyait régulièrement en grande conversation avec Pandore ou Pinaille mais, même pour leurs jeux fréquents, elle n'avait plus le temps. Totem l'accaparait quotidiennement pour lui expliquer le fonctionnement de tel ou tel outil, la direction à prendre pour atteindre un point précis le long des côtes, et où il prévoyait pouvoir atteindre la Baleine-Miroir. La plupart de ces enseignements barbaient Coda sans qu'elle n'ose le lui dire. L'époque où le capitaine était trop intimidé par ces invités pour seulement sortir de ses appartements lui manquait presque.

Après le renvoi d'Atamine, elle s'était attendue à ce que l'atmosphère soit plus détendue à bord, mais Kamyno ne valait pas mieux qu'elle. Il regardait les enfants avec méfiance et mépris. Il fallait constamment vérifier par-dessus son épaule avant d'enfreindre une des nombreuses règles qui faisaient régner l'ordre à bord. C'était Pinaille qui, tout en aimant sa vie à bord, ne pouvait s'empêcher de regretter l'anonymat dont elle jouissait à la Cité Rocheuse où aucun adulte ne pouvait vraiment rouspéter contre un enfant sans qu'il détale. À bord de la *Calix*, aucun délit ne restait impuni, Kamyno veillait au grain.

Les plus espiègles finissaient en corvée de vaisselle ou à devoir récurer les toilettes, ce qui n'était pas une mince affaire. Et bonne nouvelle pour les marins, les petits mousses regorgeaient d'imagination pour enfreindre les règles, ce qui signifiait que les toilettes étaient toujours bien propres.

Diana, elle, prenait leur parti autant que possible. Elle approchait de la trentaine mais se mélangeait aux enfants dès qu'elle en avait l'occasion. À leurs côtés, les traits de son visage se détendaient, ses épaules crispées retombaient et son dos parfaitement droit se courbait pour que la ligne de son regard rencontre celle des petits garnements. Chacun aurait aimé pouvoir la ramener à Cascade et elle sentit ce besoin monter sans jamais se prononcer sur ce sujet. Coda ne pouvait oublier la cuisante remontrance qu'elle et ses amis s'étaient prise à Bec-à-l'Aigle alors qu'ils avaient seulement suggéré l'idée.

Un après-midi, alors que Coda avait réussi à échapper à Totem, elle trouva enfin le moyen de rejoindre Diana qui elle aussi profitait d'un moment au calme pendant que Réor s'occupait des enfants. Elle était montée en haut du mât et avait délogé Ludel qui officiait comme vigie à ce moment-là pour se lover toute seule dans le nid-de-pie. Si elle cherchait le repos, elle n'apprécierait sûrement pas que Coda la dérange, mais celle-ci songea qu'elle pourrait tout simplement se reposer à ses côtés, là où personne ne pouvait les voir, mais où le monde et l'océan se révélaient à elles sur des dizaines de kilomètres à la ronde.

Coda grimpa le long des cordages tel qu'elle l'avait fait des centaines de fois depuis son départ précipité de Cascade. Dans le nid-de-pie rond qui assurait une vue imprenable sur les alentours, Diana somnolait, assise. Coda songea à la colère de Kamyno s'il la surprenait, mais devinait également qu'il y avait peu de chance qu'il vienne jusque-là. Il ne jouissait pas de la même agilité que la plupart des marins. Il était efficace pour donner des ordres, beaucoup moins pour les exécuter.

Coda s'assit contre Diana et scruta l'océan à travers les barreaux de la plateforme. Une tranchée d'écume s'allongeait à l'arrière du galion où des ridules se dessinaient à la surface de l'eau. En sentant la chaleur du bras de l'enfant, Diana ouvrit les yeux et esquissa un sourire. Coda ne dit rien, lui indiquant qu'elle n'était pas venue l'importuner et les deux amies restèrent quelques instants ainsi, dans le silence simplement bouleversé par le claquement régulier des voiles, les soubresauts des vagues contre la coque en bois et les aboiements ponctuels de Kamyno, en contrebas. Mais de si haut, chaque son semblait provenir d'un monde bien lointain. Une chute tuerait n'importe qui, pourtant Coda se sentait particulièrement en sécurité lorsqu'elle se laissait embrasser par les bras de bois du nid-de-pie. Nombreux étaient les enfants qui insistaient pour monter assurer le poste de vigie, mais Diana, Totem et les autres n'étaient pas dupes : ce n'était qu'une excuse pour jouer les petits singes et seuls les enfants les plus adroits étaient autorisés à monter si haut. Coda, en tant que favorite d'une bonne partie de l'équipage, jouissait de ce droit, au grand dam de Diana qui tremblait dès qu'elle voyait un enfant pendu aux cordages, inconscient du danger – c'est-à-dire tous les jours. Observer l'océan depuis le haut du mât n'avait rien d'un jeu. Chacun des trois mâts était équipé d'une plateforme pour permettre à trois membres d'équipage de chercher avidement le moindre reflet qui indiquerait la possible présence de la Baleine-Miroir. C'était peut-être là le rôle le plus important, du moins aux yeux de Totem.

Au bout d'un certain moment, Coda se résolut à briser le

silence.

— Tu viens ici pour la revoir ?

Diana haussa les épaules sans douter de quoi parlait la petite fille. Elle se frotta les yeux et prit une gorgée de la gourde accrochée à sa ceinture. Elle en proposa à Coda qui se délecta du liquide onctueux. En mer, l'eau avait un goût plus doux et réparateur pour la simple raison qu'il fallait l'économiser. Une simple gorgée lui donnait l'impression de se purifier du sel qui couvrait continuellement sa peau.

— Ma grand-mère m'a raconté qu'elle pouvait souvent la voir, à l'horizon, raconta-t-elle.

— Totem raconte que quand on l'a vue une fois, on la voit partout, sans qu'elle ne soit vraiment là.

— Comment savoir si elle est vraiment là, alors ?

— C'est comme lorsqu'on rêve : on ne se rend pas compte qu'on rêve, on est persuadé qu'il s'agit de la réalité. Mais lorsqu'on est éveillé, on ne se pose même pas la question. La réalité est indubitable. Le rêve est seulement convaincant.

— Alors, j'en conclus que tu l'as déjà vue, pour de vrai ?

Diana acquiesça imperceptiblement en souriant d'un air nostalgique.

— Raconte-moi, la pria Coda.

La femme prit une grande inspiration, de celles qu'on prend avant de raconter une histoire qui nous pèse ou nous élève, une histoire qui nécessite plus d'oxygène que la plupart des autres. Pourtant, les mots mirent du temps à se former sur les lèvres de Diana.

— Tu te rappelles quand je t'ai parlé du naufrage dans lequel deux de mes petits frères ont péri ?

Coda hocha la tête.

— Totem venait de nous recueillir. Nous avions échappé aux pirates lors d'une escale à terre. Ils nous avaient comme oubliés et nous avons filé. Nous avons à peine eu le temps de faire quelques foulées que Totem nous a arrêtés. Il nous a emmenés jusqu'à son bateau et s'est occupé de nous comme si nous étions sa propre famille. Quelques jours plus tard, une violente tempête a secoué l'Areyne sur lequel nous naviguions alors. On distinguait à peine la terre au loin, mais les rochers qui dominaient le littoral ont éventré le navire comme s'il était fait de papier. Ludel, mes frères et moi sommes tombés à la mer. Alors, le temps s'est comme arrêté. Sous l'eau, tout semblait d'un calme absolu. Les algues se balançaient tendrement, à peine secouées par le courant et là, entre les rochers qui se hérissaient dans les profondeurs, la Baleine-Miroir zigzaguait. En y repensant, je ne comprends même pas comment elle a pu trouver de la place pour nager, ce n'était pas si profond. Mais autour d'elle, tout semblait dérisoire et lointain. Je voyais nos reflets dans sa carapace.

Son œil devait faire deux fois ma taille. Je ne sais pas combien de temps nous sommes restés sous l'eau à la fixer, mais cela m'a semblé une éternité, et pourtant je n'ai pas eu la sensation de manquer d'air. Quand il a fallu remonter à la surface, j'ai aperçu Totem et une poignée de l'équipage dans une chaloupe, qui me faisaient de grands signes pour qu'on les rejoigne. J'avais Ludel qui ne savait pas encore nager dans les bras, les deux autres avaient disparu. Je les ai cherchés sous la surface, mais tout ce que j'ai vu, c'est l'imposante queue de la Baleine qui battait l'eau en s'éloignant. Mes frères avaient été engloutis par la masse noire de l'océan. Quand Totem nous a hissés à bord, je lui ai dit ce qu'il venait de se passer et au lieu de pleurer ou de se précipiter après la Baleine, il a pris mon visage dans ses mains et a éclaté de rire.

Diana relatait ces événements comme s'ils prenaient place juste devant ses yeux. Coda put quasiment distinguer le reflet de Totem dans le noir de ses pupilles. Elle avait les sourcils froncés mais sa bouche se mouvait avec un air déterminé, émerveillé.

— Plus tard, il m'a dit que si j'avais vu la Baleine s'en aller, il était trop tard pour la rejoindre avec seulement une chaloupe et une paire de rames. Nous avons rejoint la côte, il a acheté un nouveau navire avec l'argent de Yadalith et nous sommes repartis en mer.

— Alors, toi aussi tu es tombée malade ?

Elle parut hésiter avant d'admettre :

— Oui, certainement.

— Comment ça ? Tu ne veux pas la revoir ?

— Si, bien sûr. C'est pourquoi je suis là. Mais… je n'en souffre pas. Totem dit que je suis encore dans le déni, je n'accepte pas le mal qu'elle m'a fait. J'ai de la chance de l'avoir, c'est peut-être grâce à lui si je me sens si bien. En parfaite sécurité. Et puis – tu ne peux pas le lui dire – mais j'ai compris quelque chose au sujet de la Baleine-Miroir, quelque chose qui fait de moi un élément essentiel pour son équipage.

— Lequel ? Promis, je ne dirai rien, assura Coda en faisant mine de maintenir ses lèvres scellées.

— La Baleine-Miroir n'apparaît jamais à ceux qui la cherchent. Oh, Totem dirait que ce n'est qu'une fable, que ça n'a rien de véridique. Mais je l'ai revue plusieurs fois, et à chaque fois, elle est apparue aux moments où je n'avais même pas envie de la voir.

— Plusieurs fois ?! Combien ?

— J'ai arrêté de compter. Peut-être une dizaine de fois. Personne à bord ne l'a vue autant, pas même Totem.

Coda n'imaginait pas qu'un même individu puisse rencontrer la Baleine-Miroir aussi souvent. Soudainement, elle vit Diana sous un autre jour, elle remarqua la mélancolie de son regard, son sourire timide, son apaisement alors qu'elle parlait de la Baleine. Et derrière tout cela, un regret, un manque, un besoin insatisfait. Là, elle reconnut les symptômes que lui avait énoncés Totem, mais elle n'en dit rien à Diana de peur de freiner son récit.

— Peut-être que je me trompe parfois, que ce n'est pas vraiment elle. Il y a des moments où tout semble vide autour de moi. Les humains sont vides, comme dénués d'âme ou de présence, comme des spectres qui portent sur leur dos une carcasse humaine. La mer est morte, l'eau agressive, le vent indifférent. Je flotte là, mais je n'ai rien à y faire. Je suis comme une intruse. Dans ces moments-là, je m'enfonce et je n'espère plus, je ne crois plus, j'existe simplement. Je respire, je dors, je me nourris. Et j'obéis. Alors, dans ces moments-là, j'aperçois la Baleine-Miroir. Dans l'océan, la plupart du temps. Mais parfois aussi dans les airs. Totem n'y croit pas, il n'est pas un fervent adepte de la théorie selon laquelle la Baleine-Miroir existe aussi bien dans les océans que dans l'atmosphère, il considère qu'il ne s'agit là que d'hallucinations. Alors je ne lui en parle plus lorsque je la vois ainsi. De toute manière, si elle apparaissait vraiment dans les airs, je ne devrais pas être la seule à la voir. Je dois halluciner, non ?

En parlant, Diana avait le regard rivé vers le ciel. Au moment où Coda l'avait rejointe en haut du mât, elle scrutait déjà les nuages plutôt que l'eau. Coda haussa les épaules, mais Diana ne lui prêtait plus attention.

— Elle est exactement comme dans l'océan, sauf que c'est le soleil qui se reflète dans sa carapace de miroir, sur laquelle les nuages sont comme peints. Elle flotte, je n'ai pas de meilleur mot. Elle flotte et agite ses nageoires pour se mouvoir. À chaque fois, elle me regarde d'un air complice, et moi je ne dis rien. Je ne sonne pas la cloche pour prévenir les autres comme je le devrais, je ne la harponne pas. Je reste là, dans le nid-de-pie, et j'attends qu'elle s'éloigne pour que mon regard puisse enfin se détacher du sien. Le plus souvent, c'est au moment où le soleil se lève, quasiment personne n'est éveillé. Le navire est enveloppé d'un calme enchanteur et le ciel se teint de rose.

— Tu veux dire que tu ne préviens pas les autres ? Tu la laisses s'échapper ?

Elle acquiesça timidement.

— Je te l'ai dit, ils ne me croient pas. Alors à quoi bon ? Lorsqu'elle arrive par la mer, je me précipite vers la cloche, je réveille tout le monde et nous partons en chasse bien que...

— Bien que quoi ?

— Bien qu'il m'arrive d'attendre un tout petit peu. Juste pour qu'elle s'éloigne, pour lui donner une chance. Ce n'est que justice, n'est-ce pas ?

— Je suppose, consentit Coda, dubitative.

— Totem ne pourrait jamais se débarrasser de moi comme il l'a fait avec Atamine. Je suis la garantie que la Baleine réapparaîtra.

Soudain, elle plongea son regard bleu dans celui de Coda. Une bourrasque fraîche secoua la chevelure couleur de sable de la fillette, ses cheveux obstruèrent sa vue un instant. Elle ne les couperait qu'en rentrant à Cascade, elle se l'était juré, mais ils commençaient à lui chatouiller la nuque.

— Qu'est-ce qu'il y a ? demanda-t-elle, confuse.

— Fais attention, Coda.

— Attention à quoi ?

— Je ne sais pas... je suis fatiguée.

Elle se frotta les yeux d'un geste énergique puis secoua la tête.

— Totem sait que tu la laisses s'éloigner ?

— La laisser s'éloigner, c'est avoir la garantie qu'elle va revenir. Si elle revient, Totem est satisfait. Qu'adviendrait-il de moi, de nous, si la Baleine venait à mourir ? Il le faudra bien un jour, je le comprends, mais pourquoi dès maintenant ?

— Que veux-tu dire ? De nous ? Nous qui ?

Instantanément, Diana regretta ses mots. Elle voulut les balayer en riant, mais Coda ne céda pas.

— Alors, reprit Coda, tu veux simplement revoir la Baleine

pour faire plaisir à Totem ? Cela compte davantage, pour toi ? Que Totem aie besoin de toi ?

— Non, ce n'est pas vraiment cela. J'aime voir la Baleine, mais je ne souffre pas en son absence. Son simple souvenir me suffit.

— Te suffit à quoi ?

Elle hésita un instant.

— À avancer, je crois. À chaque fois qu'elle réapparaît, le vide du monde se comble à nouveau. Les humains redeviennent complets, la mer retrouve son chant. Puis Totem devient aigre. Il s'enferme dans ses appartements pendant des semaines et m'ignore. Parfois, si j'ai trop traîné à sonner l'alerte, il m'en veut, il m'humilie. C'est ainsi que je replonge, par culpabilité. Et je me jure que je ne recommencerai pas, que la prochaine fois qu'elle apparaîtra, je ne trahirai pas Totem, je sonnerai la cloche tout de suite. Puis je m'enfonce et je ne crois même plus en elle, je ne l'attends plus. Et au moment où elle jaillit, où je la vois, tout ce que je me suis juré de faire disparaît, plus rien de tout ça n'a d'importance. Je me déteste, parfois, à préférer la Baleine-Miroir à Totem. Je suis terrible, n'est-ce pas ?

Coda essaya de la réconforter comme elle put, mais en vérité, elle ne comprenait pas la plupart des paroles que son amie exprimait. Elle avait l'air épuisé, voilà tout.

— Tu es sûre que tu ne devrais pas descendre, Diana ? Je peux rester ici faire la vigie, si tu veux.

— C'est de sa faute aussi, à Totem, reprit Diana en l'ignorant. Il raconte toutes ces histoires horribles au sujet de la Baleine, comme s'il s'agissait d'un monstre. J'imagine que dans le fond, il a raison, mais il se trompe en bien des points. La majeure partie de l'équipage a peur de la Baleine à cause des histoires qu'ils entendent de la bouche de Totem, et non à cause de sa simple vision. Je crois que pour être infecté, il faut qu'elle nous regarde dans les yeux, l'apercevoir ne suffit pas. Moi, elle m'a regardée, mais je n'ai mal nulle part. C'est lui, c'est lui qui me fait mal.

Elle prit sa tête dans ses mains et se mit à sangloter.

— Ne lui dis rien de tout cela, d'accord, Coda ? implora-t-elle entre deux sanglots.

— Là, calme-toi... Je ne dirai rien, je te l'ai promis. Il faut que tu te calmes et que tu sèches tes larmes avant de descendre, d'accord ? Ou bien Kamyno va se fâcher.

C'était une vision inhabituelle : une petite fille qui tenait une femme par les épaules pour la réconforter de quelque chose – elle ignorait franchement quoi. *Peut-être faut-il être un peu plus âgé pour comprendre ces choses*, songea Coda. Diana semblait en vouloir à quelqu'un, mais elle ignorait qui. Ses paroles se contredisaient. Elle ne répéterait rien, elle ne trahirait pas sa parole, mais elle ne resterait pas inerte face à ces aveux non plus.

24

Yud et le soulèvement

Baris dormait paisiblement sous le drap. Ses épaules se soulevaient au rythme régulier de sa respiration. Le soleil était levé depuis longtemps et nappait la jeune femme d'une lumière dorée. Le poêle était resté allumé toute la nuit malgré le redoux printanier, il faisait une chaleur moite dans l'appartement. Sur les rebords des fenêtres, des bourgeons avaient éclos en grappes de minuscules fleurs blanches. Je venais juste de préparer une salade de fruits en m'efforçant de ne pas faire de bruit quand j'entendis Baris bâiller. Quelques instants plus tard, elle apparut par l'embrasure de la porte, son visage auréolé de sa crinière brune en bataille et embuée d'apaisement. Elle s'assit en face de moi autour de notre minuscule table de cuisine en métal et se servit un bol de salade après m'avoir saluée d'un baiser sur la joue. Elle posa un regard sur la lumière tiède du printemps qui se déversait sur la ville. C'était dans ces moments précis que j'oubliais tout le manque que je pouvais ressentir en pensant à ma famille. Dans mon ancienne vie, les matinées n'avaient pas cette saveur. Elles étaient ponctuées du tintement des grelots contre ma tête au saut du lit, et des beuglements d'aurochs qui attendaient qu'on les emmène en pâture. Mon père m'aurait reproché ma paresse en me voyant ainsi, oisive devant un faste petit déjeuner que je n'avais pas moi-même fait pousser. Mais quoi qu'il ait pu en dire, ce moment précis valait mille fois plus que tous ceux qu'il avait pu m'offrir dans mon enfance.

On frappa à la porte avec énergie. J'allai ouvrir et, sans surprise, fis face à Felyn. Elle avait l'air préoccupée. Elle entra sans attendre d'invitation et s'assit sur la chaise que je venais de laisser. Je refermai la porte et m'installai sur le fauteuil.

— Si j'étais vous, grogna-t-elle, je déménagerais.

— Et pourquoi donc ? interrogea Baris en riant.

— Ça grouille de Numéroteurs, dans cet immeuble.

Baris et moi échangeâmes un regard ahuri.

— Oh, poursuivit Felyn, vous n'avez pas entendu la nouvelle ?

Elle fourra sa main dans sa poche et en ressortit une feuille de papier humide roulée en boule. Elle l'aplatit du plat de la main sur la table et nous laissa nous approcher tandis qu'elle nous lisait à voix haute les inscriptions :

« Chères citoyennes et chers citoyens de Bakarya,

L'inquiétude résonne jusqu'à la Mairie de Bakarya où le Comité des Infractions s'est trouvé contraint de prendre plusieurs décisions pour le bien de la cité. Suite à des affrontements mettant en danger l'équilibre et la santé de la ville, nous avons reçu maintes complaintes justifiées. Il nous a été rapporté que certains individus appartenant à la caste des Animalistes et à la caste des Numéroteurs ont enfreint des traditions séculaires propres au bon fonctionnement de notre société. Les forces de l'ordre ont vainement essayé de rappeler à l'ordre ces individus au sujet des règles à observer pour maintenir notre vie en communauté agréable. Des actions soi-disant « unifiantes » se sont généralisées dans le quartier des Sombriers, le quartier du Titanesque et le quartier de l'Affolie. Des échos nous sont également parvenus du boulevard des Argentiers et du quartier En-été. Ce ne sont pas des menaces que nous prendrons à la légère. Dès aujourd'hui, les gardiens de la paix seront largement déployés dans les quartiers susmentionnés où ils assureront le respect des règles édictées par nos honorables ancêtres : Un et Ours le Premier. Il s'avère fâcheux de devoir recourir à des mesures aussi restrictives, mais en respect des valeurs ancestrales de Bakarya qui ont assuré jusque-là son équilibre et sa prospérité, les relations de toutes sortes entre Animalistes et Numéroteurs sont désormais défendues. Toute personne surprise en conversation plaisante avec un membre de la caste opposée sera arrêtée et jugée pour trouble à l'ordre public.

Sincères salutations,

Le Comité des Infractions et la Mairie de Bakarya. »

— La Mairie de Bakarya ? Qui sont-ils ?
— Ce sont les douze abrutis qui dirigent notre ville. Six Numéroteurs et six Animalistes qui passent leurs journées à se tourner les pouces, incapables de se mettre d'accord sur quoi que ce soit. Enfin, jusqu'à aujourd'hui. Non mais vous avez vu ça ? Le théâtre de la Verilla est fermé jusqu'à nouvel ordre. Tu ne vas plus pouvoir t'y produire avant un bon moment, Yud. Il est seulement réservé aux Numéroteurs, maintenant. Il faut vraiment que vous appreniez à lire, les filles. Vous êtes toujours à côté de la plaque.
— Laisse-nous le temps, se défendit Baris.

Baris et moi nous étions retrouvées contraintes à l'apprentissage de la lecture quelques mois plus tôt, après nous être rendu compte que la vie en ville serait mille fois plus agréable si nous pouvions simplement lire les affiches et les journaux sans avoir à demander de l'aide à notre entourage.

— En tout cas, oui, poursuivit Felyn, c'est absurde, parfaitement absurde.

— *Trouble à l'ordre public* ? relus-je avec peine. Avoir une relation cordiale avec un Numéroteur : un trouble l'ordre public ? Comme s'ils en avaient quelque chose à faire, de l'ordre public ! Ça fait des mois qu'on retrouve des oiseaux morts sur notre paillasson, le voisin d'en face a arrosé notre porte avec du sang de porc, la semaine dernière, mais une conversation cordiale, c'est un trouble ?!

Baris ne put s'empêcher de rire, elle ne m'avait que rarement vue hors de moi. Je la foudroyai d'un regard noir et elle ravala son hilarité. Je me levai et regardai par la fenêtre. Une clameur s'élevait peu à peu depuis la rue.

— Je n'ai jamais vu la ville ainsi, déclara Felyn. Même ma famille est indignée par cet arrêté. Fydjor est venu me chercher, paniqué, à la Verilla avant même le lever du soleil. J'ai préféré me tirer avant que les choses sérieuses ne commencent. Il paraît que les gardiens ont mis la résidence sens dessus dessous à la recherche d'Animalistes.

Baris s'exclama de stupeur.

— La plupart des Animalistes et Numéroteurs unifiants se sont donné rendez-vous dans le quartier des Sombriers, mais je ne pense pas qu'ils pourront y rester. Alors vous voyez, elle est sympa votre petite chambre au sixième, mais à votre place, je retournerais à l'allée des Essences.

— Tu penses que ta famille accepterait de nous accueillir ?

— Tu plaisantes, j'espère ? Mes parents seraient plus que ravis de m'échanger contre vous. Et puis tu es la petite-fille dont Tortue a toujours rêvé. S'il y en a une qui va dormir sur le canapé, c'est bien moi, n'aie crainte.

— Tu racontes n'importe quoi, gloussa Baris. Personne n'avait investi ta chambre quand tu avais fugué. Ta famille pourrait sûrement loger tout le quartier.

— On ne va quand même pas se laisser faire ! m'écriai-je.

— Et qu'est-ce que tu veux faire ? riposta Baris. Te joindre aux mêlées ? Nous ne sommes même pas Bakaryennes, je te rappelle. Ça fait un an qu'on habite ici et je n'ai toujours rien pigé à ces histoires de castes.

— Alors qu'est-ce qu'on fait là ? C'est toi qui as voulu venir, Baris. Tu m'as fait les louanges de cette ville pendant des jours en m'expliquant qu'ici, nous serions libres. Regarde-nous, on ne peut même pas vivre chez nous en paix ? On ne peut pas côtoyer nos amis, Quarante et Vingt-Huit, sans craindre qu'une milice de gardiens nous tombe dessus ou que des imbéciles décrépits nous fassent la morale ? Ça suffit !

Je m'éclipsai dans la pièce voisine, furibonde, et ressurgis quelques minutes plus tard vêtue de ma robe rouge aux broderies dorées. Je passai la cape assortie par-dessus mes épaules et fit signe à Baris.

— Depuis que tout est à ta portée, Baris, tu ne fais plus preuve d'aucun panache.

Cette fois-ci, le sourire amusé de Baris s'effaça de son visage. Elle se redressa et me fit face avec défiance.

— Je te demande pardon ?
— Admets-le.
— Parfaitement, je l'admets. Et en quoi cela pose problème, qu'une vie sans panache me convienne très bien ? C'est celle à laquelle tu aspirais à la Torieka, pas vrai ? Sauf que là-bas, on ne pouvait même pas choisir l'ennui dans lequel on s'enfonçait. Je suis très bien ici à faire ce qui me plaît, et jouer les révolutionnaires n'en fait pas partie.

Felyn siffla, épatée. Je me décontenançai et abandonnai ma posture guerrière. Je baissai les yeux mais ne me résolus pas à ouvrir la porte. Je retournai m'enfoncer dans le fauteuil et n'ajoutai rien. La ville m'avait offert beaucoup d'assurance durant l'année que nous y avions passée, et intérieurement, j'étais plutôt satisfaite de ma réaction. Comme il était bon de se laisser ressentir des émotions vives dans la fougue.

Baris retourna auprès de la fenêtre et examina un instant la maigre foule dévaler la rue étroite. Impossible de dire de quel bord elle se plaçait.

— Qu'est-ce que tu vas faire, Felyn ? demanda-t-elle.

— Retourner à la maison, attendre que tout ça se tasse un peu. Puis je rejoindrai une réunion clandestine quelque part en ville.

— Donc il vaut mieux attendre, selon toi ?

Elle haussa les épaules.

— Comme tu l'as si bien dit, je n'ai aucune envie de me jeter dans la mêlée. J'aime bien provoquer, mais beaucoup moins me faire taper dessus. Et puis je ne voudrais pas contribuer au désordre public ! ajouta-t-elle avec ironie.

— Et toi, Yud ? Qu'est-ce que tu avais en tête ?

Je décroisai les bras et réfléchis un instant.

— Pas me battre. Simplement marcher avec les autres. Signifier mon mécontentement.

Baris parut satisfaite de ma réponse. Elle alla se changer à son tour et revint habillée de sa robe parme.

— Et bien allons-y ?

— Qu'est-ce qui te prend ? fis-je, déconcertée. Je croyais que...

— Je déteste qu'on me dise ce que je suis censée faire. Toujours est-il que tu n'as pas complètement tort. Bakarya n'est qu'à peine moins cinglée que la Torieka. Ça suffit, tout ça.

Felyn nous suivit par imitation, mais, habillée d'une vulgaire tunique jaunâtre, elle n'avait pas notre prestance, il faut l'avouer. Toutes les trois, nous nous joignîmes à la cohue et défilâmes le long des rues en une procession calme et organisée. Autour de nous, quelques voisins Numéroteurs, d'autres Animalistes. Certains avaient manqué de se battre deux jours plus tôt, et voilà qu'ils marchaient côte à côte comme si c'était la chose la plus normale au monde. Visiblement, le peuple bakaryen s'entendait sur une chose : personne, pas même la Mairie, n'avait le pouvoir de leur dire quoi faire. Toutefois, des œufs plurent depuis certaines fenêtres et j'entendis une poignée d'insultes nous accusant de provoquer la décadence de la cité. Malgré tout, je fus frappée par le calme avec lequel la manifestation se déroulait. La procession se dirigeait vers le centre-ville et la place du marché, une clameur s'élevait depuis cette direction. On entendait du chahut, des beuglements et des plaintes rauques et insurgées. Je me sentis devenir fébrile à mesure que nous nous approchions du centre-ville, mais il était désormais trop tard pour faire marche arrière. Felyn et Baris se cramponnaient chacune à un de mes bras et, toutes les trois, nous découvrîmes la place du marché dépourvue de ses étalages multicolores et de ses marchands vociférants. Au lieu de cela, des centaines de jeunes Bakaryens se serraient les uns contre les autres, castes mélangées, sans un brin d'animosité les uns envers les autres. Aux quatre coins de la place, des gardiens habillés de grossiers uniformes marron essayaient tant bien que mal de séparer les factions. Mais que pouvaient-ils bien faire ? Tous les jeter en prison ? Depuis notre arrivée à Bakarya, un an plus tôt, je n'avais jamais rencontré un seul gardien. Ils étaient comme apparus durant la nuit. Bien que divisée, cette ville était d'une exemplaire docilité, en temps normal. Il était bien rare de rencontrer des malfaiteurs ou des délinquants. Les habitants prenaient plaisir à se chamailler pour des histoires de castes, mais cela s'arrêtait là.

— Regardez-les, fit Felyn à nos oreilles. Ces gardiens n'en étaient pas, hier encore. Ce sont des sympathisants à la division qui ont probablement été engagés par la ville il y a quelques heures. C'est scandaleux, la Mairie leur donne le droit de nous taper dessus alors qu'ils ne valent pas mieux que nous.

Çà et là, des manifestants s'assirent par terre et se mirent à jouer aux cartes. Très vite, les autres les imitèrent et en quelques minutes, la place du marché était recouverte de Bakaryens assis en tailleurs, occupés à papoter, jouer et plaisanter, ignorant complètement les vociférations des gardiens et le tumulte qu'ils provoquaient en saisissant avec violence les manifestants pour les écarter. Ils finirent par abandonner et quittèrent la place, un à un.

Les manifestants restèrent là toute la journée, et quand la nuit tomba, ils se mirent debout et commencèrent à danser au son d'une mandoline, d'une flûte et d'une harpe, d'un côté de la place, d'une trompette, d'un violon et d'une clarinette de l'autre côté. Ils chantèrent aussi. On retrouva Quarante et Vingt-Huit et se fit encore davantage d'amis Numéroteurs, mais ce soir-là, personne ne prononça ce mot, ni son opposé. Ce soir-là, tous se réjouissaient d'enfin pouvoir se définir comme le peuple bakaryen.

Au petit matin, j'ouvris les yeux sur le plafond d'une chambre miteuse de la Verilla. Je me redressai avec un mal de crâne mémorable et scrutai les alentours à la recherche d'un indice m'indiquant comment j'avais fini là. Baris dormait à poings fermés tout contre moi et Felyn dans le lit en dessous. Je descendis par l'échelle de métal et j'observai par la fenêtre. La ville était d'une quiétude inhabituelle.

Je me servis un verre d'eau dans l'espoir qu'il aiderait à faire passer mon mal de crâne. Je me souvenais vaguement du début de la soirée, de l'engouement enivrant qui avait pris la foule et me remémorai finalement le goût de l'alcool brûlant qui avait coulé dans ma gorge. Les souvenirs revinrent petit à petit de manière sporadique. J'avais la sensation d'avoir célébré une victoire sans parvenir à me rappeler le combat. Il n'y en avait pas eu, cela me revenait. Je m'étais assise au milieu d'une foule et m'étais mise à jouer aux cartes avec des inconnus. J'avais gagné. Puis je leur avais parlé de la Torieka et leur avais raconté l'histoire du Varan, puis une autre. Au milieu de la nuit, après avoir dansé et chanté avec allégresse, mes amies et moi avions décidé de rester dormir à la Verilla, bien incapables de rejoindre notre rue poisseuse.

Les gardiens avaient abandonné la partie si rapidement. Nous n'en trouvâmes aucun posté à la Verilla et le reste de la nuit s'était déroulée dans le plus grand des calmes. Sur le sol carrelé de la chambre, Quarante et Vingt-Huit somnolaient en ronflant.

Dans un soudain besoin d'air frais, je revêtis ma robe, ma cape et m'en allai. Les couloirs de la Verilla se ressemblaient tous mais je parvins à trouver mon chemin jusqu'à la sortie. Le soleil venait à peine de se lever et la résidence avait du mal à s'éveiller après une nuit si longue. En mettant un pied dehors, je fus soudain frappée par l'omniprésence des hommes et femmes en uniforme marronnasse dans les rues. Leurs bottes de cuir usées claquaient contre les pavés et ils allaient deux par deux à chaque croisement. Des affiches similaires à celle que Felyn avait ramenée la veille étaient placardées sur tous les murs. Quelques passants se hâtaient, le regard rivé au sol. Je me dirigeai instinctivement vers la place du marché où je m'attendais à retrouver d'autres unifiants, assis par terre à siroter du café, une couverture sur les épaules. Alors que j'en approchais, un gardien à l'allure débraillé m'arrêta net.

— Faites demi-tour, Animaliste.

La capacité des riverains à reconnaître Animalistes et Numéroteurs me déconcertait toujours, je ne m'y ferais jamais. En tout cas, je n'appréciais pas qu'on me parle sur ce ton.

— Qu'y a-t-il, là-bas ? Pourquoi ne puis-je pas avancer ?

— Faites demi-tour, Animaliste. Il n'y a rien à voir.

Je voulus insister, mais face au regard inquisiteur de l'officier, je préférai renoncer. Je m'éloignai d'un pas indolent et tentai d'atteindre la place par une autre rue. À chaque essai, on me refoula. Je finis par me résoudre à rentrer à la Verilla. Le soleil était déjà haut dans le ciel, je m'attendais à retrouver Baris, Felyn, Quarante et Vingt-Huit réunis autour du petit déjeuner, ils pourraient faire sens de cette situation. Mais alors que j'approchais de la Verilla, une agitation se mit à enfler.

Les rues s'encombrèrent et la foule se précipita dans la direction opposée au bâtiment circulaire. Je peinais à remonter l'allée. Je retins un homme par le bras et lui demandai ce qui se passait.

— C'est la Verilla, ils l'ont assiégée.

— Qui ça, *ils* ?

— Les gardiens. Ils ont barricadé toutes les portes et évacuent les rues alentour. Il faut déguerpir.

— Mes amis sont à l'intérieur !

— N'y retournez pas, les gardiens sont armés, maintenant ! Ils ont des épées et ils n'ont pas peur de les utiliser.

— Des épées !

Quel genre de peuple s'armait-il d'épées contre les siens ? Je ne connaissais aucune histoire relatant de tels faits et à la Torieka, je n'avais jamais vu de villageois lever la main sur un autre. Alors quand cet homme me parla d'épées, je n'eus qu'une vague idée de quoi il s'agissait. Je m'apprêtais à reprendre mon chemin en direction de la Verilla quand il me saisit par le bras.

— N'y allez pas ! C'est dangereux !

Je me dégageai de sa poigne avec peine. Son regard débordait d'effroi. Visiblement, lui non plus n'avait pas l'habitude des humains armés.

— Mes amis sont à l'intérieur. Je dois les aider.

— N'y allez pas ! répéta-t-il avant de s'enfuir en trottinant.

Une femme m'effleura en passant et laissa sur mon bras une matière visqueuse. Je passai ma main pour l'essuyer et constatai du sang chaud et foncé sur mes doigts. Autour de moi, la cohue avait rougi. Sur les visages des fuyards, une mine effrayée, paniquée. Alors instinctivement, je fis marche arrière. Je m'éloignai de la Verilla et pris la direction de l'allée des Essences sans réfléchir. En grimpant la colline, les rues se firent plus aérées et à mon arrivée devant la demeure des Inférieur, il n'y avait plus un chat autour de moi.

La porte d'entrée ballottait au gré des courants d'air. Je mis un pied à l'intérieur avec prudence. L'atmosphère sentait la suie et le carrelage était recouvert de terre et de boue. Un vase brisé et avait répandu son contenu : une flaque de fleurs piétinées.

— Fyona ? Fydjor ? appelai-je sans obtenir de réponse.

Des carreaux avaient été fracassés, des manteaux éparpillés au sol. Je montai à l'étage nappé de silence. Comme le calme après la tempête pouvait être lénifiant ! Je fouillai chaque pièce avec méticulosité. Celle de Tortue était impeccablement rangée comme si personne ne l'avait visitée depuis des lustres. Le lit était fait, drapé d'une couverture verte et marron et les rideaux pâles laissaient partiellement entrer la lumière. Sur la commode était posé le signeur, ce disque de miroir aussi fin qu'une feuille de papier qui nous avait attirées jusqu'au conteur et sa famille. Je le pris entre mes mains et son poids me frappa une nouvelle fois. Son apparence aérienne me laissait toujours penser que l'objet pouvait flotter dans les airs, mais à son contact, je sentais sa forte attraction vers le sol. J'examinai mon reflet lisse, la tache de naissance brune qui me couvrait la joue et l'œil gauche. Ma peau était duveteuse à cet endroit et mon iris plus éclatant. Je fis machinalement glisser le signeur dans ma poche et ressortis.

En arrivant dans la chambre de Souris, j'inspectai l'armoire puis m'aplatis au sol pour laisser mon regard courir sous le lit. J'y trouvai une petite créature roulée en boule et tremblotante. Je lui offris une main et la petite chose la saisit. Instantanément, les battements de son cœur ralentirent et ses muscles se détendirent. Elle s'extirpa à l'air libre et me serra longuement dans ses bras. J'époussetai les cheveux qui cachaient la figure de Souris et lui demandai :

— Que s'est-il passé, ma chérie ?

Je ne l'avais jamais appelée ainsi, mais je pensai que ça l'aiderait à se sentir en sécurité. Souris ne lâchait pas ma main. Je restai accroupie, les yeux à sa hauteur.

— Ils sont arrivés cette nuit, ils ont défoncé la porte et ils ont emmené tout le monde.

— Qui ça ?

— Les gens en uniforme. Ils ont pris arrière-grand-père

Tortue, grand-mère Aglaé, grand-père Vadim, papa et tante Fyona. Je me suis réfugiée sous mon lit mais l'un d'eux m'a trouvée. Il est parti demander à un autre s'il fallait m'emmener aussi, mais l'autre lui a dit « pas d'enfant ». Alors ils m'ont laissé là, toute seule. Ils m'ont dit d'aller chez des voisins. Mais les voisins ne m'ont pas ouvert la porte alors je suis revenue me cacher, au cas où ils reviendraient. J'ai cru que c'était eux quand je t'ai entendu monter.

— Ne t'inquiète pas, il n'y a personne, la rue est déserte. Sais-tu où ils les ont emmenés ?

— À la Verilla, balbutia l'enfant. Ils ont dit qu'ils y emmenaient tous les unifiants. Ils vont les enfermer là-bas. Pourquoi font-ils ça, Yud ?

— Parce qu'ils sont cinglés, cette ville entière est cinglée.

— Tu m'emmèneras quand tu t'en iras ?

Je n'avais encore jusque-là pas mentionné mon départ de manière aussi décidée. Et il ne m'était pas venu à l'esprit qu'un autre membre de la famille Inférieur puisse vouloir se joindre à Felyn et moi. Pour rassurer l'enfant, j'acquiesçai.

— Où sont Baris et Felyn ? demanda la petite. Tu n'étais pas avec elles ?

— Si, nous étions à la Verilla, mais j'en suis sortie juste avant qu'ils ne la barricadent. Ne t'inquiète pas, tu m'entends ? Rien de tout cela ne va durer. La Mairie va finir par se rendre compte qu'elle fait une grave bêtise, et elle ne pourra jamais maintenir tant de monde enfermé. Les choses iront très vite mieux.

— Et si jamais elle les tue ?

Je frissonnai en repensant au sang qui devait encore maculer son bras.

— Voyons, ne dis pas de sottises ! Personne ne ferait ça, personne ! La Mairie agit pour le bien de ses citoyens, ça n'aurait aucun sens qu'elle leur fasse du mal.

Je me relevai et m'approchai de la fenêtre qui avait une vue imprenable sur la cité en contrebas, juste par-dessus les toits. Sur la gauche, seul point coloré de Bakarya, le Temple des Jumeaux dominait la porte nord de la ville avec ses couleurs pastel bleues, blanches et roses. Je discernai sur son esplanade un amas de fourmis qui grouillaient. Je fis face à Souris, la pris par les épaules et lui déclarai :

— Est-ce que ça te dirait d'aller visiter le Temple des Jumeaux ?

— Ça ne se visite pas, rectifia Souris. C'est juste une grande porte, la première que les Jumeaux ont bâtie quand ils ont construit la ville. Elle est tellement lourde qu'elle n'a plus été ouverte depuis des décennies, c'est pour ça que les gens disent que c'est un temple, maintenant.

— Très bien, tu pourras me raconter tout ce que tu sais à ce sujet quand on y sera. Allons-y !

  Je lui pris la main et l'emmenai vers le Temple – ou la Porte – des Jumeaux où, semblait-il, avait lieu un rassemblement. Peu important qui l'avait instigué, c'était l'endroit idéal pour rencontrer des visages familiers et, à ce moment-là, je ne pouvais considérer rester seule avec la fillette. Je me sentais vaciller à chaque pas et je pouvais sentir l'effroi de Souris par sa main que je tenais.

25

Coda et la bague bleue

L'Areyne était fougueux. Contrairement à son frère, il ne se lassait pas de se creuser. Le navire avançait parmi les flots avec peine en glissant par-dessus les vagues avant de les dévaler dans un mouvement de cheval à bascule. Même les marins les plus endurcis furent rattrapés par le mal de mer. Pendant des jours entiers, la houle fit balancer le galion comme un vulgaire morceau de chiffon. Ce mouvement perpétuel donnait le tournis à Coda qui regrettait les jours calmes de l'Euroy. Totem était à cran, il passait le plus clair de son temps à scruter l'horizon depuis le haut du mât sans craindre les oscillations de pendule qu'il faisait dans la tempête. Selon lui, celle-ci attirait la Baleine, ou bien était-ce la Baleine qui créait la tempête.

Quand l'océan s'apaisa enfin et que les rayons du soleil filtrèrent à nouveau à travers les nuages, l'équipage entier se calma et les jours reprirent leur quiétude d'antan. Pour Coda, qui avait raconté sa conversation avec Diana à Pinaille et Pandore, aucune détente n'était permise. Sans comprendre réellement pour quelle raison, elle s'était remise à se méfier de Totem. Pinaille et Pandore la rejoignaient sur ce sujet, c'était plus simple pour eux qui n'avaient jamais été proches du capitaine.

Au fond de la poche de Coda, sa bague de lapis-lazuli cahotait toujours. Chaque matin et chaque soir, elle vérifiait qu'elle était bien à sa place. Il lui démangeait de la renfiler sur son pouce mais elle se demandait ce que cela lui apporterait. Totem saurait qu'elle avait menti. Et puis quoi ? Qu'est-ce que cela pouvait bien lui faire ? C'était Atamine qui était intéressée par cette bague, pas lui.

Non, pas lui.

Il avait renvoyé Atamine après sa trahison. Alors Coda renfila sa bague. Elle monta sur le pont et mit sa main en évidence pour que chacun voie l'ornement à son doigt, comme si de rien n'était, puis elle laissa les jours filer et si Totem fit attention à cette addition, il n'en laissa rien paraître. Il était ainsi : il portait toujours un masque, il affichait constamment les mêmes airs, comme un automate, surtout en compagnie des enfants. Alors pour faire face à sa malice, Coda dut faire preuve d'un peu plus d'ingéniosité.

Un matin brumeux, Totem était à la barre, le regard oscillant entre l'horizon et le pont pour s'assurer que chaque tâche était réalisée correctement. Coda, Pinaille et Pandore jouaient aux osselets juste à côté de lui. À chaque début de partie, ils lançaient un pari.

— Je vais taper sur l'épaule de Kamyno si je perds, osa Pinaille.

— Et moi, vous donne mon dessert, lança Pandore.

Au bout d'un certain nombre de parties, Coda retira sa bague et déclara bien fort :

— Si je perds, je jette ma bague à l'eau.

Pinaille s'exclama, choquée. Coda vit l'oreille de Totem tressaillir. Elle lut dans le regard de Pandore qu'il avait compris son stratagème. Il fronça les sourcils, inquiet de la réaction du capitaine. Coda ajouta :

— Ne vous inquiétez pas, ce n'est qu'une breloque. Ça ne vaut rien du tout.

— Mais c'est ta mère qui te l'a offerte, protesta Pinaille sans comprendre.

— Elle m'en offrira une autre en rentrant. Allez, jouez ! C'est pas drôle si on fait des paris nuls.

Chacun leur tour, les enfants lancèrent les osselets blancs, puis le rouge et firent jouer leurs poignets pour les rattraper dans l'ordre correct. Au bout du troisième tour, Coda fit exprès d'échouer. Totem avait le dos tourné, il ne pouvait pas voir ce qui se tramait. *Quand bien même*, pensa Coda, *il n'aurait sûrement rien compris au jeu.*

Pour jouer la comédie, Pandore déclara :

— Perdu, Coda. Un pari est un pari, vas-y.

Coda ne dit d'abord rien et feignit la déception. Après un regard complice de Pandore, Pinaille comprit enfin ce qui se passait. Elle ouvrit grand les yeux, surprise, et prit garde à ne faire aucun bruit. Coda se leva et s'approcha du bastingage, tenant fermement la petite pierre entre ses doigts. Elle fixa un instant les flots rugir sous la coque du galion. Parmi l'écume, elle crut apercevoir un visage, puis un autre.

— Regardez ! Des sirènes !

— Mais non, ça n'existe pas, nia Pinaille.

— Tu ne vois pas ces visages ? Regarde, il y en a pleins.

À vrai dire, ce n'était pas des visages visibles à travers l'eau, mais plutôt des visages *faits* d'eau. L'écume laiteuse formait leurs nez, leurs yeux et leurs sourires. Certaines silhouettes semblaient rire en regardant les enfants avant de disparaître.

— Ce sont des illusions, expliqua Pandore. Diana m'en a parlé. Il y en a plein partout dans l'Areyne. La mer prend de drôles de formes sous le passage des navires.

— Ce ne sont pas des êtres vivants ?

— Je ne sais pas. Peut-être un peu.

Coda aurait pu rester à les regarder un long moment mais la bague se mit à bourdonner dans le creux de sa main. Elle la leva au-dessus des illusions.

— Un pari est un pari, les illusions auront ma bague.

Elle ne l'aurait pas lâchée – jamais de la vie – et elle espérait, d'une certaine façon, tirer une réaction de Totem, même si cela signifiait que son instinct ne la trompait pas, et que ses craintes s'avéraient fondées. Pourtant, elle sentit ses doigts se desserrer d'eux-mêmes, sous le joug des illusions qui fixaient son poing comme s'il renfermait un fabuleux trésor. Elle voulait replier le coude et s'éloigner du bord, mais en fut incapable.

Alors qu'elle sentait la bague glisser entre ses doigts, une poigne de fer la tira en arrière et la fit basculer sur le plancher. La bague roula un peu plus loin et elle se précipita pour la récupérer avant de daigner se retourner pour faire face à Totem. Elle lut sur son visage exactement ce qu'elle cherchait : une expression qu'elle ne l'avait encore jamais vu afficher. Une expression qu'il ne pouvait feindre. Une expression horrifiée. Il balbutia :

— Mais enfin, Coda, ça ne va pas de te pencher comme ça ! Tu aurais pu basculer !

Pinaille et Pandore ouvrirent grand des yeux stupéfaits.

Aucun d'eux ne s'était penché davantage qu'à l'accoutumée. Et même lorsqu'ils grimpaient le long des cordages, personne ne leur disait rien.

— Elles voulaient ma bague, murmura Coda, plus pour elle-même que pour les autres. Elles l'appelaient.

Elle desserra son poing et Totem s'empara immédiatement de la bague pour l'examiner de plus près, fasciné.

— Ma bague, les illusions la voulaient !

— N'importe quoi, éluda Totem. Les illusions n'ont aucun pouvoir. C'est toi qui voulais t'en débarrasser.

Était-ce vraiment possible ? Coda ne possédait rien de plus précieux que ce bijou. Et pourtant, elle devait admettre que l'idée de le voir disparaître lui aurait retiré une certaine épine du pied. Quand elle vit le regard avide que posait Totem sur la pierre, elle sentit le dégoût monter en elle. Elle lui prit la bague des mains, se précipita vers le bastingage et la jeta aussi loin qu'elle put. Elle vit la petite chose s'éloigner en miroitant, mais ne distingua pas la minuscule éclaboussure qu'elle produit en pénétrant dans l'eau. Totem se jeta à ses côtés en criant :

— Non ! Qu'est-ce que tu as fait ? Non ! Coda !

Il la prit par les épaules, ulcéré, et la secoua comme pour extirper quelque explication de son cerveau.

— Qu'est-ce qui t'a pris ? Coda ! Tu es folle ! Cinglée !

Il beuglait tellement fort que le navire s'était figé, tous les regards posés sur eux. Diana s'approcha en gardant ses distances. Coda se dégagea de son emprise de fer et recula.

— C'est vous qui êtes cinglé ! C'est qu'une bague, qu'est-ce qu'on en a à faire ! Hein ?

— Ce n'était pas n'importe quelle bague, elle était bleue !

— C'était la bague qui vous a valu trente pièces ? Celle qu'Atamine était si satisfaite d'avoir récupérée ?

Il se figea sans afficher la moindre once de surprise, seulement de la décrépitude. Ses épaules s'affaissèrent, il se laissa tomber à genoux sous les regards médusés de son équipage. Diana s'approcha avec l'intention de le réconforter mais il repoussa son geste d'un mouvement furieux.

— Vous saviez que je vous suspectais, poursuivit Coda. Dès le moment où j'ai caché ma bague et dénoncé Atamine. Vous saviez très bien ce que nous avions entendu. Vous saviez que j'avais compris et vous saviez que je faisais semblant de l'avoir perdue pour vous tester. Et vous avez réussi, magistralement réussi.

— Visiblement, non.

Il foudroya Diana du regard comme s'il la suspectait d'avoir eu sa part de responsabilité dans cette affaire. De toute évidence, tel était le cas. Elle avait la tâche d'empêcher les enfants de s'éparpiller dans Bec-à-l'Aigle pour permettre à

Atamine de régler leurs affaires de pirates. Mais trop énervée après ceux qui lui avaient suggéré de trahir Totem pour les suivre à Cascade, elle avait failli à son devoir. Coda ne pouvait pas lui en être moins reconnaissante.

— Vous nous avez menti ! Les pirates étaient vos complices depuis le début.

Elle parlait suffisamment fort pour s'assurer que chaque oreille présente sur la *Calix* l'entende.

— Ils nous ont enlevés sur votre demande et vous avez fait semblant de nous secourir pour vous attirer notre sympathie. Mais depuis le début, ce n'était qu'un stratagème pour avoir des enfants à bord. Malgré vos théories scientifiques à deux balles au sujet de la Baleine-Miroir, vous savez très bien qu'elle apparaît davantage aux enfants. Peut-être parce que nous ne cherchons pas à la tuer, nous...

— Tu déformes tout. Je t'ai déjà expliqué que tout ce que je fais, c'est pour le bien de l'humanité, pour vous sauver d'une menace qui plane sur votre existence.

— En nous emmenant de force sur un navire inconnu, loin de nos familles ? Vous pensez nous sauver en nous faisant courir après ce que nous devrions craindre ?

Les mots jaillissaient sans même qu'elle ait à réfléchir. Tous les questionnements qui la hantaient depuis son départ de Cascade trouvaient leurs réponses en cet instant, comme un puzzle qui révèle son motif une fois toutes les pièces réunies. Quant au renvoi d'Atamine, ce n'était qu'une ruse de plus pour amadouer la petite fille méfiante. Pourtant, autour d'elle, les enfants demeuraient perplexes. La plupart ne saisissaient pas ce qui se passait.

— Ça suffit, poursuivit Coda, exaltée. Nous débarquerons à Dantilus, tous ensemble, et ce sera fini. Tout ça pour rien du tout !

— Non, rétorqua Totem d'une voix sévère.

— Non quoi ? s'exclama Pinaille qui avait pris place aux côtés de Coda avec le même air défiant.

— Non quoi ? répéta Pandore d'une voix légèrement plus inquiète.

— Tout ne tourne pas autour de vos petites existences, déclara Totem. Le monde est plus vaste que vous ne pouvez l'imaginer. Vos vies sont futiles à l'échelle de l'humanité. Vos simples désirs n'ont aucune légitimité, dans ce combat. Vous devez assumer votre devoir, votre réel devoir.

Coda n'entendait rien, mais savait que certains des enfants se laisseraient convaincre qu'ils n'avaient pas le choix, tout comme Diana, des années plus tôt. Celle-ci avait le regard soumis, à l'écart derrière Totem.

— Vous ne débarquerez pas à Dantilus, vous ne pouvez pas. Vous avez eu l'occasion de rentrer chez vous et vous avez décidé d'écouter votre instinct, de suivre votre devoir. Je ne peux pas vous laisser gâcher cette bravoure. Un jour, vous comprendrez la mesure de votre sacrifice et vous en serez fiers.

Il se tourna vers Diana et releva la tête. Il la regarda avec tendresse et confiance, ce même regard qu'il avait mainte fois adressé à Coda.

— Rien n'est facile. Mais tout a un sens. Vous ne pouvez plus faire marche arrière. Cascade est derrière vous. D'ailleurs, ce nom ne sera plus prononcé à bord, désormais. Ni celui-ci ni celui de la Cité Rocheuse. À quoi bon ? Il faut avancer, vous n'avez plus le choix. Nous n'avons plus le choix.

Coda bouillonnait. Elle voulut se jeter à la figure de Totem et lui lacérer la peau mais une main ferme la retint. Kamyno la souleva de terre comme les pirates l'avaient fait à Cascade. Elle se débattit sans pouvoir résister à sa poigne qui la tira jusque sous le pont, de cale en cale, toujours plus profondément dans le ventre de la *Calix*. Il ouvrit une trappe et la jeta au fond d'une minuscule soute qui sentait l'urine.

Elle pouvait à peine remuer. Chacun de ses mouvements rencontrait une paroi. Elle entendait l'eau clapoter derrière son dos comme à travers une feuille de papier. Elle se mit à suffoquer. Ses respirations trop courtes ne parvenaient pas à satisfaire ses poumons. Chaque inspiration se trouvait interrompue par une expiration. Elle frappa contre les parois en pleurant et en criant mais le son qui sortait de sa gorge se rapprochait davantage d'un gémissement étouffé. Après ce qui lui parut une éternité, elle parvint à retrouver ses esprits et espacer ses respirations. La geôle était si étroite qu'elle se sentait compressée de chaque côté.

— Coda, c'est toi ? retentit la voix de Pandore.

Il devait se trouver une ou deux soutes plus loin.

— Pandore ! Oui, c'est moi. Qu'est-ce qui s'est passé ?

— Kamyno et ses hommes nous ont enfermés tous les trois, Pinaille, toi et moi. Certains des autres enfants ont protesté mais pas longtemps.

— Et Diana ?

— Je ne sais pas, je n'ai rien vu de plus. Coda, qu'est-ce qu'on va faire ? On ne peut pas rester ici. J'ai peur.

— Moi aussi. J'ai envie de vomir. On doit réfléchir.

Il ne lui fallut pas longtemps pour parvenir à une conclusion.

— On doit mentir, gémit-elle. Leur faire croire qu'on a compris, qu'on est dociles. Ils nous laisseront remonter à l'air libre. Et... on doit absolument remonter à l'air libre ! Une fois arrivés à Dantilus, on n'aura qu'à sauter du bateau et s'enfuir en courant.

— Et s'ils ne s'y arrêtent pas, finalement ? Et si on commence déjà la traversée de l'Areyne ?

— Ils seront obligés, on n'a pas assez de vivres pour une telle traversée.

En réalité, Coda n'était sûre de rien. L'idée d'avoir manqué sa dernière échappatoire à Canal-Azur la hantait. Totem avait laissé Nélius et les six autres petits partir pour prouver sa bonne foi, mais il n'avait jamais eu l'intention de réitérer une telle proposition à Dantilus.

— Oui. On n'a pas d'autre choix que d'espérer, confirma le petit garçon.

— Où est Pinaille ?

— De l'autre côté du navire, je crois.

— J'espère qu'elle aura la même idée. Elle est maline, elle y pensera forcément.

À mesure qu'ils parlaient pour se rassurer, le roulis de l'eau se fit plus intense et le balancement du galion reprit de plus belle. Coda vomit plusieurs fois jusqu'à en avoir l'estomac creux. L'odeur dans le minuscule habitacle était infecte mais son nez s'y habitua. Elle n'aurait pas pu en dire autant du rugissement de l'eau. Elle se sentait dévorée à chaque fracas. Elle se mit à pleurer à chaudes larmes, regrettant l'absence des lumieuses qui lui auraient rappelé la présence de sa mère dont les traits s'estompaient déjà dans son esprit. Cette solitude forcée ne fit que redoubler ses pleurs et ceux de Pandore.

26

Yud et la Porte des Jumeaux

La Porte des Jumeaux était haute d'une dizaine de mètres et couverte d'une mosaïque tricolore dans des tons clairs et doux. Les morceaux de faïence coïncidaient aléatoirement.

Le rassemblement qui s'était formé sur son parvis n'avait rien de celui de la veille sur la place du marché. Il n'y avait là que des familles qui cherchaient des nouvelles de leurs proches, et la croyance tenace qu'aucun mal ne leur serait fait par les gardiens sur un site de telle importance historique. Ils étaient pourtant bien là, à veiller sur la situation d'un œil méfiant, presque plus nombreux que les civils.

Je jouai des coudes pour essayer de discerner un visage familier parmi la foule et ce fut Souris qui s'exclama en première en reconnaissant la tignasse poivre et sel de son père. Elle se jeta dans les bras de Fydjor qui avait entendu sa petite voix l'appeler. Il me raconta ensuite qu'il avait réussi à échapper à la vigilance des gardiens et à s'enfuir. Il était passé à l'allée des Essences juste après que nous l'avons quittée.

— La ville est en effervescence, raconta-t-il. Jamais de tels bouleversements ne l'avaient frappée.

— Je ne comprends rien, absolument rien, rétorquai-je. Comment la simple volonté de vivre en harmonie avec les Numéroteurs peut-elle en déranger autant ?

— Certaines traditions trouvent leurs racines trop profondément. Je dois bien admettre que je n'étais pas tellement pour non plus, au début. Mais quand je vois les répressions qui en résultent, je ne peux pas m'empêcher de me ranger du côté des unifiants.

— J'aimerais qu'on s'en aille, murmura Souris.

— Où ça, ma chérie ? Nous sommes ici chez nous.

La petite haussa les épaules.

— Ailleurs où les gens ne se font pas mal.

Elle dit cela en ayant le regard fixé sur une femme dont la jambe sanguinolente l'empêchait de marcher normalement. Fydjor essaya de détourner son attention mais, où qu'on regarde, on voyait quelqu'un de blessé, inquiet ou affolé par la situation. Pendant ce temps, je me remuais les méninges pour trouver un moyen de sortir Baris et nos amis de la Verilla. Je n'avais pas le courage de m'y rendre moi-même et d'user de la violence pour arriver à cette fin. Je me surpris à penser que j'aurais préféré me retrouver enfermée à l'intérieur avec eux car, au moins, je ne serais pas seule dans la réflexion et ne je ne me sentirais pas complètement inutile. Il fallait que je fasse confiance à l'ingéniosité de Baris et Felyn qui, pour sûr, trouveraient un moyen de se libérer. Il fallait absolument y croire. Ce qu'il me restait à faire, depuis l'extérieur, c'était détourner l'attention des gardiens.

— Fydjor, il faut qu'on mette le feu à la ville, dis-je sans même réfléchir.

— Le feu ? Mais tu divagues ! C'est trop dangereux.

— Il faut que les gardiens soient occupés dehors pour offrir le maximum de chance de s'en sortir à ceux qui sont à l'intérieur. Si on répartit l'insurrection à la ville entière, ils s'éparpilleront suffisamment.

— Et tu crois qu'en provoquant quelques incendies, ça suffira ? Regarde-nous, nous sommes à peine quelques dizaines ici. La plupart sont blessés ou terrifiés. Il n'y a que dans les histoires que les rébellions fonctionnent. Ici, personne n'a envie d'y prendre part.

— On veut seulement s'en aller, ajouta Souris.

J'acquiesçai, pensive, car je savais qu'il avait raison. Ce serait les pompiers qui se déplaceraient pour éteindre les feux, et non les gardiens. Je scrutai les alentours, une petite centaine de personnes étaient rassemblées sur la place. Toutes semblaient attendre quelque chose : le retour de leurs proches, un élan de solidarité, peu importait. Et derrière eux, la massive porte de granit aux couches de couleurs roses, blanches et bleues qui donnaient à la construction l'air d'un nuage sucré. Je m'en approchai et posai mes mains sur la faïence fraîche. Cette porte avait tout l'air d'un mur. J'y plaquai tout mon poids, tentai de faire un pas, en vain. Fydjor et Souris s'approchèrent avec perplexité.

— Yud, calme-toi. Je sais que c'est terrible de se sentir inutile mais vraiment, il n'y a rien que nous puissions faire.

— Souris a raison, nous devons partir.

— Maintenant, comme ça ? Nous n'avons aucune affaire, pas de victuailles. Il vaut mieux réfléchir. Et puis quitte à partir, autant emprunter la porte principale, celle qui reste ouverte. Mais je ne ferais pas un pas hors de cette cité sans le reste de ma famille.

J'enfonçai mes mains au fond de mes poches avec un air résigné. J'y sentis le grossier grelot de Galug, mon bébé disparu. Pour la première fois depuis longtemps, je le sortis à l'air libre et le secouai près de mon oreille. Les petites graines contenues par la coque de noix tintèrent.

— Qu'est-ce que c'est ? demanda Souris.

Je mis le grelot dans sa main et dis :

— C'est la preuve de l'existence d'un bébé dont tout le monde a déjà oublié le nom.

— Le bébé de qui ?

Je m'accroupis pour être à sa hauteur.

— Le mien.

— Il s'appelait comment ?

— Galiegu, dis-je sans laisser ma voix tressauter. Mais ça, personne ne l'a jamais su.

— Pourquoi ?

— Parce que personne n'a voulu prendre la peine de mémoriser son nom véritable en sachant qu'il ne survivrait peut-être pas. Ils ont eu raison.

Souris fit carillonner l'objet d'un air intrigué.

— Il ne fait quasiment pas de bruit.

Je hochai la tête sans rien dire. Je récupérai le grelot et le laissai retomber dans ma poche. Je m'approchai de Fydjor et lui intimai :

— Rentrez à la maison, emballez des affaires et faites passer le mot à tout le monde. Puis, rendez-vous ici.

— Comment ça ? Qu'est-ce que tu vas faire ?

— Je ne sais pas encore. Mais nous devons partir ce soir.

— Écoute, Yud...

— Non, Fydjor. Hier, il y a eu les coups. Aujourd'hui, l'enfermement. Que penses-tu qu'il se passera demain ? Au mieux, nous finirons exilés. Partir ce soir, c'est la garantie que ce choix sera le nôtre et non le leur. Que ce n'est pas une punition mais un pouvoir.

— Qu'en est-il de ceux enfermés à la Verilla ?

J'hésitai un instant.

— La Verilla n'est qu'une structure osseuse dont les parois seront bientôt grignotées par l'organisme. Ce ne sera plus qu'une passoire.

— Alors nous devons simplement faire confiance aux prisonniers pour qu'ils s'en sortent d'eux-mêmes ? Mon grand-père n'en sortira pas indemne, il est trop vieux.

— Je vais m'en occuper.

Je commençai à m'éloigner quand il me héla une dernière fois.

— Que peux-tu faire qu'ils ne puissent faire eux-mêmes ?

— Rien, absolument rien. Mais je ne suis pas bakaryenne. Vos règles n'ont pas de sens à mes yeux.

Je scrutai les alentours avec concentration. Au-delà du parvis de la Porte des Jumeaux, s'étendait un nœud inextricable de ruelles encombrées d'habitations crasseuses en tout genre, aucune ne s'élevant plus haut que l'autre. À l'opposé, un escalier escarpé grignotait une des deux murailles colorées qui encadraient la Porte. Une chaîne en bloquait l'accès mais je m'y précipitai, bousculai la barrière et me mis à grimper sous les regards médusés des citoyens présents.

Les gardiens n'osèrent pas faire un pas dans ma direction, mais ne me quittèrent pas des yeux. Les marches étaient si hautes et érodées que je dus grimper en m'aidant des mains. Une fois arrivée en haut de l'arche qui surplombait la porte, je m'assis sur la mosaïque poussiéreuse qui en couvrait le sommet. La pierre tiède avait été chauffée par les rayons du soleil matinal. De là, j'avais une vue imprenable sur la ville. La grande et circulaire Verilla se tenait là où elle s'était toujours tenue. À une telle distance, rien ne semblait avoir changé.

Fydjor et Souris étaient reparties vers l'allée des Essences en suivant mon commandement et, peu à peu, le site se désertifia. Seuls quelques badauds restèrent là, assis à même le sol. Je sortis le signeur de ma poche et le serra fort entre mes mains de peur de le briser en le laissant tomber. Je ne savais pas trop quoi en faire, alors je laissai mon instinct me guider.

J'orientai la surface lisse du signeur en direction de la Verilla, mais rien ne s'y refléta. Je dus m'y reprendre à plusieurs fois avant de réussir à capter les rayons du soleil déjà hauts dans le ciel et les orienter en direction de la Verilla. À cet instant, n'ayant aucun pouvoir, j'essayais simplement d'apporter un soutien visuel à Baris et au reste de mes amis retenus prisonniers. Ce que j'ignorais, c'était que le signeur n'était pas qu'un vulgaire réflecteur. Il s'agissait, comme me l'avait expliqué Tortue, d'une écaille de la Baleine-Miroir qui avait été façonnée pour offrir un reflet impeccable à son destinataire. Ainsi, le signeur ne reproduisait pas simplement la lumière du soleil, il la faisait ricocher sans lui prendre le moindre éclat.

La Baleine-Miroir relevait du conte de fées pour certains, d'une vérité scientifique pour d'autres. En vérité, elle était un peu des deux. Celui ou celle qui posait ses yeux sur cette créature changeait à jamais. Le jour où je l'avais vue danser dans les trombes d'eau, au milieu de la steppe toriékaine, un bouleversement avait opéré en moi – une évolution. Une ardeur ensommeillée et une énergie vitale avaient éclaté et m'avaient poussée à accepter la proposition de Baris : partir à Bakarya. Quelques jours plus tard, alors que nous étions perdues et affamées dans la steppe, nous avions aperçu les rayons de la lune reflétés par le signeur de Tortue. Sans réfléchir, nous nous étions mises en marche dans sa direction et un troupeau de chameaux des Hauts-Plateaux nous avaient guidées sur le chemin qui nous mènerait finalement à Bakarya.

En ce jour troublé, alors que j'utilisai ce signeur pour communiquer un semblant de force à mes amis, je compris que cet objet opérait comme un communicant entre les humains et certains animaux : ceux pourvus d'un zeste d'enchantement. La première fois, il avait amené les chameaux aux regards humains à nous guider vers notre destinée, et cette fois-ci, il réveilla les fées qui peuplaient Bakarya. Alors que j'agitais le signeur en direction de la Verilla et que la lumière du soleil venait en frapper les fenêtres, un bourdonnement s'éleva des entrailles de la ville. On l'entendait provenant de chaque bouche d'égout, à l'intérieur des murs et sous les charpentes des toitures. Les petites bestioles roses, bleues et blanches que les citoyens vilipendaient depuis la nuit des temps, ces choses qu'on appelait communément vermine – des fées à mes yeux – s'élevèrent dans les airs. Ce n'est pas peu dire, car il était de notoriété publique que ces minuscules bêtes ailées ne pouvaient pas voler. Des milliers jaillirent pourtant en tous sens et envahirent les rues. Des nuées roses, bleues et blanches colorèrent toutes les voies sans exception. Elles vinrent jusqu'à moi, pourtant perchée à une sacrée hauteur, et m'importunèrent. Elles me chatouillèrent, me tirèrent les cheveux et les vêtements et manquèrent de me faire basculer dans le vide. Je me débattis et le signeur faillit glisser entre mes doigts. Je le rattrapai in extremis et le rangeai au fond de ma poche. Je m'agrippai ensuite à l'arche, les yeux et la bouche fermés. Je savais néanmoins pertinemment que c'était le signeur qui avait réveillé les fées, pour la simple bonne raison qu'il n'avait pas été utilisé vainement.

À une poignée de kilomètres de là, le sort fut le même. Les bestioles s'introduisirent dans la Verilla comme dans du beurre par les fenêtres entrouvertes. Elles se faufilèrent dans chaque chambrée par dizaines de milliers et attaquèrent tous leurs occupants sans exception. En vérité, elles étaient parfaitement inoffensives, simplement très désagréables. À cet instant, la panique envahit la Verilla avec une force inédite. Les gardiens assaillis se mirent à hurler et gesticuler comme possédés. Mais où qu'ils aillent, les fées ne les laissaient pas tranquilles. Elles s'accrochaient à eux, enfonçaient leurs longues pattes poilues dans leurs oreilles. Les plus petites profitaient de leurs bouches entrouvertes pour envahir leurs gosiers. Ni prisonniers ni geôliers n'étaient épargnés, mais tous furent pris d'un besoin vital : l'air libre. Ouvrir les fenêtres ne résolut rien car des milliers de fées s'y engouffraient, alors tous se ruèrent vers les portes de la Verilla. Celles-ci s'ouvrirent avec fracas et des centaines de Bakaryens en jaillirent. Baris, Felyn, Quarante, Vingt-Huit et Fyona en firent partie. Tortue, trop vieux pour ne pas succomber à la panique, était resté calme et détendu, patientant simplement assis sur son lit, Vadim et Aglaé étaient restés auprès de lui. Peu après l'ouverture des portes, les fées se dispersèrent dans les airs et Baris put retrouver ses esprits. Tortue, Aglaé et Vadim sortirent en marchant calmement de la Verilla dont les portes demeuraient grandes ouvertes sous les regards hébétés des gardiens essoufflés.

— Le Temple des Jumeaux ! s'écria Baris à l'adresse de Tortue. Le signal venait de là-bas.

— La Porte des Jumeaux, rectifia le vieux conteur en s'approchant de la jeune femme. Toi et moi savons pertinemment qui a utilisé le signeur, il n'en existe pas deux dans toute la cité. Cela ne peut signifier qu'une chose.

Baris secoua la tête, dans l'incompréhension.

— La Porte va s'ouvrir, souffla Felyn. Il est temps de partir.

— Je suis trop vieux pour ces histoires. Aglaé, Vadim et moi resterons ici comme il a toujours été prévu. Mais vous, mesdames, et vous, messieurs, dit-il à l'adresse de Quarante de Vingt-Huit, cette ville ne vous accueillera plus comme vous l'avez apprécié jusqu'ici. Je vous encourage, si tel est votre désir, à suivre Yud dans son odyssée.

Baris, Felyn, Fyona, Quarante et Vingt-Huit se prirent la main.

— Partez ! lança Vadim avec un sourire d'une tendresse inhabituelle. Partez avant que les gardiens vous rattrapent. Nous nous débrouillerons.

— Et surtout, Baris, rajouta Tortue. Dis à Yud que le signeur est sien, à présent. Elle sait de toute évidence l'utiliser. Elle doit en faire usage avec parcimonie, sans quoi... sans quoi son effet en sera diminué.

Il acheva sa phrase par un clin d'œil que Baris ne sut interpréter. Peu importe, elle et ses amis quittèrent les Inférieur seniors avec de chaleureux au revoir et prirent la direction de la Porte des Jumeaux où plusieurs centaines de citoyens étaient déjà rassemblés. Au moment où ils arrivèrent, la porte avait déjà été ouverte. On l'avait poussée en laissant de larges sillons dans la terre. Derrière elle, les montagnes verdoyantes de la cordillère printanière s'étalaient à perte de vue. Un troupeau de chameau paissait en toute décontraction sur un talus lointain. Et juste au-dessus de la porte, assise à califourchon sur l'arche colorée, je regardais l'arrivée de mes amis en souriant. Je me rendis compte de la rareté de ces sourires. Non pas que je n'en avais jamais, loin de là – j'étais d'un naturel heureux – mais ce sourire irradiait de satisfaction. Mes longs cheveux noirs battus par le vent effleuraient mon dos et ma robe d'un rouge royal.

Baris me renvoya mon sourire. La Torieka ne m'avait rien donné de plus beau que cette femme.

27

Coda et l'Areyne

Les creux que formait l'océan s'approfondirent. La tempête avait repris après une courte accalmie. Lovée en boule dans sa minuscule soute, Coda le sentait à la perfection. Au-dessus, elle entendait les marins s'égosiller, hurlant des ordres qu'elle ne pouvait pas discerner. Elle percevait les vagues de toutes parts qui claquaient contre la coque, contre le pont et les voiles. Elles jouaient avec le bateau comme s'il était fait de papier. Trop tétanisés par la peur, Coda et Pandore ne parvenaient même plus à pleurer. Elle l'entendait gémir à chaque soubresaut du navire. L'étroitesse de l'habitacle l'empêchait de valser d'un côté ou de l'autre.

Malgré tout ce qui s'était passé, elle faisait confiance à Totem et à son équipage. Ils avaient essuyé plus d'une tempête, celle-ci n'était pas plus coriace.

À la surface, les ordres de Kamyno pleuvaient sur l'équipage. Ludel, perché dans les cordages, essayait de maîtriser les voiles enragées par les bourrasques. Totem s'était cloîtré dans sa cabine où il se cramponnait tant bien que mal dans sa couchette. Diana était dans la cale avec les enfants qu'elle essayait vainement de rassurer. Elle-même tremblait de tout son corps. Cette tempête n'était pas comme n'importe quelle autre : elle rugissait. Le vent secouait la *Calix* avec ses bras invisibles mais puissants, et l'océan broyait sa coque avec la force d'un roc. Diana pensait à ses trois petits protégés enfermés loin dans les profondeurs des soutes, isolés et certainement transis de peur.

Le ciel s'était couvert de noir et zébré d'éclairs une heure après l'altercation et, en quelques minutes, des trombes d'eau s'étaient abattues sur la surface de l'Areyne. Aucune accalmie n'était en vue. Diana laissa les enfants un instant pour monter sur le pont et voir ce qu'il en était de ses propres yeux. Le spectacle était ahurissant. Le galion dévalait des montagnes d'eau juste avant d'en gravir d'autres dans des éclaboussures fracassantes. L'écume donnait du relief aux vagues, et le ciel chargé semblait si proche que le haut du mât devait chatouiller les nuages noirs. Totem sortit de sa cabine et rejoignit tant bien que mal Diana contre le mât auquel il s'agrippa en essuyant une gerbe d'eau salée.

— Les enfants vont bien ? demanda-t-il en criant pour couvrir le tumulte de la tempête.

— Non, ils sont tétanisés. Le bateau va résister ?

— Oui, bien sûr, ne t'inquiète pas. L'Areyne est toujours comme ça, un peu farouche.

— Il faut aller chercher Coda, Pinaille et Pandore. Ils ne peuvent pas rester tous seuls là-dessous.

— Crois-moi, Diana, ils sont bien plus en sécurité dans les soutes. Ça ne m'étonnerait pas qu'ils se soient endormis, bercés par le mouvement du bateau. Rentre, ne te fais pas de souci, d'accord ?

Diana allait s'exécuter quand une vague plus massive encore que ses sœurs se dressa face au navire qui la percuta de plein fouet. Diana et Totem tombèrent au sol et la *Calix* s'engouffra dans le creux qui suivait en plongeant.

— Préparez les chaloupes ! hurla Kamyno. La coque est touchée ! Tous dans les chaloupes, on quitte le navire.

— Non ! hurla Totem, sidéré, sans que personne ne l'écoute. Kamyno, tu es sûr ?

— Un peu que je suis sûr, capitaine, il faut évacuer.

— Mais les chaloupes vont être avalées par les vagues, rester à bord demeure notre meilleur espoir.

— L'île d'Oizon n'est pas loin, nous devons nous y réfugier dès que possible. Avec les dégâts actuels, il est impossible de diriger le navire. Faites-moi confiance, capitaine.

— Il faut aller chercher les petits, Totem ! Pitié ! implora Diana. Ils vont se noyer.

— J'y vais, déclara-t-il.

Mais alors qu'il se dirigeait vers la cale, une nouvelle vague frappa la *Calix*, de côté cette fois-ci, et l'éventra. Ce qu'elle contenait se répandit dans la mer tourbillonnante. Le mât central fut le premier à flancher. Il bascula dans la noirceur maritime qui l'avala en un instant. Les gréements lâchèrent et les voiles, sauvages, claquèrent de manière imprévisible, désormais esclaves des vents. Les débris de la coque flottaient au milieu de tonneaux par dizaines. Le navire éviscéré perdit son équilibre et se laissa peu à peu avaler par les flots, tandis que les marins se précipitaient à bord des fragiles chaloupes.

Les enfants éparpillés parmi les flots s'accrochèrent aux fragments du navire, hurlant de terreur. Ils n'avaient pas un moment de répit. Les vagues les submergeaient les unes après les autres, ils avaient à peine le temps de reprendre leur respiration entre chacune d'entre elles. On fit slalomer avec peine les chaloupes jusqu'à chacun d'entre eux. Les baleiniers hissèrent leurs carcasses détrempées à bord, espérant que l'accalmie ne tarderait pas. Si la *Calix* avait succombé à la tempête, alors ces canots ne feraient pas long feu.

Coda ne s'était pas endormie comme Totem l'avait prétendu. Elle avait tout entendu, tout senti. Mais quand la seconde vague frappa le flanc de la *Calix*, elle plongea dans une inconscience brutale. Elle sentit l'eau l'envahir, les flux la secouer d'un côté puis de l'autre. Soudainement, l'étau de sa geôle disparut et ses membres purent s'étendre de chaque côté. Des débris l'éraflèrent et l'oxygène quitta ses poumons.

Puis le calme s'installa. Le silence se fit. Au-dessus d'elle, l'eau mugissait toujours mais elle ne l'entendait plus. Il faisait complètement noir jusqu'à ce qu'elle se rende compte qu'elle avait les yeux fermés.

En les ouvrant, elle découvrit qu'elle flottait sous la surface, loin sous la carcasse du navire qui se décomposait à mesure que les vagues le frappaient. Et devant elle, l'immensité des profondeurs lui renvoyait l'image d'une fillette échevelée aux bras éraflés. Cette vision n'était pas nette. Elle semblait brisée, comme le reflet d'un miroir fendu. Coda reprit ses esprits et constata que l'air ne lui manquait pas. Elle retenait sa respiration depuis de longues minutes, mais elle ne ressentait aucun besoin de reprendre son souffle. Entre son corps frêle et minuscule et les profondeurs noires de l'Areyne, une créature marine à la peau recouverte d'une carapace irrégulière, fait de miroir, la regardait de son large œil rieur. Les histoires qu'on lui avait racontées ne mentaient pas : ses dimensions excédaient toute rationalité humaine. La *Calix* avait l'allure d'une barque à côté de l'imposante carrure de l'animal.

Coda aurait juré qu'elle lui souriait, mais elle songea que toutes les baleines souriaient. Celle-ci devait bel et bien sourire car Coda ne sentait rien d'autre que de l'exaltation et une invitation à la suivre.

La Baleine se mit à chanter, révélant ses fanons translucides. Une plainte à la fois proche et lointaine retentit, trouvant écho dans chaque particule d'eau qui les séparait. En cet instant, plus rien d'autre n'avait d'importance. La Baleine-Miroir l'appelait, il n'était pas question de refuser. Elle n'avait besoin ni d'oxygène ni de chaleur, simplement du contact de la roche miroitante contre ses mains.

Malgré tout, la fillette se détourna de la Baleine et remonta à la surface. Elle fit battre ses jambes avec frénésie et, à mesure qu'elle se rapprochait de l'air libre, elle sentit ses poumons brûler et sa tétanie revenir. Elle pensa au danger que la Baleine-Miroir représentait, à la maladie dont Totem lui avait expliqué les effets et elle nagea de plus en plus vite pour fuir la créature et son influence. Elle prit une large inspiration en sortant la tête de l'eau.

La *Calix* n'était plus qu'un amas de débris éparpillés entre les vagues. Deux chaloupes flottaient non loin de là. Elle n'avait qu'une chose à dire pour que Totem dégaine le précieux harpon qu'il tenait entre ses mains. Elle pensa à Diana qui s'était tue et à l'étau dans lequel elle était prise depuis.

— Coda ! Par ici ! hurla Diana. Pandore, Pinaille, nagez par ici.

Coda tourna la tête et, avec soulagement, aperçut ses camarades indemnes non loin de là. Elle les rejoignit en une brasse maladroite qu'elle ne maîtrisait que depuis leur séjour à Bec-à-l'Aigle. Pandore et Pinaille n'avaient pas vu la créature. Personne ne l'avait vue. Ils se mirent à nager vers une des chaloupes sans réfléchir quand Coda les arrêta.

— Les enfants ! hurla Totem. Venez vite ! Tout ira bien ! L'île d'Oizon n'est pas loin, ses habitants vont nous venir en aide !

Déjà tous les enfants avaient été hissés à bord des chaloupes, mais Coda ne put se résoudre à les rejoindre. Son instinct lui intimait autrement. Elle dit à l'adresse de ses amis :

— N'y allez pas. J'ai une meilleure idée, mais vous devez me faire confiance, d'accord ? Une confiance absolue.

— Coda ! protesta Pinaille, il n'y a rien d'autre à faire, nous devons les rejoindre, on va mourir !

— Non, il y a une autre solution, je ne peux pas vous l'expliquer, vous devez la voir.

— Et Diana ? demanda Pandore. Et les autres ?

Coda aurait voulu tous les emmener si elle avait pu. Mais Diana n'aurait pas quitté Totem sans savoir ce qui l'attendait sous les flots. Le lui avouer revenait à précipiter Totem vers la Baleine. Il n'y avait pas de temps à perdre. Elle pouvait disparaître à tout moment.

— Il n'y a rien qu'on puisse faire, admit Coda. Diana a eu le choix à de maintes reprises, c'est notre tour.

Sans attendre, elle attrapa les mains de ses amis, prit une grande inspiration – se doutant qu'elle n'en aurait pas éternellement besoin – et tous les trois plongèrent vers le silence des abysses.

La Baleine-Miroir était toujours là. Ses nageoires se mouvaient légèrement d'avant en arrière en attendant les enfants. À sa vue, Coda sentit les mains de ses camarades serrer les siennes. Elle les lâcha pour mieux nager et rejoignit la Baleine. À mesure qu'elle s'en approchait, la pression de ses poumons retombait et elle se renfonçait dans ce sentiment de plénitude. Elle nageait sans grand effort, aucune force ne la tirait en arrière vers la surface. Et enfin – enfin –, elle put la toucher.

Sa carapace était à la fois douce et écorchée comme si un fin duvet recouvrait sa roche. Celle-ci reflétait tout ce qui l'environnait. La Baleine était pratiquement invisible dans l'océan : énorme masse aussi bleue que les profondeurs qu'elle habitait. Coda agrippa plusieurs saillies. Pandore en fit autant à sa droite, mais Pinaille n'était plus là. Elle était remontée à la surface, trop apeurée. Coda vit sa minuscule silhouette s'agiter avant de s'éloigner. La Baleine-Miroir s'était mise à nager.

En un simple battement de nageoires, elle prit une vitesse fulgurante et s'éloigna de la carcasse flottante du galion. Pandore et Coda, solidement agrippés à ses écailles, sentirent des courants chauds puis froids caresser leurs visages, ils traversèrent des bancs de bélugas indifférents à la Baleine-Miroir et visitèrent des palais de corail comme nul autre existait sur terre. Des coquillages de toutes formes s'étaient incrustés au miroir. Avec le temps, ils en avaient pris l'apparence translucide. Le paysage maritime s'y reflétait avec irrégularité.

Coda baissa les yeux sur un drôle de reflet qui frappait son œil depuis un moment. Dans un creux de la carapace de la créature, un bijou saisissait la lumière. Coda le prit entre ses mains : c'était la bague de lapis-lazuli qu'elle avait jetée dans l'océan sous l'effet de la colère quelques heures auparavant.

Coda voulut l'enfiler autour de son pouce, mais elle ne passait plus. Elle l'essaya sur son index et constata qu'elle lui allait désormais impeccablement bien. Elle semblait avoir été forgée pour son doigt et aucun autre.

Pandore lui prit la main, il avait un air inquiet mais

confiant. Pandore avait toujours été un ami loyal et Coda espérait pouvoir en être autant pour lui. Sous la mer, ses cheveux sombres formaient un halo autour de son visage et ses traits semblaient s'être adoucis. Il était d'un courage que beaucoup ignoraient sous prétexte qu'il était timide.

La Baleine-Miroir vogua longuement avec les deux enfants sur son dos. Elle les oublia presque, à certains moments, tant ils étaient légers. Non seulement physiquement, mais aussi par leurs esprits. Elle avait oublié à quel point l'enfance pouvait être dépourvue d'aigreur. Au bout d'un certain temps – cela aurait pu être des jours comme des années –, elle constata qu'ils n'étaient plus là. Elle les avait laissés remonter vers une autre surface et vers une vie dont elle ne jouissait plus. Elle ne lui manquait pas – jamais – car celle qu'elle menait désormais n'était limitée ni par l'espace ni par le temps.

28

Yud et son peuple

Déjà la majeure partie de l'assemblée avait traversé la porte. L'herbe qui poussait de l'autre côté n'avait certainement jamais connu l'humain. Elle se retrouva piétinée pour la première fois. Felyn et Fyona retrouvèrent Fydjor et Souris, Quarante et Vingt-Huit se joignirent à elles. Baris entama la grimpée jusqu'à moi et vint s'asseoir à mes côtés, face à notre peuple et aux montagnes. Derrière elles, les gardiens se retiraient dans l'ombre, résignés.

— Tortue reste ici mais il te lègue son signeur. Utilise-le avec prudence, murmura Baris à mon oreille.

— Merci.

L'objet plat répandait une drôle de chaleur contre ma cuisse, au travers du tissu de ma poche.

— Qu'est-ce qu'on fait, maintenant ? demandai-je.

Baris gloussa.

— C'est toi qui as grimpé la première, je crois que c'est à toi de décider.

L'assemblée nous fixait dans l'attente de quelque chose. Les gens murmuraient les uns avec les autres. Certains s'étaient équipés d'imposants sacs de voyage tandis que d'autres étaient venus les mains vides. Je songeai qu'il avait peut-être été un peu radical de songer à faire sortir deux cents personnes de la cité. La chaîne de montagnes était inondée d'un soleil orangé, la nuit n'allait plus tarder à tomber. Si camper n'était pas un problème, nourrir ces gens en serait un. Certains avaient apporté que de quoi se sustenter quelques jours. Cela ne suffirait jamais.

— On trouvera bien un moyen, me dit Baris comme si elle avait lu dans mes pensées. La montagne est riche. Nous croiserons bien des villages en chemin, nous leur raconterons des histoires, nous les aiderons s'ils en ont besoin.

— Nous ?

— Tu n'es pas la seule à avoir des choses à partager. Pour quelle autre raison partirions-nous ? Regarde-les, ces gens n'ont rien d'autre que des histoires. Certains se sédentariseront à nouveau dès qu'ils en auront l'occasion, nous voyagerons plus léger par la suite. Ce qui est certain, c'est que Bakarya ne nous souhaite plus la bienvenue.

— Les choses ne seront pas faciles. Le monde est hostile.

Je daignai enfin me lever. Je me tins en équilibre sur l'arche sous le regard de Baris. J'étais vêtue de rouge, elle de violet, nous étions deux gros points colorés au sommet de l'arche que le soleil nappait de caramel.

— Écoutez-moi ! hélai-je alors que des têtes se levaient dans notre direction. Ce soir, nous quittons Bakarya et à présent, il n'y aura plus ni Animaliste ni Numéroteur. Nous irons à l'ouest, vers Valésya. La route sera longue et ardue. La famine et la maladie nous frapperont sûrement. Si vous n'êtes pas prêts à affronter à cela, restez ici.

Personne ne bougea.

— Nous traverserons des villages et des étendues sauvages, plus que vous ne pouvez l'imaginer. Le monde est vaste. À chaque fois que vous croirez être arrivés au bout, sachez que vous n'en serez pas à la moitié du chemin. Nous quitter et vous installer ailleurs sera toujours permis, et même encouragé. Mais moi, je ne m'arrêterai jamais. Je suis conteuse et si vous me suivez, vous serez conteurs et conteuses, vous aussi, rien de plus. Nous ne partons pas conquérir des peuples ou des contrées. Nous n'allons pas leur vendre nos produits ou nos connaissances, ils vivent parfaitement bien sans cela. Si nous rencontrons des étrangers, nous *serons* les étrangers et nous serons au mieux, des invités, au pire, une menace. Nous ne sommes ni des sauveurs ni des bienfaiteurs. Seulement des conteurs. Nous répandrons nos histoires et écouterons celles qu'on partagera avec nous. Nous les emmènerons avec nous et tisserons à travers le monde un lien indéfectible : celui des histoires, pour que jamais la division ne gagne notre espèce à nouveau. Nous partagerons les contes, les légendes, les mythes et les vérités, d'où qu'ils viennent. Et si en chemin, il nous prend le désir de nous installer quelque part, il ne le sera permis qu'avec l'approbation et l'accueil des peuples déjà établis ou des espèces présentes. Nous ne pouvons nous réduire à des parasites. Mais vu la manière dont j'ai été accueillie à Bakarya, les bras grands ouverts, où j'ai rencontré une nouvelle famille, je ne doute pas que le monde voudra de nous, quelque part. Rien ne sera facile pour autant, mais il y a beaucoup de merveilles sur cette terre. Nous sommes chanceux.

Et alors que je parlais, une nuée de lucioles d'un vert apaisant apparut à l'horizon.

— Une lune étoilée ! s'extasia Baris. Si loin de la Torieka ?

— Nous pensions que ce n'était possible que chez nous, car nous n'en étions jamais parties. Cela nous portera chance, Baris, comme la première fois.

Comme ce jour fameux où nous avions laissé la Torieka derrière nous.

— Qui êtes-vous ? s'écria un homme, le regard étincelant.

Avant de répondre, je m'adressai à Baris.

— Nous sommes si loin de chez nous, nous en avons oublié presque toutes les traditions. Que vaut celle-ci ?

— Que veux-tu dire ?

— Je parle de nos prénoms. Ceux que notre culture n'accepte de porter qu'une fois deux générations enfantées. Nos noms de grands-mères. Je ne connais pas le tien, tu ne connais pas le mien. Et vu comme nous sommes parties, je pense que nous ne serons jamais grands-mères.

Baris gloussa.

— Tu pourrais être surprise, plaisanta-t-elle.

— À quoi bon porter des prénoms si honorables s'ils tombent dans l'oubli malgré tout ? Pourquoi se référer par nos surnoms alors qu'il n'y a personne autour de nous pour nous empêcher d'en faire autrement ?

— Revêtons-nous assez d'honneur pour les porter dès maintenant ? demanda Baris, soucieuse.

— Nous nous apprêtons à guider un peuple à travers le monde, à aller jusqu'où personne n'est jamais allé. Et puis, faut-il vraiment des circonstances particulières pour porter le nom qui nous a été donné à la naissance ? Vivre n'est-il pas un honneur suffisant ?

Baris me sourit. Elle tremblait à l'idée de dévoiler ce prénom qu'elle ne s'était jamais imaginée porter avant plusieurs décennies, un prénom qu'elle avait pourtant souhaité entendre de ma bouche depuis si longtemps. Elle se leva et se tint en équilibre à côté de moi. Comme il aurait été idiot de tomber et se rompre le cou à ce moment précis. Cette pensée me fit étouffer un rire.

Baris se redressa. L'air humide de la nuit balaya son visage, ébouriffant ses longs cheveux bruns qui tombaient en cascade dans son dos.

— Je suis Boréalis, dit-elle d'abord tout bas.

— Plus fort, lui intimai-je.

— Je suis Boréalis, clama-t-elle haut et fort à l'adresse des montagnes. Je suis Boréalis et je viens de la Torieka.

— Enchantée, lui chuchotai-je à l'oreille.

Nous échangeâmes un sourire, puis je me tournai vers l'assemblée et, à mon tour, déclarai :

— Je suis Yadalith, de la Torieka.

Remerciements

Je remercie mes proches tels que ma sœur, Marie, ma cousine, Zoé, et ma meilleure amie Margaux, pour leur soutien indéfectible dans chacun de mes projets. Je sais que je pourrai toujours compter sur vous, et c'est ce qui me donne la force de croire en moi.

Je tiens aussi à remercier ma bêta-lectrice et correctrice, Élise, pour son travail précieux sur mon manuscrit. J'ai beaucoup appris sur l'orthographe et la typographie grâce à toi.

Enfin, merci à Myriam Thomas, que vous pouvez retrouver sur Instagram sous le pseudo @hellocookies67, qui a conçu la magnifique illustration de couverture. Je te tire mon chapeau pour avoir réussi à donner vie à la Baleine-Miroir

Réseaux sociaux

Si mon livre vous a plu et que vous souhaitez continuer à suivre mon travail, je vous encourage à me suivre sur Instagram et Tiktok (@claratrebla) pour ne manquer aucune de mes actualités littéraires.

N'hésitez pas à laisser un commentaire sur les plateformes de lecture (Goodreads, Babelio, Booknode, Livraddict, ...) et sur les sites d'achat. Vous pouvez aussi m'envoyer un message sur mes réseaux sociaux, je me ferai un plaisir d'y répondre.

À très vite pour de nouvelles histoires extraordinaires.